loca por las compras en manhattan

sophie kinsella

loca por las compras en manhattan

salamandra

Título original: *Shopaholic Abroad*

Traducción: Enrique Alda Delgado

Ilustración de la cubierta: Gallardo

Copyright © Sophie Kinsella, 2001
Copyright © Ediciones Salamandra, 2002

Publicaciones y Ediciones Salamandra, S.A.
Mallorca, 237 - 08008 Barcelona - Tel. 93 215 11 99
www.salamandra.info

ISBN: 84-7888-784-9
Depósito legal: B-14.650-2005

1ª edición, julio de 2002
2ª edición, marzo de 2005
Printed in Spain

Impresión: Domingraf, S.L. Impressors
Pol. Ind. Can Magarola, Pasaje Autopista, Nave 12
08100 Mollet del Vallés

*Para Gemma,
que siempre ha sabido la importancia
que tiene para una chica
un pañuelo de Denny and George.*

Endwich Bank
SUCURSAL DE FULHAM
Fulham Road, 3
Londres SW6 9JH

Sra. Rebecca Bloomwood
Burney Road, 4, 2.ª
Londres SW6 8FD

18 de julio de 2001

Estimada Sra. Bloomwood,

Gracias por su carta del 15 del corriente. Me alegra mucho saber que lleva con nosotros casi cinco años.

Por desgracia, nuestro banco no ofrece el servicio de «Gratificación por cinco años de relación comercial» ni la amnistía en créditos «Borrón y cuenta nueva», aunque personalmente creo que son dos grandes ideas.

Sin embargo, estoy autorizado a ampliar su crédito en otras quinientas libras, con lo que alcanzará las cuatro mil, y le sugiero que concertemos una reunión, cuando más le convenga, para tratar sus futuras necesidades financieras.

Atentamente,

Derek Smeath
Director

ENDWICH — NOS PREOCUPAMOS POR USTED

Endwich Bank
SUCURSAL DE FULHAM
Fulham Road, 3
Londres SW6 9JH

Sra. Rebecca Bloomwood
Burney Road, 4, 2.ª
Londres SW6 8FD

23 de julio de 2001

Estimada Sra. Bloomwood,

Me alegro de que mi carta del 18 del corriente le haya resultado de gran ayuda.

Sin embargo, le estaría muy agradecido si dejara de referirse a mí como «el encantador Smeathie» o «el mejor director de banco del mundo» en su programa *Los Desayunos de Televisión*.

A pesar de que me agrada mucho que piense de esa manera, mis superiores están un poco preocupados por la imagen que está dando del Endwich Bank y me han pedido que le envíe una nota al respecto.

Con mis mejores deseos,

Derek Smeath
Director

ENDWICH — NOS PREOCUPAMOS POR USTED

Endwich Bank

SUCURSAL DE FULHAM
Fulham Road, 3
Londres SW6 9JH

Rebecca Bloomwood
Burney Road, 4, 2.ª
Londres SW6 8FD

20 de agosto de 2001

Estimada Sra. Bloomwood,

Gracias por su carta del 18 del corriente.

Lamento mucho que le resulte difícil ajustarse a su nuevo límite de crédito. Me hago cargo de que las rebajas de verano de Pied à Terre no son algo que suceda muy a menudo, y, por supuesto, puedo aumentar su crédito en sesenta y tres libras con cincuenta si, como dice, eso supone una gran diferencia.

Sin embargo, le recomiendo que se acerque a nuestra sucursal para poder estudiar con calma su situación financiera. Mi ayudante, Erica Parnell, estará encantada de concertar una cita.

Atentamente,

Derek Smeath
Director

ENDWICH — NOS PREOCUPAMOS POR USTED

uno

Vale. Que no cunda el pánico. Es cuestión de organizarse, mantener la calma, decidir qué es lo que necesito llevar y meterlo con cuidado en la maleta. No creo que sea tan difícil.

Me alejo unos pasos del montón de ropa que abarrota la cama y cierro los ojos con la esperanza de que, si lo deseo vivamente, al abrirlos todo esté cuidadosamente doblado y dispuesto en filas, mágicamente ordenadas. Como en esos artículos de las revistas en los que te enseñan a irte de vacaciones con un sarong y transformarlo en seis prendas diferentes (algo que siempre me ha parecido una auténtica estafa porque, de acuerdo, sólo cuesta diez libras, pero después lo fotografían encima de ropa que cuesta una pasta y hemos de fingir que no nos enteramos).

Cuando abro los ojos, el montón sigue ahí. De hecho, parece haber aumentado mientras los tenía cerrados, como si la ropa hubiera saltado de los cajones para amontonarse encima de la cama. Mire donde mire, veo grandes pilas de..., bueno..., cosas. Zapatos, botas, camisetas, revistas, una cesta de regalo de Body Shop que estaba de oferta, un curso de italiano de Linguaphone que empezaré cualquier día de éstos, un chisme para darme baños de vapor faciales y, reposando orgullosos encima del tocador, una careta y un florete de esgrima que compré ayer por sólo cuarenta libras en una tienda de beneficencia.

Levanto el florete y hago un amago de ataque hacia la imagen que me devuelve el espejo. Fue una auténtica coincidencia, porque hace años que quiero ir a clases de esgrima, desde que leí un artículo en el *Daily World*. ¿Sabíais que las personas que practican esgrima tienen mejores piernas que el resto de los deportistas? Además, si lo haces bien, puedes trabajar como doble en una película y ganar un montón de dinero. Me encantaría tomar algunas lecciones cerca de casa y convertirme en una auténtica maestra, algo que estoy segura conseguiré en poco tiempo.

Después, y éste es mi plan secreto, cuando haya conseguido mi insignia de oro, o lo que den, le escribiré a Catherine Zeta Jones. Necesitará una doble, ¿no? ¿Por qué no puedo ser yo? Seguramente preferirá a una chica inglesa. Puede que me llame y me diga que ve el programa en el que salgo y que siempre ha deseado conocerme. ¡Sí! ¿No sería maravilloso? Estoy segura de que congeniaremos al instante y de que nos daremos cuenta de que tenemos el mismo sentido del humor. Iré a verla a su lujosa mansión, me presentará a Michael Douglas y jugaré con su hijo. Estaré como en mi casa, como si fuéramos viejos amigos, y alguna revista vendrá a hacer un reportaje sobre los mejores amigos de los famosos y me sacarán a mí, puede que me pidan que...

—¡Hola, Bex! —De repente, la hermosa visión en la que me río con Michael y Catherine se desvanece y mi cerebro intenta concentrarse. Suze, mi compañera de piso, pega saltos por mi habitación vestida con un viejo pijama estampado—. ¿Qué haces?

—Nada —contesto dejando apresuradamente el florete en su sitio—. Ya ves, entrenándome un poco.

—Ya —dice distraídamente—. ¿Cómo van las maletas?

Se acerca a la repisa de la chimenea, coge un lápiz de labios y empieza a pintarse. Siempre hace lo mismo: da vueltas, coge cosas, las mira y vuelve a ponerlas en su sitio. Dice que le encanta la cantidad de chismes que puede llegar a encontrar en mi habitación, que parece una tienda de baratijas. Estoy segura de que lo dice sin mala intención.

—Estupendamente. Sólo tengo que decidir cuál me llevo.

—¡Ah! —exclama dándose la vuelta—. ¿Qué te parece la pequeña de color crema? ¿O la bolsa de color rojo?

—Creo que me llevaré ésta —afirmo sacando mi nueva maleta verde de debajo de la cama. La compré ayer y es preciosa.

—¡Guau! —grita con los ojos abiertos de par en par—. ¡Es fantástica! ¿Dónde la has comprado?

—En Fenwicks —contesto sonriendo de oreja a oreja—. ¿A que es una pasada?

14

—¡Es la maleta más bonita que he visto en mi vida! —asegura pasando los dedos por ella—. Pero ¿cuántas tienes? —pregunta mirando mi armario, en el que se tambalean una maleta de cuero, un baúl lacado y tres neceseres.

—Bueno... —empiezo a decir encogiendo los hombros en actitud defensiva—, lo normal.

Me temo que últimamente he comprado unas cuantas, pero es que en muchos años no había tenido más que una vieja bolsa de lona. Hace unos meses tuve una increíble revelación en Harrods, un poco como la de san Pablo de camino a Mandalay. ¡Maletas! Y desde entonces he estado recuperando el tiempo perdido.

Además, como todo el mundo sabe, son una inversión.

—Voy a hacer té. ¿Quieres uno? —me ofrece.

—Sí, por favor.

—¿Y un KitKat? —pregunta sonriendo.

—¡Cómo no!

Hace poco vino un amigo de Suze y se quedó unos días durmiendo en el sofá. Cuando se fue nos regaló una caja de cien KitKats, lo que me parece un increíble regalo de agradecimiento, aunque, claro, ahora nos pasamos el día comiendo chocolatinas. Pero bueno, tal como dijo Suze, cuanto antes nos las comamos, antes desaparecerán. Así que creo que lo más inteligente será ponernos ciegas.

Sale tranquilamente de la habitación y vuelvo a la maleta: concentración, equipaje. No me va a costar nada. Lo único que necesito es un simple, reducido y escogido vestuario para unas minivacaciones en Somerset. He hecho una lista para ayudarme:

Vaqueros: dos pares. Fácil. Desgastados y no muy desgastados.

Camisetas:

Bueno, pongamos tres vaqueros. Tengo que llevarme los nuevos Diesel, son guapísimos, aunque me queden un poco ajustados. Me los pondré un rato por la tarde.

Camisetas:

¡Ah!, y los cortitos con bordados de Oasis que todavía no me he puesto. Pero, bueno, ésos no cuentan porque prácticamente son *shorts*. Además, los vaqueros apenas ocupan espacio.

Supongo que con eso tengo suficiente. Siempre puedo meter alguno más si es necesario.

Camisetas: Selección. Vamos a ver... Blanca, por supuesto. Gris, lo mismo. Negra cortita, negra normal (Calvin Klein), otra negra normal (es de Warehouse, pero parece más bonita), rosa sin mangas, rosa brillante, rosa...

Dejo de meter camisetas. Es una tontería. ¿Cómo voy a saber cuál me va a apetecer ponerme? Lo mejor de las camisetas es que, al igual que las sales de baño o los aceites de aromaterapia, se eligen por la mañana, dependiendo del estado de ánimo en el que una se encuentre. Imaginad que me levanto y me apetece ponerme la de «Elvis mola un puñao» y no la tengo a mano.

Creo que las cogeré todas. Unas cuantas camisetas no ocuparán mucho, ¿no? Apenas notaré que las llevo.

Las meto en la maleta y añado un par de tops cortitos, tipo sujetador, de propina.

Estupendo. El sistema reducido y escogido está funcionando de maravilla. ¿Qué viene ahora?

Diez minutos más tarde, Suze entra en la habitación con dos tazas de té y tres KitKats para repartirnos (hemos llegado a la conclusión de que, la verdad, cuatro barritas no son suficientes).

—Toma —dice, y después me mira detenidamente—. ¿Te encuentras bien?

—Pues claro —respondo con la cara un poco sonrosada—. Estoy intentando doblar este chaleco para que ocupe menos sitio.

Ya he metido una chaqueta vaquera y otra de cuero, pero en septiembre nunca se sabe, tan pronto hace sol y calor como se pone a nevar. ¿Qué pasa si Luke me lleva a dar un romántico paseo por el campo? Además tengo este precioso chaleco de la Patagonia desde hace años y sólo me lo he puesto una vez. Vuelvo a intentar doblarlo, pero se me cae al suelo. ¡Dios mío!, esto me recuerda a las excursiones con las *girl-scouts*, cuando intentaba meter el saco de dormir en su bolsa.

—¿Cuántos días vas a estar?

—Tres.

Desisto de intentar reducir el chaleco al tamaño de un paquete de tabaco e inmediatamente se expande a su tamaño normal. Un poco frustrada, me siento en la cama y tomo un sorbo de té. No entiendo qué hace la gente para viajar tan ligera de equipaje. Los ejecutivos van por los aeropuertos con unas maletitas con ruedas del tamaño de una caja de zapatos y expresión petulante. ¿Cómo lo ha-

16

cen? ¿Su ropa se encoge por arte de magia? ¿Hay una forma secreta de doblarlo todo para que quepa en una caja de cerillas?

—¿Por qué no te llevas también la bolsa de viaje? —sugiere Suze.

—¿Tú crees? —Miro dubitativa una maleta que nunca lograré cerrar y pienso que a lo mejor no necesito tres pares de botas ni una estola de piel. Entonces me acuerdo de que Suze se va casi todos los fines de semana y sólo se lleva una bolsa pequeña—. ¿Y tú cómo te lo montas? ¿Tienes algún sistema especial?

—Pues no —contesta distraídamente—. Supongo que sigo haciendo lo que nos enseñó Miss Burton. Piensas en un modelito para cada ocasión y te limitas a eso. —Empieza a contar con los dedos y enumera—. Como... viaje de ida, cena en la piscina, partido de tenis... ¡Ah, sí!, cada conjunto ha de usarse al menos tres veces.

Joder, Suze es un genio. Ella sí que sabe de todo esto. Cuando tenía dieciocho años, sus padres la llevaron a la academia Miss Burton, un sitio pijo en el que te enseñan cosas del tipo cómo saludar a un obispo o cómo salir de un coche deportivo con minifalda. También sabe hacer un conejito con el alambre de un tapón de champán.

Rápidamente empiezo a apuntar situaciones generales en un trozo de papel. Esto funciona mucho mejor que meter cosas al azar en la maleta. No llevaré nada que no sea imprescindible; sólo lo necesario.

Modelito 1: Sentada cerca de la piscina (día soleado)

Modelito 2: Sentada cerca de la piscina (nublado)

Modelito 3: Sentada cerca de la piscina (mi culo me parece enorme por la mañana)

Modelito 4: Sentada cerca de la piscina (alguien lleva el mismo traje de baño)

Modelito 5:

Suena el teléfono, pero no levanto la vista. La voz de Suze suena muy nerviosa e instantes después aparece en la puerta de mi habitación con cara de alegría.

—¡Adivina!

—¿Qué?

—¡Box Beautiful ha vendido todos mis marcos! Acaban de llamar para encargarme más.

—¡Estupendo, Suze! ¡Me alegro mucho!

—Gracias. —Se me acerca corriendo, me abraza y empezamos a saltar de alegría, hasta que se da cuenta de que tiene un cigarrillo encendido y va a quemarme el pelo.

Lo más impresionante de todo es que sólo lleva unos meses haciendo los marcos y ya se los piden cuatro tiendas de Londres; los venden de maravilla. Ha salido en cantidad de revistas y todo eso, lo que no me sorprende nada porque son preciosos. Sus últimas creaciones están hechas con *tweed* de color violeta y van empaquetadas en unas maravillosas cajas gris brillante, envueltas en papel de seda azul turquesa (por cierto, la ayudé a elegir el color). Ha tenido tanto éxito que ya ni siquiera los hace ella, sino que envía sus diseños a un taller de Kent y se los mandan completamente montados.

—¿Has acabado de preparar la ropa? —pregunta dando una calada.

—Sí —contesto empuñando el papel con mis notas—. Lo tengo todo controlado, hasta el último par de calcetines.

—¡Muy bien!

—Lo único que necesito comprar —añado como quien no quiere la cosa— son unas sandalias de color lila.

—¿Unas sandalias de color lila?

—Mmm... —La miro con cara de inocencia—. Sí, me hacen falta. Ya sabes, unas sandalias baratas para combinar con un par de modelitos.

—¡Ah, ya! —exclama frunciendo ligeramente el entrecejo—. ¿No comentaste el otro día algo sobre unas sandalias carísimas de LK Bennett?

—¿Sí? —pregunto sonrojándome un poco—. No, no me acuerdo. A lo mejor. Bueno, es igual.

—¡Bex! —protesta mirándome con cara de desconfianza—. Dime la verdad, ¿las necesitas o simplemente te apetece comprarlas?

—No —contesto a la defensiva—. Me hacen falta.

Saco la lista de modelitos, la despliego y se la enseño. Tengo que confesar que me siento muy orgullosa. Es un organigrama bastante complicado, lleno de flechas, cuadros y asteriscos en rojo.

—¡Qué pasada! ¿Dónde has aprendido a hacer cosas así?

—En la universidad —respondo con modestia. Tuve que estudiar comercio y contabilidad para licenciarme y es increíble lo útil que puede resultar en ciertas ocasiones.

—¿Qué significa este cuadro? —pregunta señalando el papel.

—Es... —Lo miro detenidamente e intento acordarme—. Creo que es por si salimos a algún restaurante caro y ya me he puesto el vestido de Whistles la noche anterior.

—¿Y este otro?

—Ése es por si hacemos escalada. Y para éste... —digo poniendo el dedo encima de un cuadro vacío— es para el que necesito unas sandalias de color lila. Si no las tengo, este modelito no me sirve, ni este otro tampoco, y todo se desbarata. Casi sería mejor no ir.

Suze permanece en silencio un momento, estudiando mi plan detenidamente, mientras me muerdo un labio con nerviosismo y cruzo los dedos detrás de la espalda.

Sé que puede parecer raro y que la mayoría de la gente no consulta cada una de sus compras con su compañera de piso, pero... es que hace un tiempo le hice una promesa. Le dije que podía controlar mis compras. Ya sabéis, vigilarme un poquito...

No os equivoquéis. No es que tenga adicción a las compras ni nada parecido. Sólo que hace unos meses tuve un..., bueno, un pequeño problema económico. Fue tan sólo una cosa pasajera, nada de lo que preocuparse, pero Suze alucinó mogollón cuando se enteró y me dijo que, a partir de entonces, controlaría mis gastos.

Y ha mantenido su palabra. De hecho, es muy estricta. A veces tengo miedo de que no me deje comprar nada.

—Entiendo —acepta finalmente—. No te queda más remedio, ¿verdad?

—Exacto —afirmo aliviada. Le quito el papel de las manos, lo doblo y lo meto en el bolso.

—¿Esto es nuevo? —pregunta abriendo de repente la puerta del armario, y doy un respingo. Mira el abrigo color miel que un día que ella estaba en el baño conseguí pasar de contrabando hasta mi habitación, y pone cara de pocos amigos.

Por supuesto, pensaba decírselo, pero no he tenido ocasión. «Que no vea el precio —deseo con todas mis fuerzas—. Que no mire la etiqueta.»

—Esto..., sí... Sí, es nuevo. El caso es que necesitaba uno nuevo por si me piden que haga un programa en exteriores para *Los Desayunos de Televisión.*

—¿Eso es normal? Yo pensaba que tu trabajo consistía en estar en el estudio y asesorar a la gente sobre economía.

—Bueno, nunca se sabe. Es mejor estar preparada.

—Supongo... —dice dubitativa—. ¿Qué me dices de esta camiseta? —pregunta sacando una percha—. ¡También es nueva!

—¡Es para ponérmela en el programa! —replico rápidamente.

—¿Y esta falda?

—También.

—¿Y estos pantalones?

—Son para el...

—¡Bex! —exclama entrecerrando los ojos—. ¿Cuántos modelitos tienes que ponerte en *Los Desayunos*?

—Ya sabes... —contesto a la defensiva—. Necesito unos cuantos conjuntos de repuesto. Se trata de mi carrera profesional. ¡Mi carrera!

—Sí —afirma finalmente—. Supongo que de eso se trata. —Saca mi nueva chaqueta de seda roja—. Ésta es muy bonita.

—Ya —corroboro sonriente—. Es para el especial de enero.

—¿Hay un especial en enero? ¿De qué va?

—Se llamará *Los principios financieros básicos de Becky* —respondo buscando mi lápiz de labios—. Va a ser estupendo. Cinco espacios de diez minutos para mí solita.

—¿Y cuáles son? —pregunta muy interesada.

—Pues... todavía no lo he pensado. Lo iré preparando según se vaya acercando la fecha. —Guardo el pintalabios y cojo la chaqueta—. ¡Hasta luego!

—Vale, pero recuerda: sólo un par de sandalias.

—¡Te lo prometo!

Es todo un detalle que Suze se preocupe tanto por mí, aunque no es necesario. A decir verdad, todavía no ha entendido cuánto he cambiado. Sí, es cierto que tuve una ligera crisis financiera a principios de año. De hecho llegó un momento en el que debía... Bueno, un montón.

Pero después conseguí un trabajo en *Los Desayunos de Televisión* y todo cambió. Mi vida dio un giro de trescientos sesenta grados, trabajé duro y pagué todas mis deudas. ¡Sí, las pagué todas! Firmé un cheque tras otro y cubrí todos los descubiertos de mis tarjetas de crédito y de débito y los préstamos personales de Suze (cuando le entregué un cheque por valor de varios cientos de libras

20

no se lo podía creer. Al principio no quiso cogerlo, pero después cambió de idea y se compró un fabuloso abrigo de borreguito).

Para ser sincera, pagar todas esas deudas me produjo el sentimiento más maravilloso que he tenido en mi vida. Fue hace unos meses, pero todavía me lleno de felicidad al recordarlo. No hay nada como ser solvente.

Fijaos, ahora soy completamente distinta de la antigua Becky. Una persona reformada. Ni siquiera estoy en números rojos.

dos

Bueno, vale. Me he pasado un poco con el crédito. Pero sólo porque últimamente lo veo todo desde una perspectiva más amplia y he estado invirtiendo dinero en mi carrera profesional. Luke, mi novio, que tiene su propia empresa de relaciones públicas, hace unas semanas me dijo algo que me pareció muy sensato: «Las personas que quieren ganar un millón, primero piden prestado otro millón.»

La verdad es que debo de tener una disposición innata para los negocios porque, tan pronto como lo dijo, noté una extraña sensación de completa conformidad con él. Incluso me di cuenta de que lo repetía en voz alta. Tiene toda la razón. ¿Cómo vas a ganar dinero si primero no gastas un poco?

Así que he estado invirtiendo en nuevos conjuntos para el programa de televisión, además de peluquería, manicuras y limpiezas de cutis. Ah, y unos cuantos masajes, porque todo el mundo sabe que no se rinde igual cuando estás estresado, ¿no?

También me he comprado un ordenador nuevo que me ha costado dos mil libras, pero era imprescindible porque, ¡adivinad!, estoy escribiendo un libro de autoayuda. Cuando empecé a aparecer de forma regular en *Los Desayunos de Televisión*, conocí a unos editores muy majos que me invitaron a comer y me dijeron que soy un buen ejemplo para las personas con problemas financieros. ¿A que es todo un detalle? Me pagaron mil libras antes de que escribiera una sola letra y me darán mucho más cuando lo publiquen. El libro se llamará *Camino al dinero, de la mano de Becky Bloomwood* o, mejor, *Gestione su dinero al estilo Becky Bloomwood*.

23

Aunque todavía no he tenido tiempo para empezar a escribir, lo imprescindible es contar con un buen título, porque lo demás vendrá solo. No es que no haya estado haciendo nada: he apuntado un montón de ideas sobre qué ponerme para la fotografía de la portada.

Así que no es de extrañar que en este momento haya sobrepasado un poco mi crédito. Lo importante es que toda esta inversión dará sus frutos. Afortunadamente, el director de mi banco, Derek Smeath, se muestra muy comprensivo. Es un encanto. Durante un tiempo no nos llevamos muy bien, creo que por un simple problema de comunicación, pero estoy segura de que ahora entiende perfectamente lo que me propongo. La verdad es que no hay duda de que ahora soy mucho más sensata.

Por ejemplo, tengo una actitud completamente diferente ante las compras. Mi nuevo lema es «Compra sólo lo que necesites». Ya sé que parece una perogrullada, pero funciona. Antes de gastar en algo me pregunto: «¿Lo necesito?» Y sólo compro si la respuesta es «sí». Es una cuestión de autodisciplina.

Cuando llego a LK Bennett estoy increíblemente concentrada en lo que busco. Al entrar, me fijo en unas botas rojas de tacón alto, aparto la mirada y me dirijo directamente al expositor de sandalias. Así es como compro últimamente: sin detenerme, sin curiosear, sin mirar otras cosas. Ni siquiera esa preciosa colección de zapatillas con lentejuelas que estoy viendo. Voy directa a las sandalias que quiero, las cojo de la estantería y me dirijo a la dependienta.

—Buenos días. ¿Tiene el número treinta y seis?, por favor.

Directa y al grano. Comprar lo que me hace falta y nada más. Ésa es la clave para controlarme. Tampoco voy a mirar esos bonitos zapatos de tacón alto color rosa, aunque serían perfectos para mi nueva chaqueta de Jigsaw.

Ni esos otros con el talón descubierto y tacones brillantes...

Son bonitos, ¿verdad? ¿Cómo me quedarán puestos?

¡Dios mío!, esto es muy duro.

¿Qué me pasa con los zapatos? La ropa me gusta mucho, pero un buen par de zapatos me vuelve loca. A menudo, cuando no hay nadie en casa, abro el armario y me dedico a contemplar todos los que tengo como si fuera una coleccionista desaforada. Una vez, los puse encima de la cama y les saqué una foto. Puede parecer extraño, pero pensé que, si tengo un montón de fotos de gente que ni siquiera me cae bien, ¿por qué no iba a tener una de algo que realmente aprecio?

—Aquí tiene.

Gracias a Dios, la dependienta ha vuelto con las sandalias. Las miro y el corazón me da un vuelco. ¡Son tan bonitas! Preciosas. Delicadas y de tiras, con una mora en el dedo gordo... En cuanto las veo, me enamoro de ellas. Son un poco caras. Bueno, todo el mundo sabe que con los zapatos no se debe escatimar porque los pies son muy delicados y enseguida se estropean.

Me calzo una con un escalofrío de placer. ¡Son fantásticas! De repente, mis pies parecen más elegantes y mis piernas más largas. Resulta un poco difícil caminar con ellas, pero seguro que es porque el suelo de la tienda es muy resbaladizo.

—¡Me las llevo! —afirmo sonriendo alegremente a la dependienta.

Ya veis, ésta es mi recompensa por tener una actitud tan controlada con las compras. Cuando me regalo algo es como si realmente me lo hubiera ganado.

Nos dirigimos hacia la caja y me guardo mucho de mirar los mostradores de accesorios. De hecho, casi ni me doy cuenta de que tienen un bolso de color violeta con adornos de azabache. Estoy sacando el monedero y felicitándome por mantenerme inquebrantable cuando la dependienta empieza a darme conversación.

—¿Sabe?, también las tenemos en color mandarina.

¿Mandarina?

—Ah, bueno... —reacciono al cabo de un momento.

No me interesan. Tengo lo que he venido a buscar, fin de la historia. Sandalias de color lila, no mandarina.

—Acaban de llegar —añade buscando detrás de la caja—. Creo que se van a vender más que las de color violeta.

—¿En serio? —pregunto, intentando sonar indiferente—. Bueno, me quedaré con éstas. Creo que...

—¡Aquí están! Sabía que las había puesto en algún sitio.

De repente me quedo paralizada porque me enseña la cosa más exquisita que he visto en mi vida. Son de un color naranja pálido y cremoso, con las mismas tiras que las otras y, en vez de una mora, llevan una mandarina.

Es amor a primera vista. No puedo quitarles los ojos de encima.

—¿Le gustaría probárselas? —me pregunta, y siento una oleada de deseo en el estómago.

Son una monada, lo más bonito que he visto jamás. ¡Bendito sea Dios!

Pero no necesito otras sandalias, ¿verdad? No, en absoluto.

Vamos, Becky. Di-simplemente-no.

—La verdad es que... —Trago saliva intentando controlar la voz—. Bueno... —¡Dios!, casi no puedo decirlo—. Me llevaré solamente las lilas, gracias —consigo farfullar.

—Muy bien. —Teclea el código en la caja—. Son ochenta y nueve libras. ¿Cómo quiere pagar?

—Esto... con tarjeta, por favor.

Firmo el recibo, cojo el bolso y salgo de la tienda un poco anestesiada.

¡Lo he conseguido! ¡He logrado controlarme! Sólo necesitaba un par de sandalias y es lo que he comprado. Ha sido entrar y salir, tal como había planeado. ¿Veis?, puedo hacerlo cuando me lo propongo. Ésta es la nueva Becky Bloomwood.

Como he sido buena, me merezco una recompensa. Así que me voy a una cafetería y me siento en la terraza, al sol, con un capuchino.

Doy el primer sorbo y las palabras «quiero ese par de sandalias de color mandarina» cruzan por mi mente.

¡Alto ahí! Piensa en otra cosa. Luke. Las vacaciones. Nuestro primer viaje juntos. ¡Qué ganas tengo!

Desde que empezamos a salir juntos he estado intentando proponerle ir a algún sitio, pero trabaja tanto que es como pedirle al primer ministro que deje de gobernar el país durante un rato (ahora que lo pienso, lo hace todos los veranos, ¿no? ¿Por qué no puede hacerlo Luke?).

Está tan ocupado que ni siquiera conoce a mis padres, y eso me molesta un poco. Hace unas semanas, le invitaron a comer un domingo. Mi madre se pasó días enteros cocinando —bueno, en realidad compró comida precocinada en el supermercado, pero nada más y nada menos que lomo de cerdo relleno de albaricoque y un budín muy pijo de merengue de chocolate—. En el último minuto, Luke canceló la cita porque había un problema con uno de sus clientes de

26

los periódicos de los domingos. Así que tuve que ir sola y, la verdad, me sentí muy triste. A mi madre se le notaba mucho que estaba disgustada, pero dijo: «Sólo era una visita informal.» Aunque al día siguiente Luke le envió un enorme ramo de flores para disculparse (o al menos lo hizo Mel, su secretaria), no es lo mismo, ¿verdad?

Lo peor es que los vecinos, Janice y Martin, pasaron a tomar una copa de jerez para conocer al «famoso Luke» y, cuando vieron que no estaba, empezaron a echarme miradas compasivas con un tinte de engreimiento porque su hijo Tom se casa la semana que viene con su novia Lucy. Tengo la horrible sospecha de que piensan que su hijo me gusta (nada más lejos de la realidad, sólo que, cuando a la gente se le mete en la cabeza algo así, es imposible convencerles de lo contrario).

Cuando le dije a Luke que estaba muy enfadada, me contestó que yo tampoco conocía a los suyos, cosa que no es del todo cierta. Crucé unas cuantas palabras con su padre y su madrastra en un restaurante, aunque he de reconocer que yo no estaba en mi mejor momento. De todas formas, ellos viven en Devon y la verdadera madre de Luke en Nueva York, con lo que no están precisamente al lado.

Más tarde hicimos las paces y, al menos en esta ocasión, se está esforzando por esta miniescapada. La verdad es que fue Mel la que sugirió la idea de irnos unos días. Me dijo que Luke llevaba más de tres años sin cogerse unas vacaciones de verdad y que a lo mejor tendría que ir inculcándole la idea. Así que dejé de hablar de periodos largos, empecé a hacer comentarios sobre fines de semana, y la cosa funcionó. De repente, Luke me pidió que pasara con él este sábado y domingo, y se encargó de hacer la reserva en el hotel y demás. ¡Tengo tantas ganar de ir! No haremos otra cosa que descansar, tomarnos las cosas con calma y pasar el tiempo juntos, para variar. Perfecto.

«Quiero esas sandalias de color mandarina.»

¡Basta! ¡Deja de pensar en ellas!

Tomo otro sorbo de café, me recuesto en la silla y me obligo a mirar la bulliciosa calle. La gente camina con paso decidido, cargando bolsas y conversando. Veo una chica que lleva unos pantalones muy bonitos, creo que son de Nicole Garhi y... ¡Dios mío!

Un hombre de mediana edad, con un traje oscuro, viene por la calle en esta dirección. Lo conozco, es Derek Smeath, el director de mi banco.

Creo que me ha visto.

«¡Tranquila! —me ordeno a mí misma—. No tienes por qué asustarte.» Puede que en un tiempo me hubiera sentido turbada al verlo y hubiera intentado esconderme detrás de la carta del menú o echar a correr, pero eso pertenece al pasado. Hoy en día, el encantador Smeathie y yo mantenemos una sincera y amistosa relación.

Con todo, procuro alejar un poco la silla de la bolsa de LK Bennett, como si no fuera mía.

—¡Hola, señor Smeath! —lo saludo amigablemente cuando llega a mi lado—. ¿Qué tal está?

—Muy bien, gracias —responde sonriendo—. ¿Y usted?

—Bien, gracias. ¿Quiere... tomar un café? —le pregunto educadamente, señalando la silla vacía que hay frente a mí. Esperaba que dijera que no, pero, para mi sorpresa, se sienta y coge la carta.

¡Qué curioso! Aquí estoy, tomando café con el director de mi banco en una terraza. Bueno, a lo mejor encuentro la manera de aprovecharlo para *Los Desayunos de Televisión*: «Prefiero mantener una relación personal con mis finanzas —diría mirando sonriente hacia la cámara—. Normalmente hablo con el director de mi banco sobre mis inversiones mientras tomamos un café en una terraza.»

—Da la casualidad de que acabo de escribirle una carta —me informa mientras la camarera le sirve el café. De repente, su voz me suena más seria y me pongo tensa. ¿Qué habré hecho ahora?—. Bueno, a usted y a todos nuestros clientes. Para informarles de que me voy.

—¿Qué? —dejo el capuchino en la mesa, sobresaltada—. ¿Qué quiere decir con que se va?

—Me voy del Endwich Bank. He decidido aceptar la jubilación anticipada.

Lo miro con horror. ¡Derek Smeath no puede dejar el banco! No puede dejarme en la estacada ahora que todo va bien. Sí, ya sé que no es que coincidiéramos en todo, pero últimamente habíamos conseguido llevarnos bien. Comprende mi situación. Entiende que esté en números rojos. ¿Qué voy a hacer sin él?

—¿No es muy joven para jubilarse? —pregunto, consciente del tono de consternación de mi voz—. ¿No se aburrirá?

Se recuesta en la silla y toma un sorbo de café.

—No voy a dejar de trabajar del todo, pero creo que hay otras cosas en esta vida aparte de preocuparse por las cuentas corrientes de la gente. Aunque algunas hayan sido realmente fascinantes...

—Sí, claro. Me alegro por usted —digo encogiéndome de hombros un poco avergonzada—. Pero..., le echaré de menos.

—Aunque no lo crea —afirma sonriente—, yo también la echaré de menos. La suya ha sido una de las cuentas más... interesantes con las que me ha tocado trabajar.

Me mira fijamente y siento que me ruborizo. ¿Por qué tendrá que recordarme el pasado? Aquello ya pasó, he cambiado. Todo el mundo puede hacer borrón y cuenta nueva, empezar una nueva vida, ¿no?

—Parece que su carrera en televisión le va de maravilla.

—Es estupendo, ¿verdad? Además me pagan muy bien —añado deliberadamente.

—Sus ingresos han aumentado de forma considerable en los últimos meses —comenta dejando la taza en la mesa, y siento un ligero sobresalto—. Pero...

Lo sabía. ¿Por qué tiene que haber siempre un «pero»? ¿Por qué no puede estar simplemente orgulloso de mí?

—Pero... —repite—, sus gastos también han aumentado. Y mucho. De hecho, su descubierto es mayor que en el momento crítico de sus..., digamos, excesos.

¿Excesos? ¡Qué mezquino!

—Debería hacer un esfuerzo para mantenerse dentro del límite de su descubierto o, mejor aún, pagarlo.

—Ya, ya —contesto distraídamente—. Sí, es lo que pensaba hacer.

Acabo de ver a una chica que camina por la acera de enfrente con una bolsa de LK Bennett. Es muy grande, seguro que lleva dos cajas de zapatos dentro.

Si ella puede comprárselos, ¿por qué yo no? ¿Quién ha dicho que sólo se puede comprar un par de zapatos cada vez? Depende de muchas cosas.

—¿Qué tal el resto de sus cuentas? ¿Tiene facturas pendientes en las tarjetas de crédito de las tiendas?

—No —contesto con tono de suficiencia—. Las pagué todas hace meses.

—¿Y no ha comprado nada desde entonces?

—Sólo alguna cosilla. Prácticamente nada.

¿Qué son noventa libras en la inmensidad del universo?

—Se lo pregunto porque creo que debo prevenirla. Ha habido una reestructuración en el banco y no creo que mi sucesor, John Gavin, se tome sus números rojos de forma tan relajada como yo. No sé si se da cuenta de lo indulgente que he sido con usted.

—¿Sí? —pregunto sin escucharle.

Imaginad que me diera por fumar. Seguramente me gastaría noventa libras sin darme cuenta, ¿verdad?

Pensad en todo el dinero que he ahorrado al no fumar. Lo suficiente para comprarme unas sandalias.

—Es una persona muy competente, pero muy estricta. Tiene fama de inflexible.

—Bien —afirmo distraídamente.

—Le recomiendo que se ocupe de su descubierto ya mismo —insiste tomando un sorbo de café—. ¿Ha pensado en suscribir un fondo de pensiones?

—Esto..., fui a ver al asesor que me recomendó.

—¿Y eligió alguno?

Sin muchas ganas, vuelvo a prestarle atención.

—Bueno, tengo que estudiar todas las posibilidades —digo poniendo cara de inteligente y experta en finanzas—. No hay nada peor que precipitarse y escoger la opción indebida, ya sabe. Sobre todo si se trata de algo tan importante como un plan de pensiones.

—Tiene mucha razón. Pero no se duerma en los laureles. El dinero no se invierte solo.

—Ya lo sé.

Ahora me siento mal. Puede que tenga razón. Puede que debiera invertir esas noventa libras en un fondo de pensiones en vez de comprarme otro par de zapatos.

Pero, por otro lado, ¿para qué quiero un plan de pensiones de noventa libras? No me va a servir de nada cuando sea mayor. Noventa miserables libras. Para cuando sea una anciana, seguramente el mundo habrá explotado.

Mientras que un par de zapatos es algo tangible, algo que se puede tener en las manos...

¡A la mierda! Me los voy a comprar.

—Lo siento, señor Smeath, pero tengo que irme —suelto de repente, dejando la taza sobre la mesa—. Tengo algo que... hacer.

Ya que me he decidido, debo volver lo más rápido posible. Cojo la bolsa y dejo un billete de cinco libras en la mesa.

—Encantada de verle y buena suerte en su jubilación.

—Mucha suerte para usted también —afirma sonriéndome amablemente—. Acuérdese de lo que le he dicho. John Gavin no la consentirá tanto como yo. Ándese con cuidado.

—Lo haré.

Y, sin correr, echo a andar a paso ligero, en dirección a LK Bennett.

Vale, si nos ponemos serios, en realidad no necesito comprarme unas sandalias de color mandarina. No son esenciales. Pero lo que se me ha ocurrido mientras me las probaba es que no he roto mi palabra, porque «las voy a necesitar».

Después de todo, algún día necesitaré comprarme zapatos, ¿no? A todo el mundo le hacen falta, y es más inteligente hacerme con unos que realmente me gustan que esperar a que se me rompan los últimos y después no encontrar nada bonito en las tiendas. Es cuestión de actuar pensando las cosas. Es como... proteger mi futura situación en el mercado del zapato.

Cuando salgo de la tienda con mis dos relucientes bolsas me siento rodeada de un aura resplandeciente. No tengo ganas de ir a casa, así que decido cruzar la calle y pasar por Gifts and Goodies. Es una de las tiendas que vende los marcos de Suze y suelo entrar en ella siempre que paso por allí, para ver qué tal van sus ventas.

Abro la puerta y sonrío a la dependienta, que levanta la vista para mirarme. Es una tienda preciosa, acogedora y perfumada, llena de cosas bonitas, como bandejas de escritorio de alambre cromado y posavasos de cristal grabado. Me acerco a una estantería de agendas de piel color malva claro y, ¡allí están!, tres marcos de *tweed* color violeta hechos por Suze. Todavía me pongo nerviosa cuando veo alguno.

¡Dios mío! Hay una clienta que lleva uno en la mano. ¡Lo ha elegido!

Todavía no había visto a nadie comprando uno. Sé que debe de haber gente que lo hace porque tienen mucho éxito, pero nunca lo había visto en directo. Es emocionante.

Me acerco silenciosamente y veo que le da la vuelta y frunce el entrecejo cuando mira el precio. El corazón empieza a latirme con fuerza.

—Es un marco muy bonito —comento con disimulo—. Algo poco corriente.

—Sí, es verdad —contesta dejándolo en la estantería.

«¡No! —pienso consternada—. ¡Vuelve a cogerlo!»

—Es difícil encontrar marcos bonitos —añado como dándole conversación—. ¿No cree? Cuando se encuentra uno hay que comprarlo antes de que alguien te lo quite.

—Supongo —responde la clienta cogiendo un pisapapeles y frunciendo el entrecejo otra vez.

¡Se va! ¿Qué puedo hacer?

—Creo que compraré uno —digo en voz alta—. Será un bonito regalo, sirve tanto para un hombre como para una mujer. Todo el mundo necesita marcos para las fotografías, ¿no?

La clienta no parece haberse dado cuenta. Es igual, cuando me vea pagarlo, volverá a pensárselo.

Me dirijo hacia la caja y la mujer que hay detrás de ella me sonríe. Creo que es la dueña, porque la he visto entrevistando a solicitantes de trabajo y hablando con proveedores (no es que venga muy a menudo, ha sido pura coincidencia).

—¡Hola otra vez! Le gustan mucho estos marcos, ¿verdad?

—¡Pues sí! —afirmo gritando—. Además son muy baratos. Pero la clienta está mirando una licorera y parece no haberme oído.

—¿Cuántos ha comprado ya? Deben de ser unos... ¿veinte?

«¿Qué? —pienso volviendo a prestar atención a lo que me dice la dueña—. ¿De qué me está hablando?»

—¿O treinta?

La miro desconcertada. ¿Ha estado espiándome cada vez que he venido o qué? ¿Acaso he hecho algo ilegal?

—Ya tendrá una buena colección —comenta complacida mientras lo envuelve en papel de seda.

Tengo que decirle algo o pensará que sólo yo compro los marcos de Suze, y no el público en general. Es ridículo, «treinta», dice la tía. Como mucho serán... cuatro o cinco.

—No, no son tantos —replico rápidamente—. Me parece que me está confundiendo con otra persona. Además, no he venido solamente a por un marco —añado riéndome para demostrarle que lo que dice es ridículo—. La verdad es que también necesito... esto.

Cojo al azar unas letras de madera que hay en una cesta cercana y se las entrego. Sonríe y empieza a envolverlas en papel de seda, una a una.

—P... T... R... R...

Se detiene y las mira un poco desconcertada.

—¿Está intentando poner Peter?

¡Por todos los santos! ¿Es que siempre ha de haber una razón para comprar las cosas?

—Esto, sí. Son para mi ahijado. Tiene tres años.

—Muy bien. Pondremos dos es y quitaremos una erre.

Me mira amablemente como si yo fuera medio tonta. Bueno, es normal, no sé ni deletrear Peter, y eso que es el nombre de mi ahijado.

—Con esto son cuarenta y ocho libras —dice mientras abro el bolso—. ¿Sabe?, por compras de cincuenta libras regalamos una vela perfumada.

—¿Sí? —pregunto con verdadero interés. No me iría nada mal y son sólo dos libras más...

—Estoy segura de que encontraré algo... —aseguro mirando por la tienda.

—Puede comprar el resto de letras para su ahijado —sugiere—. ¿Cómo se apellida?

—Esto..., Wilson —contesto sin pensar.

—Wilson —dice, y para mi horror empieza a buscar en la cesta—. W..., L... Aquí hay una O.

—Creo que —intervengo rápidamente— prefiero otra cosa. La verdad es que... que sus padres... se están divorciando y puede que cambie de apellido.

—¿En serio? —pregunta poniendo cara comprensiva mientras deja las letras en la cesta—. Entonces, ¿se trata de una separación poco amistosa?

—Sí —contesto buscando con la mirada qué puedo comprar—. Su... su madre se fugó con el jardinero.

—¡No! —exclama mirándome, y me doy cuenta de que otras dos personas también me están escuchando—. ¿Se fugó con el jardinero?

—Era muy guapo —improviso cogiendo un joyero que cuesta setenta y cinco libras—, y ella iba todo el día detrás de él. El marido los encontró en el cobertizo y...

—¡Santo cielo! —exclama la dueña—. ¡Parece increíble!

—Pues es la pura verdad —se oye una voz al otro lado de la tienda.

¡¿Qué?!

El corazón se me dispara y veo que la mujer que estaba mirando los marcos de Suze se acerca hacia mí.

—Supongo que está hablado de Jane y Tim, ¿verdad? Un escándalo terrible. Pero pensaba que el niño se llamaba Toby.

La miro incapaz de hablar.

—Puede que Peter sea su verdadero nombre —sugiere la dueña señalándome con la mano—. Ella es su madrina.

—¡Así que es usted! —exclama la señora—. He oído hablar mucho de usted.

Esto no puede estar pasando. No puede ser verdad.

—Entonces, a lo mejor podrá decirme... —La señora se acerca más y baja la voz—. ¿Ha aceptado Tim la oferta de Maud?

Miro a mi alrededor y veo que todo el mundo en la tienda guarda silencio esperando mi respuesta.

—Sí —digo con prudencia—. Sí que la ha aceptado.

—¿Y ha funcionado? —pregunta mirándome muerta de curiosidad.

—Esto..., no. Él y Maud se... se pelearon.

—¡No! —exclama llevándose una mano a la boca—. ¿Se pelearon? ¿Por qué?

—Ya sabe —digo a la desesperada—. Por todo un poco, los platos sucios... Creo que pagaré en efectivo. —Busco en mi bolso y pongo un billete de cincuenta libras en el mostrador—. Quédese el cambio.

—¿No quiere la vela perfumada? —pregunta la dueña de la tienda—. Puede elegir entre vainilla, sándalo...

—No se preocupe —contesto corriendo hacia la puerta.

—¡Espere! —me grita la mujer—. ¿Qué le pasó a Ivan?

—Emigró a Australia —contesto cerrando la puerta de golpe.

¡Joder! Casi no salgo de ésta. Mejor me voy a casa.

• • •

34

Cuando llego a la esquina de nuestra calle, me detengo para arreglar un poco las bolsas. O sea, las meto todas en una de LK Bennett y las empujo hacia abajo para que no se vean.

No es que las esté escondiendo ni nada parecido, sólo que prefiero llegar a casa con una sola bolsa en la mano.

Esperaba poder escabullirme hasta mi habitación sin que me viera Suze, pero, cuando abro la puerta, veo que está sentada en el recibidor empaquetando algo.

—¡Hola! —saluda—. ¿Te has comprado los zapatos?

—¡Sí! —contesto alegremente—. He encontrado mi número sin problemas.

—¡Enséñamelos!

—Espera a que los saque de la caja —le pido sin perder la calma, mientras me dirijo a mi habitación intentando disimular. Pero sé que tengo cara de culpable, incluso se me nota en la forma de andar.

—¡Bex! —grita de repente—. ¿Qué más llevas en la bolsa? No has comprado solamente unos zapatos, ¿verdad?

—¿Bolsa? —Me doy la vuelta como si no supiera de qué me habla—. ¡Ah!, esta bolsa... Esto..., sólo llevo unas cosillas. Ya sabes, chucherías.

Mi voz se va apagando poco a poco mientras Suze cruza los brazos y me mira con tanta severidad como puede.

—¡Enséñamelas!

—Bueno —digo apresuradamente—. Ya sé que te dije que sólo me compraría un par. Pero, antes de que te enfades, ¡mira! —Saco la segunda bolsa de LK Bennett, abro la caja y le enseño una de las sandalias de color mandarina—. ¡Mira esto!

—¡Dios mío! —exclama—. Es preciosa —dice quitándomela de la mano y acariciando la suave piel. Después vuelve a poner una expresión adusta—. Pero ¿las necesitas de verdad?

—Sí —afirmo recelosa—. Bueno, al menos de cara al futuro. Ya sabes, como una especie de inversión.

—¿Una inversión?

—Sí, y en cierto modo estoy ahorrando dinero, porque ya no tendré que gastar en zapatos el año que viene. Ni una libra.

—¿De verdad? —pregunta con desconfianza—. ¿Nada de nada?

—En serio. De verdad, Suze, no me las quitaré ni para dormir. No voy a necesitar calzado como mínimo en un año; puede que dos.

Suze se queda en silencio. Me muerdo el labio esperando que me diga que vaya a la tienda y las devuelva, pero está mirando la sandalia y tocando la mandarina.

—¡Pruébatelas! —me pide de repente—. ¡Deja que te las vea puestas!

Con un ligero estremecimiento, saco la otra y me las pongo. Me quedan perfectas. Mis zapatitos color mandarina me encajan cual Cenicienta.

—¡Oh, Bex! —exclama, y ya no tiene que decir nada más; su mirada, más transigente, lo dice todo.

Hay veces que me gustaría casarme con ella.

Después de pasearme arriba y abajo unas cuantas veces, exhala un suspiro y mira dentro de la bolsa de Gifts and Goodies.

—¿Qué has comprado aquí? —pregunta, mientras las letras de madera caen al suelo y empieza a ordenarlas—. P-E-T-E-R, ¿quién es Peter?

—No lo sé —contesto quitándole la bolsa antes de que pueda ver su marco (una vez me pilló comprando uno en Fancy Free y se enfadó muchísimo, me dijo que si quería me haría uno)—. ¿Conoces a alguien que se llame así?

—No, en realidad no... Pero podríamos tener un gato y ponerle ese nombre.

—Sí, es una buena idea. Bueno, mejor empiezo a prepararme para mañana.

—Ahora que me acuerdo —dice cogiendo un trozo de papel—. Te ha llamado Luke.

—¿Sí? —pregunto intentando disimular la alegría. Cuando llama siempre es una agradable sorpresa porque, para ser sincera, no lo hace muy a menudo. O sea, sí que llama para preguntar a qué hora quedamos y cosas así, pero casi nunca lo hace para hablar. A veces me envía algún correo electrónico; no es que diga mucho, sino más bien... Pongámoslo así: la primera vez que recibí uno me dejó cortada (aunque ahora los echo de menos).

—Ha dicho que te recogerá mañana en los estudios de televisión, a las doce. Que el Mercedes está en el taller y que iréis en el descapotable.

—¡Qué guay!

—Sí, ¡qué suerte! —me anima sonriendo—. También ha dicho que no lleves mucho equipaje porque el maletero es muy pequeño.

36

La miro y la sonrisa desaparece de mi cara.

—¿Qué has dicho?

—Que no lleves mucho equipaje —repite—. Ya sabes, pocas maletas, una bolsa pequeña o algo así.

—¡Ya sé lo que quiere decir no llevar mucho equipaje! —protesto con voz alarmada—. Pero... ¡no puedo!

—¡Claro que puedes!

—¿Has visto la cantidad de cosas que tengo? —le pregunto dirigiéndome a mi habitación y abriendo la puerta—. ¡Mira!

Suze levanta la mirada un poco vacilante hacia donde le indico, y las dos contemplamos la cama. La maleta verde está llena, hay otro montón de ropa a su lado y todavía no he preparado el maquillaje y demás.

—No puedo, Suze... —gimo—. ¿Qué hago?

—Llama a Luke y díselo —me sugiere—. Dile que tendrá que alquilar un coche con un maletero más grande.

Permanezco en silencio un instante, intentando imaginar la cara que pondría Luke si le dijera que tiene que alquilar un coche más grande para llevar mi ropa.

—Lo que pasa es que... —digo finalmente—. No estoy segura de que lo entienda.

Suena el timbre y Suze se levanta.

—Debe de ser el chico de Special Express, que viene a recoger mi paquete. Seguro que todo sale bien. No sé, quita alguna cosa.

Va a abrir la puerta y me deja mirando mi revuelta cama.

¡Quitar alguna cosa! Pero ¿qué? Todo lo que he cogido es imprescindible. Si empiezo a quitar cosas sin más, todo mi sistema se vendrá abajo.

Bueno, venga, piensa en positivo. Tiene que haber una solución.

A lo mejor puedo enganchar un remolque sin que Luke se dé cuenta. O también puedo ponerme toda la ropa encima y decirle que tengo un poco de frío...

Es inútil. ¿Qué voy a hacer?

Salgo de la habitación hacia el recibidor y veo que Suze le entrega un sobre acolchado a un hombre vestido de uniforme.

—Muy bien. Si tiene la amabilidad de firmar aquí... ¡Hola! —saluda mirándome, y le hago un gesto con la cabeza mientras miro la chapa que lleva en la solapa, que dice: «Cualquier cosa, en cualquier sitio, mañana por la mañana.»

—Aquí tiene el justificante —le dice a Suze, y se da media vuelta para irse. Cuando ya está cruzando el umbral, las letras de su chapa empiezan a darme vueltas por la cabeza.

Cualquier cosa.

En cualquier sitio.

Mañana...

—¡Espere un momento! —le grito cuando está a punto de cerrar la puerta—. ¿Puede esperar un...?

Sra. Rebecca Bloomwood
Burney Road, 4, 2.ª
Londres SW6 8FD

4 de septiembre de 2001

Estimada Becky,

Muchas gracias por su mensaje. Me alegra mucho oír que el libro va bien.

Me gustaría recordarle que, cuando hablamos hace dos semanas, me aseguró que el primer borrador estaría listo en unos cuantos días. Estoy segura de que ya lo ha enviado y se ha extraviado en Correos. ¿Sería mucho pedir que me envíe otra copia?

En cuanto a la foto, puede vestirse con lo que se sienta más a gusto. Una camiseta de Agnès B me parece bien, al igual que los pendientes que describe.

A la espera de recibir pronto el texto, aprovecho para decirle de nuevo lo encantados e ilusionados que estamos de que escriba para nosotros.

Un cordial saludo,

Pippa Brady
Editora

PARADIGMA: LOS LIBROS QUE LE AYUDAN A AYUDARSE

PRÓXIMAMENTE: *Supervivencia en la jungla*, de Roger Flintwood (general de brigada).

tres

A las doce menos cinco todavía estoy sentada bajo los brillantes focos del plató de *Los Desayunos de Televisión*, preguntándome cuánto tardaremos en acabar. Normalmente, mis consejos financieros terminan a las once cuarenta, pero le han dedicado tanto tiempo a una vidente que afirmaba ser la reencarnación de la reina de Escocia, que todo se ha alargado más de lo previsto. Luke llegará en cualquier momento y todavía tengo que quitarme este traje tan formal.

—¿Becky? —me avisa Emma, una de las presentadoras del programa, que está sentada frente a mí en un sofá azul—. Parece que tenemos un problema.

—Tienes razón —respondo volviendo a la realidad. Miro la hoja de papel que tengo delante y sonrío comprensiva a la cámara—. En resumidas cuentas, Judy: usted y su marido Bill han heredado dinero, usted quiere invertirlo en bolsa pero su marido no la deja.

—Es como hablar con la pared —explica Judy con voz indignada—. Dice que lo perderemos, que también es su dinero y que si lo que quiero es jugármelo todo, puedo irme a la...

—Entiendo —la interrumpe Emma con suavidad—. Bueno, la cosa parece complicada, Becky. Una pareja que no se pone de acuerdo sobre qué hacer con su dinero.

—¡No lo entiendo! —exclama Judy—. Es nuestra única oportunidad de hacer una inversión en serio. Una buena ocasión. ¿Por qué no quiere entenderlo?

Se calla y de repente reina un silencio expectante en el estudio. Todo el mundo espera mi respuesta.

41

—Judy... —Hago una pausa para pensar—. ¿Puedo hacerte una pregunta? ¿Qué se ha puesto Bill hoy?

—Un traje —responde un poco sorprendida—. Un traje gris de los de ir a trabajar.

—¿Qué corbata lleva? ¿Lisa o con dibujos?

—Lisa —contesta Judy sin pensárselo—. Todas las que tiene son iguales.

—¿Se pondría una con... dibujos animados?

—¡Jamás!

—Entiendo —digo enarcando las cejas—. ¿Me equivoco si digo que Bill no es una persona intrépida? ¿Que es alguien a quien no le gusta correr riesgos?

—Bueno, pues..., ahora que lo dice, supongo que sí.

—¡Ajá! —exclama Rory desde el otro lado del sofá. Rory es el otro presentador del programa. Tiene unos rasgos muy pronunciados y le encanta vacilar con las estrellas de cine, aunque no es precisamente un cerebrito—. Creo que sé a lo que te refieres, Becky.

—Gracias, Rory —interviene Emma levantando los ojos al cielo—. Creo que todos sabemos a lo que se refiere. Entonces, Becky, si a Bill no le gusta correr riesgos, no debería invertir en bolsa.

—No, no quiero decir eso. Puede que Bill no se dé cuenta de que existen muchos tipos de riesgo. Si se invierte en bolsa, se puede perder dinero a corto plazo; pero, si se deja en el banco durante muchos años, se corre el riesgo de que la inflación reduzca el valor de esa herencia.

—¡Ajá! —agrega Rory sabiamente—. La inflación...

—Dentro de veinte años, seguramente habrá perdido gran parte de su valor, en comparación con lo que habría podido conseguir en bolsa. Así que si Bill no ha cumplido todavía cuarenta años y quiere hacer una inversión a largo plazo, por muy arriesgada que le parezca, es mucho más seguro elegir una cartera de valores compensada.

—¡Caramba! —observa Emma mirándome con admiración—. No se me hubiera ocurrido enfocarlo de esa manera.

—El éxito de una inversión reside simplemente en enfocar las cosas de otra manera —afirmo sonriendo con modestia.

Me encanta cuando encuentro la respuesta adecuada y dejo a todo el mundo boquiabierto.

—¿Te ha servido de ayuda, Judy? —pregunta Emma.

—Sí, claro. He grabado el programa en vídeo y se lo enseñaré esta noche a Bill.

—¡Muy bien! —exclamo—. Fíjate en qué corbata lleva puesta.

Todo el mundo se echa a reír, y después de un momento me uno a ellos, aunque yo no estaba bromeando.

—Tenemos tiempo para una última llamada —afirma Emma—. Enid, de Northampton, quiere saber si tiene suficiente dinero para jubilarse. ¿Es eso lo que quieres preguntar, Enid?

—Sí, eso es —oímos a través de los altavoces—. Tom, mi marido, acaba de jubilarse y la semana pasada tuve vacaciones. Me quedé en casa cocinando y demás, y él empezó a decirme que por qué no me jubilaba yo también. Lo que pasa es que no sé si tenemos suficiente dinero ahorrado, y por eso llamo.

—¿Con qué tipo de previsión financiera contáis para vuestro retiro?

—Bueno... Yo tengo un plan de pensiones que he estado pagando toda la vida —contesta Enid vacilante—. También tengo un par de planes de ahorro y hace poco heredamos una cantidad suficiente como para pagar la hipoteca.

—Bueno —señala Emma animadamente—. Hasta yo podría decir que lo tienes todo previsto, Enid. ¡Feliz jubilación!

—Gracias. Así que, tal como dijo Tom, no hay razón para que no me jubile, ¿no? —Se produce un silencio en el que sólo se oye su desacompasada respiración y Emma me lanza una mirada. Sé que Barry, el productor, debe de estar gritándole en el auricular que llene el silencio de alguna manera.

—¡Buena suerte, Enid! —la anima cariñosamente—. Becky, ¿qué piensas del tema de los planes de jubilación?

—Espera un momento —pido frunciendo el entrecejo—. No hay motivo económico para que no te jubiles, Enid, pero ¿qué me dices de la cuestión más importante? ¿Realmente quieres hacerlo?

—Bueno... —La voz de Enid se debilita—. Tengo más de cincuenta años y hay que seguir adelante, ¿no? Y, como dijo Tom, así tendremos más tiempo para estar juntos.

—¿Te gusta tu trabajo?

Se queda callada un momento.

—Sí, claro. Somos un montón de gente. Yo soy mayor que la mayoría de ellos, pero eso no cuenta a la hora de pasarlo bien.

—Me temo que se nos ha acabado el tiempo —interrumpe Emma, que recibe instrucciones en su auricular. Sonríe a la cámara—. Buena suerte en tu nueva vida, Enid...

—¡Un momento! —exclamo rápidamente—. ¡Por favor, Enid! Si quieres hablar de esto un poco más, no cuelgues.

—Bien —contesta después de un momento—. Me encantaría.

—Ahora pasaremos a la información meteorológica —informa Rory, que siempre se anima cuando se acaba el espacio financiero—. ¿Alguna cosa más, Becky?

—Lo de siempre —afirmo mirando a la cámara—. Cuida de tu dinero...

—... y tu dinero cuidará de ti —continúan Rory y Emma al unísono. Después de un congelado de imagen, todo el mundo se relaja y Zelda, la ayudante de producción, entra en el plató.

—¡Muy bien! ¡Buen trabajo! Becky, Enid sigue en la línea cuatro. Podemos deshacernos de ella si quieres.

—No. Voy a hablar con ella. Creo que no le apetece nada jubilarse.

—Como quieras —dice Zelda apuntando algo en su tablilla con sujetapapeles—. ¡Ah!, Luke te está esperando en recepción.

—¿Ya? —Miro el reloj—. ¡Dios mío!... Vale, ¿puedes decirle que no tardaré?

La verdad es que no tenía intención de pasar tanto tiempo al teléfono, pero, una vez que Enid ha empezado a hablar, lo ha confesado todo: le asusta jubilarse y su marido sólo quiere que se quede en casa para que le haga la comida. Su trabajo le gusta y estaba pensando en hacer un curso de informática, pero su marido le dijo que era una pérdida de tiempo... Cuando acaba de contármelo todo, estoy que muerdo. Le he dicho varias veces lo que pienso y estoy a punto de preguntarle si se considera feminista cuando Zelda me da un golpecito en el hombro y de repente me acuerdo de dónde estoy.

Tardo cinco minutos en disculparme y decirle que tengo que irme, se disculpa ella y nos decimos «adiós», «gracias» y «de nada» unas veinte veces. Después, voy tan rápido como puedo al camerino, me quito el modelito que me he puesto para el programa de hoy y me pongo el de ir de viaje.

44

Cuando me miro en el espejo, me veo guapísima. Llevo una camiseta de muchos colores tipo Pucci, unos vaqueros cortos desgastados, las sandalias nuevas, unas gafas Gucci (estaban a mitad de precio en las rebajas de Harvey Nichols) y mi querido pañuelo azul pálido de Denny and George.

Para Luke es algo muy especial. Cuando alguien nos pregunta cómo nos conocimos, siempre dice: «nuestras miradas se cruzaron a través de un pañuelo de Denny and George», y es casi cierto. Me prestó parte del dinero que necesitaba para comprarlo y asegura que todavía no se lo he devuelto y que, en parte, es suyo (mentira, porque se lo devolví al poco tiempo).

El caso es que suelo ponérmelo cuando salimos juntos o cuando nos quedamos en casa. De hecho, os diré un pequeño secreto: a veces, cuando... Bueno, mejor no os lo cuento. Tampoco hace falta que lo sepáis todo. ¡Olvidadlo!

Cuando por fin llego a la recepción, miro el reloj y me doy cuenta de que llevo cuarenta minutos de retraso. Luke está sentado en un mullido sillón y está guapísimo con el polo que le compré en las rebajas de Ralph Lauren.

—Lo siento mucho. Estaba...

—Ya lo sé —dice doblando el periódico y poniéndose de pie—. Estabas hablando con Enid. —Me da un beso y me aprieta el brazo—. He visto las dos últimas llamadas. ¡Lo has hecho muy bien!

—No te imaginas cómo es su marido —le comento mientras atravesamos la puerta en dirección al aparcamiento—. No me extraña que quiera seguir trabajando.

—Ya me imagino.

—Piensa que su mujer sólo sirve para hacerle la vida más fácil. —Meneo la cabeza con furia—. ¡Joder! Yo no voy a... quedarme en casa para prepararte la cena. ¡Ni loca!

Nos quedamos en silencio, levanto la vista y veo una leve sonrisa en los labios de Luke.

—O... —añado rápidamente— la de nadie.

—Me alegra que lo digas —interviene con dulzura—. Sobre todo si no vuelves a preparar ese cuscús sorpresa.

—Ya sabes a lo que me refiero —replico ruborizándome—. Además, prometiste que no volverías a mencionar ese asunto nunca más.

Al poco de salir juntos, le preparé una cena marroquí porque quería demostrarle que sé cocinar. Había visto un programa sobre la cocina de ese país y parecía muy fácil de hacer. Además vi una preciosa vajilla marroquí de rebajas en Debenhams y todo prometía salir a las mil maravillas.

Pero me salió horriblemente pastoso. Hice muchísimo y había boles de sémola por todas partes. Era la cosa más asquerosa que había probado en mi vida, incluso después de pasarlo por la sartén con un poco de salsa de mango, como me sugirió Suze.

Bueno, no importa, al final nos comimos una estupenda pizza.

Cuando llegamos al rincón del aparcamiento en el que está el descapotable, Luke lo abre con el mando a distancia.

—Recibiste mi mensaje, ¿verdad? El del equipaje.

—Sí, sólo llevo esto.

Con aire de suficiencia, le enseño la maletita más mona y más pequeña del mundo, que me compré en una tienda para niños, en Guildford. Es de lona blanca con corazones rojos y la utilizo como neceser.

—¿Eso es todo? —pregunta sorprendido, y contengo una risita. ¡Ja! Esto le enseñará que yo también puedo viajar con poco equipaje.

Estoy muy contenta conmigo misma. Lo único que llevo dentro es el maquillaje y el champú, pero Luke no tiene por qué saberlo.

—Pues sí —contesto enarcando las cejas—. Dijiste que llevara pocos bultos, ¿no?

—Sí, claro, pero sólo eso... —dice indicando la maletita—. Me dejas a cuadros.

Mientras abre el maletero, me siento en el asiento del conductor y lo ajusto para que los pies me lleguen a los pedales. Siempre he querido conducir un descapotable.

Después de dejar las maletas, Luke viene hacia mí con una mueca burlona dibujada en la cara.

—¿Vas a conducir tú?

—Pensaba hacerlo parte del viaje, para que no te canses. Ya sabes que es peligroso conducir mucho rato seguido.

—¿Podrás hacerlo con esos zapatos? —pregunta mirando mis sandalias color mandarina. He de confesar que el tacón es un poco alto para pisar bien los pedales, pero no voy a darle el gusto de admitirlo—. Son nuevas, ¿no? —añade observándolas detenidamente.

Estoy a punto de decir que sí cuando me acuerdo de que la última vez que lo vi también llevaba zapatos nuevos, al igual que la vez anterior. Qué extraño, debe de ser uno de esos fenómenos que se repiten por azar.

—No —niego rápidamente—. Hace años que las tengo. De hecho... —digo aclarándome la garganta—, son las que me pongo para conducir.

—Las que te pones para conducir —repite con escepticismo.

—Sí —afirmo poniendo el motor en marcha antes de que pueda decir nada más. ¡Qué barbaridad! Este coche suena de maravilla, incluso parece que las ruedas derrapan cuando meto la primera.

—Becky...

—Estoy bien —digo conduciendo tranquilamente hacia la salida. ¡Qué momento más fantástico! Ojalá me estuviera viendo alguien. ¿Estarán Rory y Emma mirando por la ventana? O el chaval del sonido, que se cree muy enrollado porque tiene una moto. ¡Ja!, no tiene un descapotable como yo. Toco el claxon sin querer-queriendo y, cuando resuena en todo el aparcamiento, veo que al menos tres personas se han dado la vuelta para mirarme. ¡Ja! ¡Ésta soy yo! ¡Ja, ja, ja!

—Cariño —dice Luke—, estás provocando un atasco.

Miro por el espejo retrovisor y veo que hay tres coches que me siguen lentamente. Es ridículo, tampoco voy tan despacio.

—Intenta subir una raya en el velocímetro —me sugiere Luke—, y ponlo a veinte por hora, ¿quieres?

—Ya voy —contesto enfadada—. No querrás que salga a mil por hora. Hay un límite de velocidad.

Llego a la salida, sonrío despreocupada al portero, que me mira sorprendido, y sigo hacia la calle. Indico que voy a girar a la izquierda y vuelvo a mirar si alguno de los que me sigue me está observando con admiración. Después, cuando el coche que llevo detrás empieza a tocar el claxon, aparco con cuidado en la acera.

—Ya está. Ahora te toca a ti.

—¿Ya?

—Tengo que pintarme las uñas —le explico—. Además, sé que piensas que no sé conducir y no quiero que te pases todo el camino hasta Somerset dándome la bronca.

—Eso no es verdad —protesta casi riéndose—. ¿Cuándo he dicho que no supieras conducir?

—No hace falta que lo digas. De la cabeza te sale un globito como los de los tebeos en el que pone: «Becky Bloomwood no sabe conducir.»

—En eso te equivocas, porque lo que pone es: «Becky Bloomwood no puede conducir con sus nuevas sandalias color mandarina porque tienen un tacón demasiado alto y puntiagudo.»

Levanta las cejas y me sonrojo.

—Es lo que me pongo para conducir —refunfuño pasándome al asiento del copiloto—. Y las he llevado un montón de años.

Cuando abro el bolso para coger la lima de uñas, Luke se sienta en el asiento del conductor, se inclina hacia mí y me da un beso.

—Gracias por conducir el trozo que te correspondía. Estoy seguro de que ha disminuido muchísimo el riesgo de que me quede dormido en la autopista.

—Me alegro —digo empezando mi manicura—. Vas a necesitar toda tu energía para los paseos por el campo que vamos a dar mañana.

Se produce un silencio y, después de un rato, lo miro.

—Sí —asegura, pero ya no sonríe—. Becky... Quería comentarte algo sobre mañana.

Se queda callado y lo miro sintiendo que mi sonrisa también se desvanece.

—¿De qué se trata? —pregunto intentando no parecer muy preocupada.

Durante un momento no dice nada, y después suspira bruscamente.

—Se me ha presentado la oportunidad de hacer un negocio y me gustaría... aprovecharla. Además han venido unas personas de Estados Unidos con las que tengo que hablar sin falta.

—¡Ah!, bueno. No pasa nada. Con que lleves el teléfono encima...

—En persona —me aclara mirándome a los ojos—. Mañana tengo una reunión.

—¿Mañana? —repito riéndome—. No podrás ir, estaremos en el hotel.

—Sí, y también la gente con la que tengo que hablar. Los he invitado a venir.

Lo miro incrédula.

—¿Has invitado a tus clientes a nuestras vacaciones?

48

—Solamente para la reunión. El resto del tiempo estaremos solos.

—¿Y cuánto tiempo durará? ¡No me lo digas! ¡Todo el día!

No me lo puedo creer. Después de haber esperado tanto tiempo, después de haberme entusiasmado tanto, después de haber preparado el equipaje...

—Becky, no va a estar tan mal.

—Me prometiste que te cogerías unos días de vacaciones. Dijiste que sería muy romántico.

—Y lo será.

—Sí, con todos tus amigos empresarios y tus horribles contactos pegados como lapas.

—No van a estar pegados a nosotros —replica con una sonrisa burlona—. Becky... —me coge de la mano pero la retiro.

—La verdad es que, si lo único que vas a hacer es hablar de negocios, no sé para qué he venido —comento apenada—. Si lo llego a saber, me hubiera quedado en casa. De hecho —abro la puerta del coche—, creo que me iré ahora mismo. Llamaré a un taxi desde el estudio de televisión.

Cierro la puerta de golpe y empiezo a andar por la calle, mientras las sandalias hacen clic-clac en la acera. Casi he llegado a la puerta del estudio cuando oigo su voz, ha gritado tanto que varias personas se han vuelto para mirar.

—¡Becky! ¡Espera!

Me paro, me doy la vuelta despacio y veo que está de pie, marcando un número en su móvil.

—¿Qué haces? —le pregunto recelosa.

—Estoy llamando a mi horrible contacto para cancelar la reunión.

Me cruzo de brazos y lo miro con los ojos entrecerrados.

—Hola. Habitación trescientos uno, por favor. Con Michael Ellis, gracias. Supongo que tendré que coger un avión y hablar con él en Washington —añade en un tono deliberadamente inexpresivo—. O esperar hasta la próxima vez que él y sus socios se reúnan en Gran Bretaña, lo que puede que sea más difícil, teniendo en cuenta su ocupadísima agenda de trabajo. Bueno, al fin y al cabo, sólo es un negocio. Un negocio que he estado esperando desde...

—¡Venga, déjalo ya! —protesto furiosa—. ¡Puedes tener tu estúpida reunión!

—¿Segura? —pregunta tapando el teléfono con una mano—. ¿Completamente segura?

—Sí —contesto encogiéndome de hombros—. Si es tan importante...

—Lo es —asegura mirándome a los ojos muy serio—. Créeme, no lo haría si no lo fuera.

Vuelvo despacio hasta el coche mientras él guarda su móvil.

—Gracias, Becky —murmura cuando entro—. Lo digo en serio. —Me acaricia la mejilla cariñosamente, gira la llave y pone en marcha el motor.

Conducimos hacia unos semáforos, lo miro y miro el teléfono, que le asoma en el bolsillo.

—¿Ibas a llamar a ese hombre de verdad?

—¿Te ibas a ir a casa de verdad? —contesta sin mover la cabeza.

Esto es lo que más me molesta de él. Nunca me puedo salir con la mía.

Conducimos durante más o menos una hora en dirección al campo, paramos a comer en el bar de un pueblo y después continuamos otra hora y media hasta llegar a Somerset. Para cuando llegamos a Blakeley Hall, me siento una persona distinta. Esto de salir de Londres es fantástico; me siento completamente tonificada y renovada por este maravilloso aire de campo. Salgo del coche, hago un par de estiramientos y, la verdad, ya me siento más en forma y fortalecida. Seguro que si viniera al campo todas las semanas perdería tres o cuatro kilos por lo menos.

—¿Quieres más? —me pregunta agachándose para coger un paquete de chocolatinas casi vacío que he ido comiendo por el camino (tengo que comer algo en el coche porque si no me mareo)—. ¿Qué hago con las revistas? —Coge un montón que hay en el suelo del coche y las aprieta bien, aunque se le resbalan.

—No voy a leerlas aquí —contesto sorprendida—. ¡Esto es el campo!

¿Es que no sabe lo que es la vida rural?

Mientras saca las cosas del maletero, me acerco a una valla y contemplo un campo cubierto de marrón amarillento. ¿Sabéis?, creo que tengo una afinidad innata con el campo. Es como si tuviera un lado madre naturaleza que hubiese estado creciendo poco a poco en mí sin darme cuenta. Por ejemplo, el otro día me compré un jersey diseño Fair Isle en French Connection. Y hace poco he empezado a ocuparme del jardín, o al menos me compré en The Pier unos bonitos maceteros de cerámica en los que pone «albahaca», «cilantro» y cosas así. He decidido que voy a comprarme un montón de plantas en el supermercado para ponerlas en el alféizar (sólo valen cincuenta centavos, así que, si se mueren, basta con comprar más).

—¿Lista?

—Completamente —contesto volviendo hacia él. Doy un traspié y maldigo el barro.

Nos dirigimos hacia el hotel. La gravilla del camino cruje a medida que avanzamos, y he de admitir que me quedo impresionada. Es una antigua y enorme casa de campo, rodeada de hermosos jardines en los que pueden verse unas modernas esculturas y que, según el folleto, tiene su propia sala de cine. Luke ya ha estado aquí otras veces y dice que es su hotel preferido. Por él han pasado muchos famosos, como Madonna (¿o era la Spice deportista?, bueno, alguien muy conocido). Al parecer lo hacen siempre de forma muy discreta, se alojan en alguna dependencia separada y el personal del hotel ni se entera.

De todas formas, cuando llegamos a la recepción, echo un vistazo, por si acaso. Hay un montón de gente muy moderna vestida con vaqueros y gafas de sol de diseño. También veo a una rubia que me parece famosilla, y un poco más allá...

¡Cielo santo! De repente me quedo paralizada. Es él, ¿no? ¡Es Elton John! Elton John, ahí mismo, a sólo unos...

Se da la vuelta y no es más que un tipo regordete con un anorak y gafas de sol. ¡Mierda! Bueno, casi era él.

Estamos en el mostrador de la recepción, en el que un elegante conserje, vestido con chaqueta estilo Nerhu, nos sonríe.

—Buenas tardes, señor Brandon. Señorita Bloomwood, bienvenida a Blakeley Hall.

¡Sabe quiénes somos! ¡No hemos tenido que decírselo! No me extraña que los famosos vengan aquí.

—Les he puesto en la habitación número nueve, con vistas a la rosaleda —sigue diciendo mientras Luke rellena una ficha.

—¡Estupendo! —celebra Luke—. ¿Qué periódico quieres leer por la mañana, Becky?

—El *Financial Times* —contesto sin vacilar.

—Ya, claro —dice Luke sin dejar de escribir—. Entonces, un *Financial Times* y el *Daily World* para mí.

Lo miro extrañada, pero su cara no deja traslucir ningún tipo de emoción.

—¿Qué prefieren para el desayuno? —pregunta el recepcionista tecleando en el ordenador—. ¿Té o café?

—Café para los dos, por favor. —Luke me mira con gesto interrogativo y asiento con la cabeza.

—Les hemos dejado una botella de champán de bienvenida, y ya saben que nuestro servicio de habitaciones funciona las veinticuatro horas del día.

Es un sitio con clase, no cabe duda. Te conocen en persona, te invitan a champán y ni siquiera han dicho nada sobre el paquete que envié por mensajería. Seguramente han pensado que es mejor tratar el tema con discreción. Saben que el novio no tiene por qué enterarse de todos los paquetes que le llegan a una chica y el conserje está esperando a que Luke no nos oiga para decirme que ya está aquí. Esto sí que es un buen servicio. Merece la pena venir a buenos hoteles por este tipo de cosas.

—Si necesita algo, señorita Bloomwood —añade el recepcionista poniendo una cara muy expresiva—, no dude en decírmelo.

¿Veis? Mensajes en clave y todo.

—Lo haré, no se preocupe —le aseguro con una sonrisa de complicidad—. Dentro de nada.

Dirijo la mirada hacia Luke para hacerle entender y reacciona poniendo una cara completamente inexpresiva, como si no supiese de lo que le estoy hablando. Joder, esta gente sí que es profesional.

Finalmente, Luke acaba de rellenar la ficha y se la entrega. El recepcionista le da una enorme y anticuada llave y llama a un botones.

—No creo que necesitemos ayuda —explica Luke sonriendo y enseñándole mi diminuta maleta—. No vamos cargados.

—Sube tú —le pido—. Voy a comprobar algo para mañana.

Le sonrío y, para mi alivio, se dirige hacia las escaleras. Tan pronto como se ha alejado lo suficiente, vuelvo al mostrador.

—Ya puede dármelo —le susurro al recepcionista, que se ha dado la vuelta y está buscando algo en un cajón. Gira la cabeza y me mira desconcertado.

—¿Perdone?

—Luke se ha ido, ya puede dármelo.

En su cara se dibuja una expresión de extrañeza.

—¿Qué es exactamente lo que...?

—Mi paquete —le informo en voz baja—. Y gracias por no descubrirme.

—¿Su... paquete?

—Sí, el que envié por mensajería.

—¿Por mensajería?

Lo miro y empiezo a inquietarme.

—El que contenía toda mi ropa. El que no ha querido mencionar. El...

Mi voz se apaga cuando veo la cara que pone. No tiene ni idea de lo que le estoy hablando. Tranquila. Alguien sabrá dónde está.

—Estoy esperando un paquete —le explico—. Es más o menos así de grande y tendría que haber llegado esta mañana.

Mueve la cabeza de un lado a otro.

—Lo siento, señorita Bloomwood, pero todavía no ha llegado nada.

De repente, se me encoge el estómago.

—Pero... tendría que haber llegado. Lo envié ayer a través de Special Express, a Blakeley Hall.

Frunce el entrecejo.

—¿Charlotte? —llama a su ayudante, que está en el cuarto de al lado—. ¿Ha llegado algo para Rebecca Bloomwood?

—No —contesta saliendo de la habitación—. ¿Cuándo tenía que haber llegado?

—Esta mañana —le digo intentando ocultar mi nerviosismo—. «Cualquier cosa, en cualquier sitio, mañana por la mañana.» Esto es cualquier sitio, ¿no?

—Lo siento —se excusa Charlotte—, pero no ha llegado nada. ¿Era algo importante?

—¿Rebecca? —oigo desde las escaleras—. ¿Pasa algo? ¡Dios mío!

—¡No! —digo fingiendo—. Por supuesto que no. ¿Qué iba a pasar?

53

Doy media vuelta rápidamente y, antes de que el recepcionista o Charlotte puedan decir nada, me dirijo hacia las escaleras.

—¿Va todo bien? —pregunta sonriendo cuando me acerco a él.

—Sí, claro —aseguro con una voz dos tonos más alta de lo habitual—. Todo va perfectamente.

Esto no puede estar pasando. ¡No tengo ropa!

Estoy de vacaciones con Luke, en un hotel superelegante, ¡y no tengo nada que ponerme! ¿Qué voy a hacer?

No puedo contarle la verdad. No puedo decirle que mi diminuta maletita era sólo la punta del ice-ropa-berg, sobre todo después de habérmelo montado de autosuficiente. «Tendré que improvisar —pienso desesperada mientras vamos andando por un lujoso pasillo—. Ponerme su ropa, como Annie Hall, o coger las cortinas, buscar una aguja y aprender a coser rápidamente.»

—¿Te pasa algo? —pregunta, y sonrío débilmente.

«Tranquila —me digo a mí misma con rotundidad—. Tranqui. El paquete llegará mañana por la mañana, sólo tengo que apañármelas esta noche. Al menos cuento con el maquillaje...»

—Aquí es —dice Luke parándose delante de una puerta. La abre—. ¿Qué te parece?

¡Santo cielo! Por un momento, mientras contemplo la enorme habitación, desaparecen todas mis preocupaciones. Ahora entiendo por qué le gusta tanto este hotel. Es fantástico, igual que su apartamento. Tiene una cama blanca inmensa cubierta con un esponjoso edredón, un equipo de música última generación y dos sofás de cuero.

—Echa un vistazo al baño —me sugiere.

Le sigo hasta allí y es sensacional. Tiene un *jacuzzi* con azulejos, la ducha más grande que he visto en mi vida y una estantería llena de aceites de aromaterapia de aspecto estupendo.

A lo mejor puedo pasar todo el fin de semana en el cuarto de baño.

—Bueno —dice volviendo a la habitación—. ¿Qué te gustaría hacer? —Se acerca a su maleta, la abre y deja ver un apretado montón de camisas planchadas por su asistenta—. Supongo que lo primero es deshacer las maletas, ¿no?

—Deshacer, sí, claro —afirmo. Me dirijo hacia mi maletita y aprieto el cierre sin abrirlo—. ¿Por qué no vamos a tomar una copa y dejamos las maletas para luego? —digo, como si se me hubiera ocurrido en ese momento.

Genial. Iremos al bar, nos emborracharemos y, mañana por la mañana, fingiré que tengo mucho sueño y me quedaré en la cama hasta que llegue el paquete. ¡Menos mal! Empezaba a...

—¡Buena idea! —exclama—. Me cambio en un momento.

Busca en su maleta y saca unos pantalones y una camisa azul.

—¿Cambiarte? —pregunto al cabo de un momento—. ¿Hay que ir de tiros largos?

—No, no tanto, pero me imagino que no querrás bajar... con lo que llevas puesto —contesta señalando mis vaqueros cortos.

—¡Claro que no! —afirmo sonriendo, como si la idea me pareciera ridícula—. Vale, voy a buscar... algo que ponerme.

Vuelvo hacia mi maletita, la abro, retiro la bandeja y miro la esponja de baño.

¿Qué voy a hacer? Luke se ha desabrochado la camisa y ha cogido tranquilamente la azul. Dentro de nada me mirará y me preguntará: «¿Estás lista?»

Necesito un plan de acción ya.

—Luke, he cambiado de idea —digo cerrando la tapa de la maleta—. Mejor no vamos al bar. —Me mira sorprendido y le sonrío de la forma más seductora que soy capaz—. ¿Por qué no nos quedamos, pedimos algo al servicio de habitaciones y... —me acerco hacia él desabrochándome el top— vemos a lo que nos conduce la noche?

Me observa con las manos a mitad de los botones de la camisa.

—Quítatela —le ordeno ronroneando como una gatita—. ¿Para qué vestirse si lo que realmente queremos es desnudarnos el uno al otro?

En su cara se dibuja una sonrisa y empiezan a brillarle los ojos.

—Tienes razón —dice acercándose a mí, desabrochándose la camisa y dejándola caer al suelo—. No sé en qué estaba pensando.

«¡Gracias a Dios!», me digo cuando empieza a quitarme suavemente el top. Perfecto. Esto es exactamente lo que...

Mmm...

Es fabuloso. Perfecto.

cuatro

A las ocho y media de la mañana siguiente, todavía no me he levantado. No quiero moverme ni un milímetro. Quiero quedarme en esta encantadora y confortable cama, tapada con este precioso edredón.

—¿Vas a quedarte ahí todo el día? —me pregunta Luke sonriendo. Me acurruco bajo los almohadones y hago como que no lo oigo. No quiero levantarme. Estoy muy cómoda, calentita y feliz.

Además, hay un pequeño detalle: todavía no tengo nada que ponerme.

He llamado tres veces a recepción a ver si había llegado el paquete (una mientras Luke estaba en la ducha, otra mientras yo estaba en la ducha —desde el elegante teléfono del baño— y la tercera, muy rápida, cuando he enviado a Luke al pasillo porque le he dicho que había oído maullar a un gato).

Todavía no ha llegado. Tengo cero ropa. Nada.

Hasta ahora no me había preocupado mucho porque he estado remoloneando en la cama, pero ya no puedo comer más cruasanes, ni tomar más café, ni ducharme más veces. Y lo que es peor, Luke está medio vestido.

¡Dios mío! No tengo más remedio que ponerme la misma ropa que ayer. Es espantoso, pero ¿qué puedo hacer? Fingiré que le tengo mucho cariño o, a lo mejor, me la pongo y Luke no se da cuenta. ¿En realidad se fijan los hombres en lo que...?

Un momento.

No veo... ¿Dónde está la ropa que llevaba ayer? Estoy segura de que la dejé tirada en el suelo.

—¿Luke? —pregunto intentando sonar lo más natural posible—. ¿Has visto mi ropa?

—Sí —responde levantando la vista por encima de su maleta—. La he enviado a la lavandería esta mañana, junto con mis cosas.

Lo miro, incapaz de respirar.

Lo único que tengo para ponerme encima ¡está en la lavandería!

—¿Cuándo... cuándo la traerán?

—Mañana por la mañana. Perdona, debería habértelo dicho. No te importa, ¿verdad? No tienes por qué preocuparte. Son muy cuidadosos.

—No, no me preocupa —afirmo con voz entrecortada—. En absoluto.

—¡Estupendo! —exclama riéndose.

—¡Estupendo! —digo sonriéndole.

¡Dios mío! ¿Qué voy a hacer?

—¡Ah!, hay mucho sitio en el armario. ¿Quieres que te cuelgue algo? —Intenta coger mi maletita y, presa del pánico y sin poder remediarlo, me oigo gritar.

—¡Nooo! No es necesario. La mayoría de las cosas son... de punto —añado viendo que me mira extrañado.

¡Cielo santo! Se está poniendo los zapatos. ¿Qué voy a hacer?

«Tranquila, Becky —pienso, desesperada—. Ropa, algo que ponerme, no importa qué.»

Uno de sus trajes.

No, pensará que es muy raro y, además, cuestan unas mil libras cada uno y no podría subirme las mangas.

¿El albornoz del hotel? ¿Le hago creer que las zapatillas y los albornoces son la última moda? No puedo pasearme de esa guisa, como si estuviera en un balneario, la gente se reiría de mí.

Vamos, en un hotel tiene que haber ropa. ¿Qué tal un uniforme de camarera? ¡No estaría nada mal! Deben de tener una habitación en donde los guardan. Pulcros y pequeños vestiditos con cofias a juego. Siempre puedo decirle que es lo último de Prada y confiar en que nadie me pida que le limpie la habitación.

—Por cierto —dice Luke rebuscando en su maleta—. Te dejaste esto en mi casa.

Miro intrigada mientras saca algo y me lo lanza. Es suave, de tela... En el momento en que lo tengo entre las manos me entran ganas de llorar. ¡Ropa! Una camiseta supergrande de Calvin Klein,

58

para ser exactos. Jamás en la vida me había sentido tan contenta al ver una camiseta gris descolorida.

—¡Gracias! —exclamo forzándome a esperar diez segundos antes de añadir, como quien no quiere la cosa—: Creo que me la pondré hoy.

—¿Sí? —pregunta mirándome extrañado—. Creía que era para dormir.

—Y lo es. Es para dormir y también un vestido —farfullo metiéndomela por la cabeza. Por suerte me llega hasta mitad de los muslos. Podría pasar por un vestido y, ¡ja!, en la bolsa del maquillaje tengo una cinta elástica negra para el pelo que puedo utilizar como cinturón.

—Muy bonito —aplaude Luke con socarronería, observando cómo me la pongo—. Aunque un poco corto.

—Es un minivestido —replico con determinación, y me vuelvo para verme en el espejo. Joder, se pasa de corto, pero ahora es demasiado tarde para hacer nada. Me pongo las sandalias color mandarina y me echo el pelo hacia atrás apartando de mi mente los maravillosos vestidos que tenía planeado ponerme esta mañana.

—Toma —dice sacando mi pañuelo de Denny and George y poniéndomelo suavemente alrededor del cuello—. Con pañuelo y sin bragas, como a mí me gusta.

—¡Voy a ponerme unas! —protesto indignada.

Y es verdad. Esperaré hasta que salga y me pondré uno de sus calzoncillos.

—¿De qué va el negocio del que vais a hablar? —pregunto para cambiar de tema—. ¿Es interesante?

—Es algo... grande —contesta mientras sujeta los corbatas de seda en la mano—. ¿Cuál de las dos me dará suerte?

—La roja —afirmo después de pensarlo un poco, y miro cómo se la anuda con movimientos rápidos y enérgicos—. Dime, ¿es algún cliente nuevo importante?

Sonríe y niega con la cabeza.

—¿El banco NatWest?... Ya sé, el Lloyds Bank.

—Digamos que es algo que me apetece mucho —confiesa finalmente—. Algo que siempre he deseado. Y tú, ¿qué vas a hacer? —pregunta en otro tono—. ¿Estarás bien?

Está cambiando de tema. No sé por qué tiene que ser tan reservado cuando habla de sus negocios. ¿Acaso no se fía de mí?

—¿Sabes que la piscina está cerrada por la mañana?

—Sí, ya lo sé —afirmo buscando el colorete—. No importa, ya me divertiré de alguna forma.

Nos quedamos en silencio, levanto la cabeza y veo que me está mirando preocupado.

—¿Quieres que te pida un taxi para que te lleve a las tiendas? Bath está muy cerca.

—No —contesto enfadada—. No quiero ir de compras.

Es verdad. Cuando Suze se enteró de cuánto costaban las sandalias se quedó un poco apurada por no haber sido más estricta conmigo y me hizo prometerle que este fin de semana no compraría nada. También me hizo jurarlo por las sandalias nuevas y voy a hacer un esfuerzo por mantener mi promesa.

Tiene toda la razón, si ella puede estar una semana entera sin acercarse a las tiendas, yo debería ser capaz de aguantar cuarenta y ocho horas.

—Voy a hacer encantadoras actividades rurales —aseguro cerrando la cajita del maquillaje.

—Como...

—Como ver el paisaje, ir a una granja a ver cómo ordeñan las vacas o algo así...

—Ya —dice con una sonrisilla en los labios.

—¿Qué insinúas? —pregunto recelosa.

—¿Vas a ir a una granja a ver si te dejan ordeñar a las vacas?

—No he dicho que fuera a hacerlo —respondo muy digna—. He dicho que iba a ver cómo lo hacían. Además es posible que no vaya a una granja. A lo mejor voy a ver las atracciones turísticas que haya por aquí. —Cojo un montón de folletos que hay en el tocador—. Como... la feria de tractores o el convento de San Winifredo y su famoso tríptico Bevington.

—Un convento —repite después de un rato.

—¡Pues sí! —exclamo mirándolo indignada—. ¿Por qué no voy a poder ir? La verdad es que soy una persona muy espiritual.

—Estoy seguro de que lo eres, cariño —concede con mirada burlona—. Pero quizá deberías ponerte un poco más de ropa para ir a un sitio así.

—Es un vestido —afirmo bajándome la camiseta para que me tape el culo—. Además, la espiritualidad no tiene nada que ver con el aspecto exterior. «Mirad los lirios del campo...»

60

—Vale, que te diviertas. —Sonríe y me da un beso—. Siento mucho no poder ir.

—Sí, vale —digo dándole un codazo en el pecho—. Pero asegúrate de que tu misterioso negocio merezca la pena.

Estoy esperando a que se ría o, al menos, sonría, pero hace una ligera inclinación de cabeza, coge su maletín y sale por la puerta. ¡Joder, a veces se toma el trabajo demasiado en serio!

A pesar de todo, no me importa pasar la mañana sola porque siempre he querido saber lo que pasa dentro de un convento. Bueno, no es que vaya todas las semanas a misa, pero resulta obvio que existe un ser superior a nosotros, simples mortales. Por eso siempre leo mi horóscopo en el *Daily World*. Además, adoro los cantos gregorianos que ponen en las clases de yoga, y esas velas tan monas, y el incienso. Y a Audrey Hepburn en *Historia de una monja*.

A una parte de mí siempre le ha fascinado la simplicidad de la vida de una monja. Una existencia sin preocupaciones, sin tener que tomar decisiones ni trabajar; simplemente cantar y dar paseos todo el día, ¿no sería fantástico?

Después de maquillarme y ver un poco la tele, bajo a la recepción. Pregunto en vano por el paquete (os aseguro que los voy a denunciar) y pido un taxi para ir a San Winifredo. Mientras damos tumbos por carreteras comarcales, observo el bonito paisaje y me pregunto de qué irá el negocio de Luke. ¿Qué será ese misterioso algo que siempre ha deseado? ¿Un cliente nuevo? ¿Una nueva oficina? ¿Una ampliación del negocio?

Me aprieto la barbilla intentando recordar si he oído algo últimamente y de pronto me acuerdo de una de sus conversaciones telefónicas. Decía algo de una agencia de publicidad, cosa que, en aquel momento, me sorprendió un poco.

Publicidad, puede que se trate de eso. Puede que, en secreto, siempre haya deseado que yo fuera directora de publicidad o algo así.

¡Sí! Ahora que lo pienso, está claro. Misterio resuelto. Va a diversificar sus actividades y a empezar a hacer anuncios.

Y yo podría actuar en ellos. ¡Sí!

Me pongo tan contenta con la idea que casi me trago el chicle. ¡Voy a salir en un anuncio! Va a ser una pasada. Puede que sea en uno de esos anuncios de Bacardi en los que todo el mundo está en un barco riéndose, haciendo esquí acuático y pasándoselo en grande. Ya sé que normalmente eligen a modelos para hacerlos, pero yo podría estar entre el grupito. O ser la que pilota el barco. Sería fantástico. Estaríamos en Barbados o algún sitio parecido, caluroso y soleado, tendríamos montones de botellas de Bacardi y nos alojaríamos gratis en un hotel de película. Por supuesto, tendré que comprarme un bikini nuevo. O mejor dos. Y unas chancletas...

—San Winifredo —me informa el taxista, y me despierto sobresaltada. No estoy en Barbados. Estoy en Somerset, en medio de la más absoluta nada.

Nos hemos detenido frente a un antiguo edificio color miel y miro con curiosidad a través de la ventanilla. Así que esto es un convento... No tiene nada de especial. Parece un colegio, o una casa de campo muy grande. Me estoy preguntando si merecerá la pena bajar del coche, cuando veo algo que me deja de piedra: una monja de verdad. Pasa por delante de nosotros, vestida de negro, ¡con toca y todo! Es real, está en su hábitat y se comporta con toda naturalidad. Ni siquiera se ha fijado en el taxi. Esto es como ir de safari.

Salgo, le pago al taxista y, mientras camino hacia la pesada puerta, me siento muy intrigada. Veo que una anciana se dirige hacia el mismo sitio que yo y que parece saber el camino, así que la sigo por un pasillo que lleva a la capilla. Cuando entramos, siento que me invade una extraña sensación, entre reverente y eufórica. Puede que sea el agradable olor que flota en el aire, o la música del órgano, pero estoy sintiendo algo.

—Gracias, hermana —le dice la anciana a la monja. Se dirige hacia el altar y me quedo inmóvil, un poco transfigurada.

Hermana. ¡Guau!

«Hermana Rebecca.»

Llevar uno de esos encantadores y holgados hábitos negros, y tener el terso y fantástico cutis de una monja.

Hermana Rebecca de la Santa...

—Parece un poco perdida —dice una monja detrás de mí, y doy un respingo—. ¿Quiere ver el tríptico Bevington?

—Esto... Sí, claro.

—Ahí lo tiene —me indica con la mano, y avanzo un poco con la esperanza de distinguir lo que es. ¿Una estatua?, ¿un tapiz?...

Cuando llego donde la anciana, me fijo en que está mirando una pared llena de vidrieras de colores. Asombrosas, todo sea dicho. La azul del centro es fantástica.

—El tríptico Bevington —dice la anciana—. No tiene igual, ¿verdad?

—Sí, es muy bonito —susurro con devoción, mirando por detrás de ella.

Es sensacional. Esto demuestra que las obras de arte auténticas son inconfundibles. Cuando encuentras la obra de un genio, salta a la vista. Y eso que yo no soy una experta.

—Unos colores preciosos —añado en voz muy baja.

—Los motivos son incomparables —asegura apretando las manos.

—Incomparables —repito como un eco.

Estoy a punto de señalar el arco iris, que me parece precioso, cuando me doy cuenta de que no estamos mirando lo mismo. Tiene la vista fija en una cosa de madera pintada que ni siquiera había visto.

Vuelvo la mirada hacia allí tan disimuladamente como puedo y siento una punzada de decepción. ¿Eso es el tríptico Bevington? ¡Pero si ni siquiera es bonito!

—Mientras que toda esa basura victoriana es un crimen. ¡El arco iris! ¿No le parece horrible? —añade con desprecio haciendo gestos hacia mi vidriera azul. Trago saliva.

—Ya, es chocante, ¿verdad? Completamente... Bueno, creo que iré a dar una vuelta.

Me alejo a toda prisa antes de que pueda decir nada más. Estoy andando sigilosamente por uno de los laterales de los bancos, preguntándome qué hago ahora, cuando, en un rincón, veo la entrada a otra capilla.

«Retiro espiritual —reza el cartel de la puerta—. Un lugar en el que sentarse en silencio, rezar y aprender más de la fe católica.»

Asomo la cabeza con cuidado y veo a una anciana monja sentada en una silla, bordando. Me sonríe. Yo le devuelvo la sonrisa y entro.

Me siento en un oscuro banco de madera intentando no hacer ruido y, durante unos instantes, estoy demasiado sobrecogida como para decir nada. Es extraordinario. El ambiente es tan increíble, silencioso y tranquilo que me siento limpia y sagrada simplemente por el hecho de estar ahí. Vuelvo a sonreírle vergonzosamente, deja la labor y me mira como si estuviera esperando a que le dijera algo.

—Me gustan mucho sus velas —digo con voz sosegada y fervorosa—. ¿Son de Habitat?

—No —contesta un poco asustada—, no creo.

—Ah.

Doy un ligero bostezo, ya que estoy un poco adormilada con tanto campo, y me doy cuenta de que tengo una uña rota. Con mucho cuidado, abro el bolso, saco la lima y empiezo a arreglármela. La monja me mira, le sonrío atribulada y le enseño la uña (sin decir nada porque no quiero romper la atmósfera de espiritualidad). Después, cuando he acabado, la punta está un poco desigual, así que saco mi esmalte ultrarrápido y le doy una pincelada.

Durante todo el proceso, la monja me ha estado observando con expresión perpleja.

—¿Eres católica? —me pregunta cuando he acabado.

—La verdad es que no.

—¿Querías hablar de alguna cosa en particular?

—Pues... no —contesto pasando la mano cariñosamente por el banco y sonriéndole—. Esta talla es muy bonita. ¿Todos los muebles son así?

—Ésta es la capilla —asegura mirándome desconcertada.

—Ya sé. Pero bueno, también hay mucha gente que tiene bancos en sus casas. Están muy de moda. Hace poco leí un artículo en *Harpers*...

—Hija mía... —me interrumpe levantando una mano—. Éste es un lugar de recogimiento espiritual, de silencio.

—Ya, ya... —replico sorprendida—. Por eso he venido, para buscar silencio.

—Muy bien —aprueba, y volvemos a quedarnos calladas.

Se oye el tañido de una campana a lo lejos y me doy cuenta de que empieza a murmurar suavemente a la vez que respira. ¿Qué estará diciendo? Me recuerda a cuando mi abuela hacía labores e iba repitiendo los puntos para sí misma. Puede que se haya perdido y no sepa por dónde va en el bordado.

—Su costura va muy bien —alabo para animarla—. ¿Qué está haciendo?

Da un pequeño respingo y deja la labor.

—Querida... —dice espirando bruscamente, pero sonriéndome con dulzura—. Tenemos unos campos de lavanda muy bonitos. ¿Te gustaría ir a verlos?

—No, no, estoy bien. Me lo estoy pasando en grande aquí sentada a su lado.

Su sonrisa se debilita ligeramente.

—¿Y la cripta? ¿Te apetece ir a verla?

—No mucho. De verdad, no se preocupe, no me estoy aburriendo. ¡Se está tan bien aquí! Es todo tan... tranquilo. Como en *Sonrisas y lágrimas*.

Me mira como si estuviera diciendo tonterías y caigo en la cuenta de que ha estado tanto tiempo en el convento que no sabe de lo que estoy hablando.

—Es una película... —empiezo a decir, pero entonces pienso que a lo mejor ni siquiera sabe lo que es el cine—. Son como fotografías en movimiento, se ven en una pantalla. Había una monja que se llamaba María...

—Tenemos una tienda —me interrumpe—. ¿Qué te parece?

¡Una tienda! Por un momento me entusiasmo y estoy a punto de preguntarle qué venden, pero luego me acuerdo de la promesa que le hice a Suze.

—No puedo ir —digo apesadumbrada—. Le prometí a mi compañera de piso que hoy no iría de compras.

—¿Tu compañera? ¿Y qué tiene que ver ella en todo esto?

—Le preocupa mucho que gaste dinero.

—¿Te dice lo que tienes que hacer?

—Bueno, la verdad es que le hice una promesa muy seria hace un tiempo. Ya sabe, algo así como un voto, supongo...

—Si no se lo cuentas, no se enterará.

La miro un tanto confusa.

—Pero me sentiría muy mal si no cumplo lo que prometí. No, me quedaré con usted un rato más, si no le importa —digo, y me acerco a coger una imagen de la Virgen que me ha llamado la atención—. Es muy bonita, ¿dónde la ha comprado?

Me mira entrecerrando los ojos.

—No lo interpretes como ir de compras —me pide finalmente—. Piensa que estás haciendo un donativo. Das el dinero y nosotras te ofrecemos algo a cambio. No puedes decir que sea comprar. Es más bien... una obra de caridad.

Me quedo callada durante un momento para madurar la idea. La verdad es que siempre he querido contribuir más en las campañas de beneficencia y, a lo mejor, ésta es mi oportunidad.

—Así que sería... ¿como hacer una buena obra? —pregunto para asegurarme.

—Exactamente, y Jesús y todos los ángeles te bendecirán —me garantiza cogiéndome del brazo con cierta firmeza—. Ahora, vete y echa un vistazo. Ven, te diré por dónde se va.

Cuando salimos de la capilla, cierra la puerta y quita el cartel de «Retiro espiritual».

—¿No se queda?

—No, ya no —contesta mirándome de forma extraña—. Creo que lo dejaré por hoy.

¡Qué gran verdad hay en el dicho de «en la virtud hallarás tu recompensa»! Por la tarde, cuando llego al hotel, estoy contentísima con todas las buenas obras que he hecho. Al menos he donado cincuenta libras en esa tienda, ¡si no han sido más! No es que quiera alardear de ello, pero soy altruista por naturaleza. Una vez que he empezado a hacer donativos, ya no he podido parar. Cada vez que me desprendía de un poco más de dinero, me sentía mejor. A pesar de tratarse de un detalle sin importancia, he acabado consiguiendo cosas muy bonitas a cambio. Mucha miel de lavanda, aceite esencial de lavanda, té de lavanda —que seguro que es delicioso— y una almohada de lavanda para facilitar el sueño.

Lo más curioso de todo es que nunca antes había pensado en la lavanda. Creía que era una planta que crecía en los jardines de las casas, pero la monja que había detrás del mostrador tenía razón: sus propiedades vigorizantes y revitalizadoras son tantas que debería estar más presente en nuestras vidas. Además, la de San Winifredo es completamente orgánica, según me dijo, así que es mucho mejor que la de otras variedades, aunque sus precios son más bajos que los de la mayoría de las empresas de la competencia que venden por catálogo. Ella fue la que me convenció de que me comprara la almohada, y de que dejara mi nombre para que me mandaran información. Para ser monja era bastante insistente.

Cuando vuelvo a Blakeley Hall, el conductor del taxi se ofrece a ayudarme porque la caja con la miel pesa bastante. Estoy en la recepción dándole una generosa propina y pensando en darme un baño con mi nueva esencia de lavanda cuando se abre la puerta principal y entra una chica rubia con un bolso de Louis Vuitton y unas largas y bronceadas piernas.

La miro sin poder creer lo que ven mis ojos, ¡es Alicia Billington! O, como la llamo yo, Alicia la bruja piernas largas. ¿Qué estará haciendo aquí?

Es una de las directoras de cuentas de Brandon Communications, la empresa de Luke, y nunca nos hemos caído muy bien. De hecho, entre nosotros, es una arpía. Ojalá la despidan. Hace unos meses casi consigue que la echen. Bueno, yo tuve algo que ver en ello (entonces era periodista financiera y escribí un artículo... En fin, es una vieja historia). Al final sólo recibió un severo aviso y, desde entonces, se ha puesto las pilas.

Sé todo esto porque de vez en cuando hablo con Mel, la ayudante de Luke, una chica encantadora que me pone al día de todos los cotilleos. El otro día me dijo que Alicia había cambiado bastante. No es que se haya vuelto mejor persona, sino que trabaja más. Les da la lata a los periodistas hasta que sacan a sus clientes en sus reportajes y, a veces, se queda hasta muy tarde tecleando en su ordenador.

Hace poco le dijo a Mel que quería una lista completa de todos los clientes de la empresa y los nombres de las personas de contacto para ir familiarizándose con ellos. Mel opina que lo que quiere es que la asciendan, y yo creo que la cosa va por ahí. El problema con Luke es que sólo se fija en lo duro que trabaja la gente y en los resultados que consiguen, y no en si son ambiciosas sanguijuelas. Así que hay muchas posibilidades de que consiga un ascenso y se ponga todavía más insoportable.

Cuando la veo entrar, una parte de mí quiere echar a correr, pero la otra se muere por saber qué está haciendo aquí. Antes de que pueda decidirme, me ve y levanta ligeramente las cejas. De repente me doy cuenta de la pinta que debo de tener con una camiseta gris que, para ser sincera, ni de lejos parece un vestido, el pelo hecho un desastre y la cara roja de acarrear cajas cargadas de miel de lavanda. Ella lleva un traje blanco inmaculado.

—¡Rebecca! —me saluda poniéndose la mano en la boca con fingida sorpresa—. ¡No tenías que enterarte de que estoy aquí! ¡Haz como si no me hubieras visto!

—¿Qué... qué quieres decir? —pregunto intentando disimular mi desconcierto—. ¿Qué haces aquí?

—He venido para mantener una reunión preliminar con los nuevos socios. Mis padres viven muy cerca de aquí y he pensado que era una buena idea.

—¡Ah!, muy bien.

—Luke nos dio instrucciones muy precisas de que no te molestáramos. Al fin y al cabo estás de vacaciones.

Hay algo en su forma de decirlo que hace que me sienta como una niña.

—No te preocupes —la tranquilizo—. Cuando pasa algo tan importante como... De hecho, Luke y yo lo hemos estado comentando esta mañana, en el desayuno.

Vale, ya sé que sólo he mencionado la palabra «desayuno» para que se acuerde de que Luke y yo salimos juntos. Es patético, pero siempre que hablo con ella siento que tenemos una especie de rivalidad secreta y que, si no contraataco, pensará que me ha ganado.

—¿Sí? Qué maravilla. —Sus ojos se entrecierran—. ¿Qué piensas de toda esta historia?

—Me parece estupendo. Una buena idea.

—¿Y no te importa? —pregunta analizando la expresión de mi cara.

—Bueno... En realidad, no —contesto encogiéndome de hombros—. Se suponía que estábamos de vacaciones, pero si es algo tan importante...

—No me refiero a la reunión —asegura riéndose—. Me refiero al negocio en general. A toda la historia de Nueva York.

Abro la boca para contestar, pero la cierro enseguida. ¿De qué me está hablando?

Como un ave rapaz que siente la debilidad de su presa, se inclina hacia mí con una maliciosa sonrisa en los labios.

—Ya sabes que Luke se va a Nueva York, ¿no?

Me quedo paralizada por la sorpresa. ¡Luke se va a Nueva York! ¿Por eso estaba tan alterado? Se va, pero... ¿por qué narices no me ha dicho nada?

Siento quemazón en la cara y un nudo en la garganta. Ni siquiera se ha molestado en decírmelo.

—¿Rebecca?

68

Sacudo la cabeza y me obligo a sonreír. No puedo dejar que Alicia se dé cuenta de que no sabía nada. No quiero.

—Por supuesto que lo sabía —afirmo con voz ronca, y me aclaro la voz—. Ya me lo había dicho, pero nunca hablo de negocios en público. Es mejor ser discreta, ¿no te parece?

—Sí, claro —contesta. Y, por la cara que pone, creo que no se lo ha tragado—. ¿Irás con él?

Le devuelvo la mirada sintiendo que me tiemblan los labios y que soy incapaz de pensar en una respuesta. Me estoy poniendo cada vez más roja, cuando oigo una voz a mis espaldas:

—¡Rebecca Bloomwood! ¡Un paquete para Rebecca Bloomwood!

Vuelvo la cabeza completamente sorprendida y, ¡milagro!, un hombre vestido de uniforme se acerca al mostrador cargando el enorme y vapuleado paquete que, la verdad, ya había dado por perdido. Por fin han llegado mis cosas, los vestidos que había elegido con tanto cuidado. Esta noche podré ponerme lo que quiera.

Pero... ya no me apetece. Quiero irme a alguna parte, estar a solas y pensar un rato.

—Es para mí —afirmo consiguiendo forzar una sonrisa—. Yo soy Rebecca Bloomwood.

—Muy bien —dice el hombre—. Estupendo entonces. Si quiere firmar aquí...

—Bueno, no te entretengo —se despide Alicia mirando sorprendida el paquete—. Que disfrutes del resto del fin de semana.

—Gracias —respondo. Y, aturdida, me alejo apretando la ropa con fuerza contra mí.

Endwich Bank

SUCURSAL DE FULHAM

Fulham Road, 3
Londres SW6 9JH

Sra. Rebecca Bloomwood
Burney Road, 4, 2.ª
Londres SW6 8FD

8 de septiembre de 2001

Estimada Sra. Bloomwood,

Gracias por su carta del 4 del corriente, dirigida al «encantador Smeathie», en la que le solicita que le conceda rápidamente una ampliación de su descubierto «antes de que llegue el nuevo tipo».

Soy el nuevo tipo.

En este momento estoy revisando los expedientes de todos los clientes. Me pondré en contacto con usted para tratar su solicitud.

Atentamente,

John Gavin
Director del Departamento de Créditos

ENDWICH — NOS PREOCUPAMOS POR USTED

cinco

Al día siguiente volvemos a Londres y Luke sigue sin mencionar nada sobre su negocio o Nueva York. Sé que tendría que preguntárselo abiertamente, soltarle algo como: «¿De qué va lo que he oído sobre Nueva York?...» y esperar a ver qué responde, pero no puedo.

De entrada, parece haber dejado claro que no quiere hablar del asunto. Si le hago algún comentario, a lo mejor piensa que he estado haciendo averiguaciones a sus espaldas. Por otra parte, Alicia puede haberse equivocado, o incluso haberlo inventado todo (es muy capaz de hacerlo, creedme. Cuando era periodista financiera me envió a una sala de prensa equivocada, y estoy segura de que lo hizo a propósito). Así que, hasta que esté segura de lo que pasa, no merece la pena decir nada.

En el fondo pienso eso. Aunque, para ser sincera, no soportaría ver a Luke volviéndose hacia mí y diciéndome: «Rebecca, lo hemos pasado muy bien, pero...»

Me quedo calladita y simplemente sonrío. Por dentro me siento cada vez más tensa y deprimida. Cuando llegamos a mi casa me entran ganas de mirarle y gimotear: «Te vas a Nueva York, ¿verdad?»

Pero en vez de eso le doy un beso y le pregunto tiernamente:

—¿Llegarás a tiempo el sábado?

Mañana se va a Zúrich porque tiene un montón de reuniones con gente del mundo de las finanzas. Es algo crucial y lo entiendo perfectamente, pero el sábado es la boda de Tom y Lucy, y eso es mucho más importante. Tiene que venir.

—Sí, claro. Te lo prometo. —Me aprieta la mano cuando salgo del coche y dice que tiene que irse corriendo. Después desaparece.

Abro la puerta de casa desconsolada y al momento Suze sale de su habitación cargando una enorme bolsa de basura.

—¡Hola! ¿Ya estás aquí?

—Sí —contesto intentando parecer alegre—, ya he vuelto.

Sale al rellano y oigo cómo arrastra la bolsa por las escaleras, y la puerta de la calle. Al poco vuelve dando saltos.

—¿Qué tal lo has pasado? —pregunta sin aliento mientras cierra la puerta.

—Bien... —contesto entrando en mi habitación—. Lo hemos pasado bien.

—¿Bien? —Suze entrecierra los ojos y me sigue—. ¿Solamente bien?

—Ha sido agradable.

—¿Agradable? ¿Qué pasa, Bex? ¿No ha sido fantástico?

No pensaba mencionarlo porque, al fin y al cabo, todavía no sé nada. Además hace poco leí en una revista que las parejas deberían resolver sus problemas entre sí, sin recurrir a terceras personas. Pero, cuando veo su cálida y amable sonrisa, no puedo contenerme.

—Luke se va a Nueva York.

—¿Sí? —pregunta sin captar la idea—. ¡Estupendo! ¡Es una ciudad que me encanta! He estado tres veces y...

—Suze, se va y no me ha dicho nada.

—¡Ah! —exclama desconcertada—. Ah, bueno...

—No quiero hablarle del asunto porque se supone que no debería saber nada, pero no dejo de repetirme: ¿por qué narices no me ha dicho nada? ¿Se va a ir sin más? —Mi voz suena cada vez más angustiada—. ¿Me enviará una postal del Empire State Building que diga: «Hola, ahora vivo en Nueva York. Besos. Luke»?

—No, claro que no. Nunca haría una cosa así.

—¿Tú crees?

—Pues claro. —Se cruza de brazos, piensa durante un instante y levanta la vista—. ¿Estás segura de que no te lo ha dicho? Puede que lo haya hecho mientras estabas medio dormida, o pensando en otra cosa.

Me mira llena de expectación y, por un momento, me concentro y pienso si tendrá razón. Puede que me lo dijera en el coche y no me enterase, o anoche, mientras yo miraba el bolso de mano Lulu Guinness que llevaba una chica que había en el bar. Pero luego meneo la cabeza.

—No, estoy segura de que si lo hubiera mencionado me acordaría. —Me tumbo abatida en el sofá—. No me ha dicho nada porque me va a dejar.

—¡Qué va, mujer! —replica—. Lo que pasa es que los hombres no hablan nunca de las cosas. Sencillamente son así. —Se abre camino entre un montón de CDs y se sienta en la cama, a mi lado, con las piernas cruzadas—. Mi hermano no me dijo nada cuando le pillaron con drogas, nos enteramos por el periódico. Y mi padre compró una vez una isla sin decirle nada a mi madre.

—¿En serio?

—Sí. Además, luego lo olvidó. Sólo se acordó cuando un día recibió una invitación para que hiciera rodar el barril con el cerdo.

—¿Para hacer qué?

—Una antigua ceremonia del lugar. Mi padre tenía que empujar el primer barril porque era el propietario de la isla. La verdad es que siempre ha buscado gente para que lo haga por él. Supongo que no te apetecerá hacerlo este año, ¿no? Hay que ponerse un sombrero muy raro y recitar un poema en gaélico, pero bueno, es fácil...

—Suze...

—Ya veo que no. Lo siento. —Se recuesta en un cojín y empieza a morderse una uña. De repente, me mira—. ¡Espera un momento! ¿Quién te dijo lo de Nueva York?

—Alicia —contesto con tristeza—. Ella lo sabía todo.

—¿Alicia? —pregunta—. ¿Alicia la bruja piernas largas? Venga hombre, seguro que se lo ha inventado. La verdad, Bex, no sé por qué le has hecho caso.

Lo dice con tanta convicción que mi corazón da un salto de alegría. Tiene razón, esa debe de ser la verdad. ¿No lo había sospechado yo desde un principio? ¿No os había dicho cómo era Alicia?

Lo que pasa es que no estoy segura de que Suze sea completamente imparcial. Entre ellas hubo una extraña historia cuando las dos empezaron a trabajar en Brandon Communications: a Suze la despidieron al cabo de tres semanas y Alicia inició su prometedora carrera. No es que Suze quisiera realmente ser relaciones públicas, pero aun así...

—No sé... —digo dubitativa—. ¿Crees que puede llegar a tanto?

—No me cabe la menor duda. Está intentando tomarte el pelo. Venga, Bex, ¿en quién confías más? ¿En Alicia o en Luke?

—En Luke, por supuesto.

—¡Muy bien!

—Tienes razón —digo más animada—. Es verdad. Debería confiar en Luke y no hacer caso de rumores y cotilleos.

—¡Eso es!

—Aquí tienes tus cartas y los mensajes —dice Suze acercándome un montón de sobres.

—Gracias. —Cojo el fajo esperanzada, porque nunca se sabe lo que puede haber ocurrido mientras una está fuera. Puede que una de ellas sea de una vieja amiga, o una fabulosa oferta de trabajo, o la notificación de que me ha tocado un viaje.

Pero, evidentemente, no es nada de eso. Son sólo aburridas facturas. Las hojeo desdeñosamente y las tiro al suelo sin siquiera abrirlas.

Siempre pasa lo mismo. Cuando me voy unos días, pienso que al volver tendré un montón de correo interesante: paquetes, telegramas, cartas con noticias maravillosas. Luego viene la decepción. Creo que alguien debería montar una empresa que se llamase «correoenvacaciones.com», que la gente pagase por recibir cartas bonitas y así tener algo por lo que estar deseando volver a casa.

Leo los mensajes telefónicos que Suze ha anotado con todo lujo de detalles:

TU MADRE: ¿Qué vas a ponerte para la boda de Tom y Lucy?

TU MADRE: No te pongas nada violeta porque no pega con el color de su pamela.

TU MADRE: ¿Sabe Luke que hay que llevar chaqué?

TU MADRE: Luke viene, ¿no?

DAVID BARROW: Que lo llames, por favor.

TU MADRE:

Un momento. ¿Quién es David Barrow?

—Suze, ¿te dijo quién era ese David Barrow?

—No, sólo me dijo que si lo podías llamar.

—Ah —musito mirando de nuevo el mensaje—. ¿Y qué te pareció?

Suze hace una mueca con la nariz.

—Un poco pijo. Un pelín falso.

74

Marco su número intrigada. David Barrow, me suena. Puede que sea un productor cinematográfico o algo así.

—David Barrow, ¿en qué puedo ayudarle? —contesta. Suze tenía razón, suena bastante pijo.

—Hola, soy Rebecca Bloomwood. Me han dicho que me ha llamado.

—¡Ah, señorita Bloomwood! Soy el encargado de La Rosa.

¿Qué? Intento concentrarme. La Rosa. ¿Qué demonios...?

¡Ah, sí! Esa tienda tan moderna de Hampstead. Sólo he estado dos o tres veces, hace mucho tiempo. ¿Por qué me llamará?

—En primer lugar, permítame decirle que es un honor que una estrella de la televisión de su talla sea cliente nuestra.

—Gracias —digo sonriendo al teléfono—, es un placer.

Estupendo. Ya sé por qué me llama. Me van a dar ropa gratis. O puede que... Sí, quieren que les diseñe una colección. ¡Bien! Voy a ser diseñadora. La llamarán «Colección Becky Bloomwood». Sencilla, con estilo, para llevar a cualquier hora, puede que con dos o tres vestidos de noche...

—Se trata de una llamada de cortesía —me informa interrumpiendo mis pensamientos—. Simplemente quería asegurarme de que está contenta con nuestro servicio y preguntarle si podemos ayudarla en algo.

—Muchas gracias. Estoy muy contenta, no es que sea una clienta habitual, pero...

—También quería mencionarle un pequeño detalle, una cuenta pendiente de pago de su Tarjeta Cliente —añade, a pesar de que todavía no he podido intervenir—. E informarle de que, si no la paga en un plazo de siete días, nos veremos obligados a tomar las medidas necesarias.

Miro el teléfono sintiendo que mi sonrisa se desvanece. ¡De llamada de cortesía nada! No quiere que diseñe una colección. ¡Me llama para hablarme de dinero!

Esto es un escándalo. Seguro que no es legal que la gente te llame a casa y te reclame dinero sin avisarte antes. A fin de cuentas, tengo intención de pagarles. Simplemente porque no he enviado el cheque en cuanto he recibido la factura...

—La primera factura es de hace tres meses —me informa—. Y debo decirle que nuestra política después de pasado ese plazo es remitir las deudas pendientes a...

—Bien, bien —lo interrumpo—. Mi contable se encarga de mis facturas. Ya se lo diré.

—Me alegro mucho de oírlo. Estamos deseosos de recibir de nuevo su visita en La Rosa.

—Sí, bueno. Ya veremos —replico malhumorada.

Cuelgo en el momento en que Suze pasa por el pasillo con otra enorme bolsa de basura.

—¿Qué haces, Suze?

—Desposeerme. Es fantástico, es tan limpio... Deberías probarlo. ¿Quién era David Barrow?

—Una estúpida factura que no había pagado. Joder, mira que llamarme a casa...

—Eso me recuerda... Espera un segundo.

Desaparece un instante y enseguida vuelve con un fajo de sobres.

—Las he encontrado debajo de mi cama, y estas otras estaban en mi tocador. Has debido de dejarlas en mi habitación. Parecen facturas, ¿verdad?

—Gracias —digo tirándolas encima de la cama.

—Puede que... Lo mejor sería pagar alguna. Al menos una o dos.

—¡Pero si ya las he pagado! —exclamo sorprendida—. Lo liquidé todo en junio, ¿no te acuerdas?

—Sí, claro. Lo que pasa es que...

—¿Qué?

—Bueno, que eso fue hace algún tiempo, ¿no? Puede que, desde entonces, hayas acumulado algunas.

—¿Desde junio? —me burlo—. Pero si no han pasado ni cinco minutos. No te preocupes. Por ejemplo, veamos ésta. —Cojo una al azar—. A ver, ¿qué he comprado últimamente en Marks & Spencer? Nada.

—¡Ah, bueno! —exclama aliviada—. Entonces esta factura será de cero libras, ¿no?

—Seguro —afirmo abriéndola—. Cero, o puede que diez libras. Ya sabes, un par de bragas...

Saco el extracto, lo miro, y por un instante me quedo sin habla.

—¿A cuánto asciende? —pregunta alarmada.

—No puede ser —aseguro intentando meterlo de nuevo en el sobre—. Tiene que tratarse de un error. Voy a escribirles.

76

—Déjame ver. —Me lo quita de las manos y se le abren los ojos como platos—. ¿Trescientas sesenta y cinco? ¡Bex!...

—Es un error —insisto con voz cada vez menos convencida. De repente me acuerdo de los pantalones de cuero que me compré en unas rebajas en Marble Arch, y del camisón, y de la temporada en que comía *sushi* todos los días.

Suze me mira con la frente arrugada.

—Bex, ¿crees que las otras serán del mismo importe?

Abro el sobre de Seldfridges en silencio y, al hacerlo, me acuerdo del exprimidor cromado que vi y que tenía que comprar (todavía no lo he usado); y del vestido con adornos de piel (¿dónde lo habré metido?).

—¿Cuánto?

—Bastante —contesto cerrando el sobre antes de que pueda ver que asciende a más de cuatrocientas libras.

Me doy la vuelta intentando mantener la calma. Estoy asustada y un poco enfadada. Tiene que ser una equivocación. La historia es que tengo las tarjetas al día. Lo he pagado todo. ¿De qué sirve pagar todas las deudas si al poco vuelven a amontonarse otra vez? ¿Para qué? Deberíamos darnos por vencidos, no hay nada que hacer.

—No te preocupes, Bex. Todo se arreglará. Este mes no te cobraré el alquiler.

—Ni hablar. No digas tonterías. Ya has hecho bastante por mí. No quiero deberte dinero, prefiero debérselo a Marks & Spencer. —La miro y veo que está preocupada—. No te preocupes. Seguro que no corre tanta prisa pagarlas y mientras tanto puedo pedir una ampliación de crédito o algo así. En realidad ya lo he hecho, así que siempre puedo pedir un poco más. Voy a llamar al banco ahora mismo.

—¿Ahora?

—Sí, ¿por qué no?

Cojo el teléfono, busco un recibo antiguo y marco los números del Endwich con decisión.

—Ya verás como todo se soluciona. Una simple llamada será suficiente.

«Estamos transfiriendo su llamada al centro de llamadas del Endwich Bank. Por favor, recuerde este número para próximas llamadas: 0800...», oigo que dice una vocecita al otro lado de la línea.

—¿Qué pasa?

—Me están pasando con la centralita —le informo mientras empiezan a sonar *Las cuatro estaciones*—. Seguro que son rápidos y eficaces. Está bien esto de poder hacerlo todo por teléfono, ¿verdad?

«Bienvenido al Endwich Bank —dice una voz femenina—. Por favor, marque el número de su cuenta.»

¿Cuál es? Mierda, no tengo ni idea. Ah, sí, estará en el extracto.

«Gracias —dice la voz cuando acabo de marcarlo—. Marque ahora su número de identificación personal.»

¿Qué?

¿Número de identificación personal? Ni siquiera sabía que tuviera uno. Que yo sepa, no me lo han...

Espera, ahora que lo pienso...

¿Cómo era? ¿Setenta y tres...? ¿Treinta y siete y algo más?

«Por favor, marque su número de identificación personal», repite la voz.

—¡Pero si no lo sé! —grito en el auricular—. Suze, ¿qué número habrías elegido si fueras yo?

—Pues..., ¿uno-dos-tres-cuatro?

«Por favor, marque su número de identificación personal.» Me da la sensación de que la voz tiene un tono insistente.

Joder, me estoy poniendo de los nervios.

—Intenta con el número del candado de mi bicicleta —sugiere Suze—. Cuatro, tres, cinco.

—Suze, necesito mi número, no el tuyo.

—Podrías haber elegido el mismo, nunca se sabe.

«Por favor, marque...»

—¡Ya voy! —chillo marcando cuatro, tres, cinco.

«El número es incorrecto.»

—Sabía que no funcionaría.

—Era una posibilidad —se defiende Suze.

—Son cuatro números —pienso en voz alta en un repentino momento de inspiración—. Tuve que llamar para solicitarlo... Y estaba en la cocina... ¡Sí!, acababa de comprarme unos zapatos de Karen Miller y estaba mirando la etiqueta con el precio. ¡Ése fue el número que di!

—¿Cuánto te costaron? —pregunta Suze alucinada.

—Eran ciento veinte libras, pero los habían rebajado a ochenta y cuatro con noventa y nueve.

—Márcalo.

Pulso los números presa de un gran nerviosismo y, para mi asombro, la voz dice: «Gracias por conectar con Endwich Bank. Endwich, nos preocupamos por usted. Para consultas sobre su cuenta, marque el uno. Para atrasos en la hipoteca, marque el dos. Para descubiertos y comisiones bancarias, marque el tres. Para...»

—Estupendo, ya me han pasado —digo sintiéndome como si fuera James Bond y hubiera descifrado el código para salvar el mundo—. ¿Estoy en consulta de cuenta o en descubiertos y comisiones bancarias?

—Descubiertos y comisiones —me aclara Suze con conocimiento de causa.

—Vale. —Pulso el tres y, un momento después, me saluda una voz alegre y cantarina.

—Hola. Bienvenida al Servicio de Atención al Cliente del Endwich Bank. Me llamo Dawna. ¿En qué puedo ayudarla, señorita Bloomwood?

—Hola —respondo un poco desconcertada—. ¿Eres real?

—Sí —contesta riéndose—. Soy de verdad, ¿en qué puedo ayudarla?

—Esto, sí. Llamo porque necesito una ampliación de crédito. Unos cientos de libras si es posible. Bueno, algo más si tienen, claro.

—Entiendo —afirma en tono agradable—. ¿Por alguna razón en especial o por necesidad en general?

Su voz es tan cordial y simpática que empiezo a sentirme más relajada.

—Bueno, es que últimamente he tenido que hacer ciertas inversiones en mi carrera y me han llegado unas facturas que... me han pillado por sorpresa.

—Entiendo —afirma comprensiva.

—No es que tenga problemas. Es algo transitorio.

—Transitorio —repite, y oigo cómo teclea.

—Supongo que he dejado que se juntaran unas cuantas. El caso es que lo había pagado todo y pensé que podía relajarme un tiempo.

—Entiendo.

—Así que lo comprende, ¿verdad? —Sonrío aliviada a Suze y ésta me hace un gesto con el pulgar hacia arriba. Bueno, esto está mejor. Una simple y rápida llamada, como dicen los anuncios. Sin cartas desagradables ni preguntas con segundas.

—Sí, por supuesto. Nos pasa a todos, ¿no?

—Así pues, ¿me lo van a conceder? —pregunto con alegría.

—El problema es que sólo estoy autorizada a ampliarle el crédito otras cincuenta libras. Tendrá que hablar con el director del Departamento de Créditos de su sucursal, que es, déjeme ver..., Fulham..., el señor John Gavin.

Miro el teléfono consternada.

—Pero si ya le he escrito.

—Bueno, entonces ya lo habrá arreglado. ¿Puedo ayudarla en alguna otra cosa?

—No, no creo. Gracias de todas formas.

Cuelgo el teléfono con la moral por los suelos.

—Mierda de banco y mierda de centro de atención al cliente.

—¿Van a darte el dinero?

—No lo sé, depende del tal John Gavin. —Levanto la vista y veo la angustiada cara de Suze—. Pero estoy segura de que dirá que sí. Basta con que revise mi expediente. Todo saldrá bien.

—Supongo que si no gastas nada en una temporada, podrás ponerte al día —pregunta esperanzada—. Ahora estás ganando un montón de dinero en la tele, ¿no?

—Sí —contesto al cabo de un rato porque no quiero confesarle que, después de pagar el alquiler, los taxis, las comidas y los modelitos para el programa no me queda prácticamente nada.

—Y también tienes el libro, ¿verdad?

—¿El libro?

De repente, la miro sin entender lo que dice. ¡Ostras, es verdad! El libro de autoayuda. Hace días que quiero empezarlo.

¡Gracias a Dios! Ésa es la solución. Lo único que tengo que hacer es escribirlo rápidamente, recibir un suculento cheque, pagar las cuentas de las tarjetas de crédito y demás, y a ser feliz de nuevo. ¡Ja! No necesito ninguna estúpida ampliación de crédito. Voy a empezar ahora mismo, esta misma tarde.

En realidad tengo muchas ganas de ponerme a escribir el libro. Hay tantos temas importantes que me gustaría tratar, como la riqueza y la pobreza, religiones comparadas, puede que algo de filosofía... Sé que los editores sólo me han pedido un simple libro de autoayuda, pero no hay razón para no abarcar temas más amplios.

De hecho, si se vende bien, puedo empezar a dar conferencias. Sería fantástico, ¿verdad? Puedo llegar a ser una especie de gurú y hacer giras por todo el mundo. La gente acudirá en masa y me pedirá consejo sobre todo tipo de cosas...

—¿Cómo va eso? —pregunta Suze asomándose a mi puerta envuelta en una toalla, y doy un respingo. Llevo un buen rato sentada frente al ordenador pero ni siquiera he llegado a ponerlo en marcha.

—De momento, estoy pensando —respondo, y me apresuro a buscar el botón de encendido en la parte de atrás—. Ya sabes, organizando las ideas y dejando que el flujo creativo forme un entramado coherente.

—¡Guau! —exclama mirándome impresionada—. ¡Increíble! ¿Es difícil?

—No mucho —le aseguro después de pensarlo un rato—. La verdad es que es bastante fácil.

La pantalla del ordenador se ilumina con un derroche de sonidos y colores y las dos la miramos fascinadas.

—¡Guau! —repite—. ¿Eso lo has hecho tú?

—Pues sí —afirmo. Es cierto. ¿O no he sido yo la que lo ha encendido?

—Qué lista eres. ¿Cuándo crees que lo acabarás?

—Muy pronto, espero. Ya sabes, una vez que me pongo en marcha...

—Bueno, te dejo que trabajes. Sólo quería pedirte un vestido para salir esta noche.

—Vale —acepto un poco intrigada—. ¿Adónde vas?

—A la fiesta de Venetia. ¿Quieres venir? ¡Venga, vente! Va a ir todo el mundo.

Por un momento me siento tentada. He estado unas cuantas veces con Venetia y sé que da unas fiestas estupendas en la casa de sus padres, en Kensington.

—No —digo finalmente—. Mejor me quedo, tengo mucho trabajo.

—Bueno... —acepta con cara triste—. ¿Pero me dejas el vestido?

—Sí, claro. —Hago una mueca intentando pensar—. ¿Por qué no te pones mi vestido nuevo de Tocca, con tus zapatos rojos y mi chal de English Eccentrics?

—¡Estupendo! —exclama dirigiéndose al armario—. Gracias, Bex. ¿Puedo cogerte también unas bragas? —añade—. ¿Y unas medias? ¿Y maquillaje?

Me vuelvo en la silla y la miro detenidamente.

—Suze, cuando te has «desposeído», ¿te has quedado con algo?

—Sí, claro —afirma a la defensiva—. Ya sabes, alguna cosilla. Bueno, a lo mejor me he pasado un poco.

—¿Tienes ropa interior?

—Esto..., no. Pero me siento tan feliz y positiva con mi vida que no me importa. Es *feng shui*. Deberías probarlo.

La miro mientras coge el vestido, las bragas y rebusca en el neceser del maquillaje. Cuando sale de la habitación, estiro los brazos y flexiono los dedos. Bueno, ¡a trabajar! ¡Mi libro!

Abro un documento, escribo «Capítulo uno» y leo esas palabras con orgullo. ¡Qué bien me ha quedado! ¡Ya estoy en marcha! Ahora sólo tengo que pensar en una frase ingeniosa e impactante con la que empezar.

Me quedo inmóvil un rato intentando concentrarme en la pantalla que tengo enfrente. Al cabo de unos segundos, escribo rápidamente:

Las finanzas son

Me paro y tomo un sorbo de Coca-Cola light. La primera frase hay que afinarla bien. No se puede pretender que se te ocurra todo de golpe.

Las finanzas son lo más

Ojalá estuviera escribiendo un libro sobre ropa o maquillaje. *La Guía Becky Bloomwood del lápiz de labios.*
Pero bueno, no lo estoy haciendo, así que ¡concentración!

Las finanzas son algo que

Esta silla es muy incómoda. Estar sentada en algo tan blando durante muchas horas no puede ser sano. Seguro que me entra el síndrome del túnel carpiano o algo así. Si me voy a dedicar a escribir, tendré que comprarme una de esas sillas ergonómicas giratorias que se pueden subir y bajar.

Las finanzas son muy

Puede que las vendan en Internet. Ya que tengo el ordenador encendido, voy a echar un vistazo.

Sería una irresponsabilidad por mi parte no hacerlo. Hay que cuidarse. «Mens sana en salud sana.» O como se diga.

Hago clic con el ratón en el icono de Internet, busco «sillas de oficina» y enseguida aparece en la pantalla una lista de catálogos. Ya tengo apuntadas un par de buenas posibilidades cuando llego a una página web increíble en la que jamás había entrado, llena de material de oficina. Y nada de aburridos sobres blancos; auténticas maravillas de alta tecnología: archivadores cromados, elegantes portaplumas y placas personalizadas para poner en las puertas.

Miro las fotografías completamente hipnotizada. Ya sé que no estoy en situación de gastar dinero, pero esto es diferente. Es una inversión en mi carrera. A fin de cuentas, ésta es mi oficina, ¿no? He de tenerla bien equipada, es imprescindible. Es increíble, qué poca visión de futuro he tenido hasta ahora. ¿Cómo voy a escribir un libro sin el equipo necesario? Sería como escalar el Everest sin tienda de campaña.

Estoy tan fascinada por la cantidad de cosas que veo que casi no puedo decidir qué comprar, aunque hay una serie de cosas esenciales que debo tener.

Hago clic en una silla ergonómica giratoria tapizada en color violeta para que haga juego con mi nuevo iMac y en un dictáfono que introduce el sonido directamente en el ordenador. Después elijo una bonita pinza metálica para sujetar los papeles mientras estoy escribiendo, unas carpetas plastificadas que seguro que me vienen bien y una minitrituradora de papel. Es fundamental, no me gustaría nada que alguien accediese a los primeros borradores. Estoy pensando en unos muebles a base de módulos para la recepción (aunque en mi habitación no es que haya mucho espacio), cuando entra Suze.

—¿Cómo va eso?

Me estremezco, me siento terriblemente culpable, hago clic rápidamente en el botón de enviar sin poder fijarme en cuánto costaba todo, cierro Internet y el capítulo uno vuelve a aparecer en pantalla.

—Estás trabajando mucho —elogia meneando la cabeza—. Deberías descansar un rato. ¿Cuánto llevas?

—Bastante...

—¿Puedo leerlo? —Y para mi espanto empieza a acercarse a la pantalla.

—¡No! Todavía está sin repasar. Es material sensible. —Cierro el documento rápidamente y me pongo de pie—. Estás guapísima, Suze. Realmente fantástica.

—¡Gracias! —Sonríe y, cuando está dándose la vuelta para enseñarme el vestido, suena el timbre—. Debe de ser Fenny.

Fenella es una de las raritas y pijas primas de Suze, de la familia de Escocia. Bueno, en realidad no es tan rarita. Era tan especial como su hermano Tarquin y se pasaba la vida montando a caballo, pescando o qué sé yo. Pero hace poco vino a vivir a Londres y trabaja en una galería de arte: ahora sólo se dedica a ir a fiestas. Suze abre la puerta de la calle y oigo la aguda voz de Fenella y un coro de voces femeninas. Fenny no puede dar dos pasos seguidos sin llevar a un grupo de gente chillona a su lado. Es la versión vida social del dios de la lluvia.

—¡Hola! —saluda entrando en mi habitación. Lleva una falda rosa muy bonita de Whistles, idéntica a la mía, pero la ha conjuntado con un horrible jersey de cuello alto marrón de Lurex—. ¡Hola, Becky! ¿Vienes con nosotras?

—No, esta noche no puedo. Tengo que trabajar.

—Vaya, hombre. —Su cara se entristece, como le ha sucedido a Suze, pero luego se le ilumina—. ¿Me dejas tus zapatos de Jimmy Cloos? Tenemos el mismo número, ¿no?

—Vale, están en el armario. —Dudo un poco e intento que no se ofenda—: ¿Quieres que te preste un top? Tengo uno que va muy bien con esa falda. Es de cachemira rosa con pedrería, muy bonito.

—¿Sí? La verdad es que me he puesto este jersey sin pensar.

Mientras se lo quita aparece una rubia vestida de negro que me sonríe.

—Hola..., Milla —saludo acordándome de su nombre justo a tiempo—. ¿Qué tal estás?

—Muy bien, gracias —contesta, y me mira como para pedirme algo—. Fenny me ha dicho que me dejarías tu chal de English Eccentrics...

84

—Se lo he prestado a Suze —replico con cara apenada—. Pero ¿qué te parece un mantón violeta con lentejuelas?

—¡Estupendo!

—¿Tienes todavía esa falda negra cruzada? —pregunta Binky.

—Sí... —contesto pensativa—. Pero tengo otra que te quedará todavía mejor.

Transcurre media hora larga hasta que todas me piden lo que quieren. Finalmente, salen de la habitación diciendo que me lo devolverán todo mañana por la mañana y entra Suze, espléndida, con el pelo recogido dejando caer unos rizos rubios.

—¿Estás segura de que no quieres venir? Tarquin también va y sé que le gustaría verte.

—¿Está en Londres? —pregunto intentando no parecer muy horrorizada ante la idea de verlo.

—Unos días nada más. —Me mira con carita de pena—. Ya sabes que si no fuera por Luke... Creo que todavía le gustas.

—Pero qué dices —reacciono con rapidez—. Eso pasó hace mucho tiempo.

La única cita que tuve con Tarquin es algo que prefiero borrar de mi mente.

—Vale. Nos vemos luego. No trabajes mucho.

—No te preocupes, no lo haré —aseguro con un suspiro de hastío—. O, al menos, lo intentaré.

Espero a que salgan todas y oigo cómo arranca el taxi que las estaba esperando en la puerta, tomo un sorbo de té y vuelvo al capítulo uno.

CAPÍTULO UNO

Las finanzas son muy

La verdad es que no me apetece nada hacer esto. Suze tenía razón, debería descansar un rato. Si me quedo aquí, me cansaré y perderé el flujo creativo. Y la verdad es que he empezado muy bien.

Me levanto, me estiro, me voy al cuarto de estar y cojo la revista *Tatlers*. *Eastenders* empieza dentro de nada y después deben de echar *Changing Rooms* o alguna cosa así, o ese documental sobre veterinarios. Veré algo y después volveré a trabajar. Tengo toda la noche por delante, ¿no? Necesito marcarme un ritmo.

Hojeo la revista despreocupadamente y, mientras miro el sumario en busca de algo interesante, veo una cosa que me deja atónita. Hay una foto de Luke con un pie que dice: «Lo mejor de Brandon, página 74.» ¿Por qué no me ha dicho que iba a salir en una revista?

Es su nueva foto oficial, para la que le ayudé a elegir el traje (camisa azul y una corbata azul oscuro de Fendi). Está mirando a la cámara con cara de persona seria y formal, pero, observándole de cerca los ojos, se nota que está sonriendo ligeramente. Cuando contemplo esa cara tan familiar, me pongo tierna y me doy cuenta de que Suze tiene razón. Debería creer en él. ¿Qué sabrá la bruja piernas largas de Alicia?

Voy a la página 74 y veo que se trata de un artículo sobre los hombres de negocios más emprendedores de Gran Bretaña. Algunos salen con sus parejas. Puede que haya una foto mía con Luke. Después de todo es posible que alguien nos haya sacado alguna en una fiesta o algo así. Ahora que me acuerdo, una vez nos hicieron una para el *Evening Standard* en la presentación de una nueva revista, aunque nunca llegaron a publicarla.

¡Ahí está! Es el número treinta y cuatro. Sólo sale él en esa foto oficial en la que no hay ni rastro de mí. Con todo, me siento orgullosa al verla (es mucho más grande que otras, ¡ja!), y leo el pie de foto: «La implacable carrera en busca del éxito de Luke Brandon ha apartado a varios de su competidores de los puestos de salida.» Después, empiezo el artículo: «Luke Brandon, el emprendedor propietario y fundador de Brandon Communications, bla, bla, bla...»

Leo el texto por encima y siento una agradable expectación cuando llego a la sección «Datos personales». Aquí es donde me mencionarán. «En la actualidad sale con la famosa estrella de televisión Rebecca Bloomwood.» O puede que diga: «Compañero de la conocida experta en finanzas Rebecca Bloomwood.» O algo así...

Luke James Brandon
Edad: 34
Estudios: Cambridge
Estado civil: soltero

¿Soltero?
¿Les ha dicho que está soltero?

Mientras contemplo su arrogante y confiada mirada empieza a invadirme un gran enfado. De repente, siento que ya he tenido bastante. Ya basta de que me hagan sentir insegura y paranoica sin saber lo que está pasando. Con manos temblorosas, descuelgo el teléfono y marco su número.

—Sí —digo cuando acaba el mensaje—. Muy bien, pues si tú eres soltero, yo también. Y si tú te vas a Nueva York, yo me voy a... Mongolia Exterior. Y si tú...

De repente me quedo en blanco. ¡Mierda, me estaba saliendo tan bien!

—... si eres tan cobarde como para no decirme las cosas, sería mejor para los dos que simplemente...

Aquí me he atascado de verdad. Debería haberlo escrito antes de empezar.

—... lo diéramos por terminado. O puede que eso sea lo que crees que has hecho —finalizo respirando con fuerza.

—¿Becky? —De repente oigo su voz y doy un salto asustada.

—¿Sí? —contesto intentando sonar digna.

—¿Qué son todas esas chorradas que estás diciendo? —pregunta con calma.

—No son chorradas —protesto indignada—. ¡Es la verdad!

—«Si tú estás soltero, yo también.» ¿Qué se supone que es, la letra de una canción?

—Me refería a ti y a que le has dicho a todo el mundo que estás soltero.

—¿Qué he hecho qué? —pregunta en tono jocoso—. ¿Cuándo ha sido eso?

—Está en la revista *Tatlers* —grito furiosa—. En la de este mes.

Cojo la revista y la abro.

—«Los hombres de negocios más emprendedores de Gran Bretaña. Número treinta y cuatro, Luke Brandon.»

—¡Por Dios! ¿Te referías a eso?

—Sí, a eso. ¡Eso! Y dice que estás soltero. ¿Cómo crees que me sienta ver que has dicho una cosa así?

—¿Son mis palabras?

—Bueno, no exactamente. No dice que sean tus palabras, pero supongo que te habrán llamado para preguntarte.

—Pues sí, lo hicieron y les dije «sin comentarios».

—¡Ah! —Por un momento me quedo callada intentando pensar con claridad. Vale, puede que no les haya dicho que está soltero, pero no estoy segura de que me guste lo de «sin comentarios». ¿No es lo que dice la gente cuando las cosas van mal?—. ¿Por qué les dijiste eso? ¿Por qué no les dijiste que salías conmigo?

—Cariño —dice cansinamente—, piénsalo un poco. ¿Quieres que nuestra vida privada salga en primera plana en todas las revistas?

—¡Claro que no! —digo retorciendo las manos en una complicada postura—. Pero...

—¿Qué?

—Bien que dijiste en los medios de comunicación que salías con Sacha —digo con voz queda.

Sacha es la ex novia de Luke.

No puedo creer lo que acabo de decir.

Luke suspira.

—Becky, fue Sacha la que lo contó todo. Le hubiera gustado que el *Hola* viniera a fotografiarnos en el cuarto de baño. Es de esa clase de mujeres.

—¡Ah! —digo enrollándome el cordón del teléfono en el dedo.

—No me interesa ese tipo de historias. Mis clientes pueden hacer lo que quieran, pero, personalmente, pienso que es horrible. Por eso dije «sin comentarios». —Se detiene un momento—. Pero tienes razón, debería haberlo pensado. Debería haberte advertido. Lo siento.

—Está bien —acepto un poco violenta—. Supongo que no debería haberme precipitado.

—¿Estamos bien? —pregunta con un cálido tono de burla—. ¿Volvemos a estar como siempre?

—¿Qué pasa con Nueva York? —digo, y me odio por preguntarlo—. ¿También es un error?

Se produce un largo y terrible silencio.

—¿Qué has oído de Nueva York? —pregunta finalmente, y para mi horror, su voz suena profesional y distante.

¡Dios! ¿Por qué no podré tener la boca cerrada?

—La verdad es que nada —tartamudeo—. No... no lo sé. Simplemente...

Corto débilmente y, durante lo que parecen horas, ninguno de los dos dice nada. El corazón me late desbocado y aprieto el auricular con tanta fuerza que empieza a dolerme la oreja.

88

—Becky, tengo que hablar contigo de algunas cosas, pero éste no es el momento.

—Bien —acepto asustada—. ¿De qué tipo de cosas?

—Ahora no. Ya hablaremos cuando vuelva, ¿vale? El sábado, en la boda.

—Bueno —digo alegremente para disimular los nervios—. Nos vemos allí.

Antes de que pueda decirle nada más, ha colgado.

GESTIONE SU DINERO

GUÍA COMPLETA SOBRE LA ECONOMÍA PERSONAL

POR REBECCA BLOOMWOOD

COPYRIGHT REBECCA BLOOMWOOD

Muy importante: Queda prohibida la reproducción total o parcial de esta obra salvo que se disponga de consentimiento por escrito del autor.

PRIMERA EDICIÓN (UK)

(PRIMER BORRADOR)

PRIMERA PARTE

CAPÍTULO UNO

Las finanzas son muy

Endwich Bank

SUCURSAL DE FULHAM

Fulham Road, 3
Londres SW6 9JH

Sra. Rebecca Bloomwood
Burney Road, 4, 2.ª
Londres SW6 8FD

11 de septiembre de 2001

Estimada Sra. Bloomwood,

En relación con mi carta del 8 del corriente, he de informarle de que he llevado a cabo una exhaustiva investigación de su cuenta. Su descubierto supera con creces la cantidad autorizada por el banco. No veo ninguna justificación para mantener un descubierto tan excesivo, ni que haya hecho ningún intento serio por reducirlo. Esta situación es poco menos que un escándalo.

Sea cual sea el estatus del que ha disfrutado en el pasado, no lo seguirá teniendo en el futuro. Decididamente, no voy a ampliar el crédito que solicitó, y le pido con carácter de urgencia que concierte una cita conmigo para tratar su situación.

Afectuosamente,

John Gavin
Director del Departamento de Créditos

ENDWICH — NOS PREOCUPAMOS POR USTED

seis

El sábado llego a casa de mis padres a las diez de la mañana y encuentro la calle envuelta en un gran ambiente festivo. Hay globos atados a los árboles, la entrada está abarrotada de coches y, en el jardín de al lado, veo una marquesina hinchada por el viento. Salgo del coche, cojo la bolsa que he preparado para el fin de semana y me detengo un segundo para contemplar la casa de los Webster. ¡Qué extraño se me hace! ¡Tom Webster se casa! Increíble. En realidad —y esto puede sonar un poco mezquino— lo que me parece alucinante es que alguien quiera casarse con él. He de admitir que últimamente ha mejorado un poco. Se ha comprado algo de ropa y se ha cambiado el peinado, pero sigue teniendo las manos grandes y pegajosas... Vamos, que no es Brad Pitt precisamente.

«El amor es ciego», pienso mientras cierro el coche de un portazo. Se ama a las personas a pesar de sus defectos. A Lucy, evidentemente, no le molestan las manos de Tom, ni su peinado soso y anticuado. Supongo que es una historia muy romántica.

Mientras contemplo la casa, aparece en la puerta una chica en pantalones vaqueros que lleva una corona de flores. Me lanza una extraña y casi agresiva mirada y vuelve a meterse dentro. Me imagino que es una de las damas de honor y supongo que se ha puesto nerviosa porque la he visto en vaqueros.

Lucy también debe de estar dentro. Instintivamente, me doy la vuelta. Ya sé que es la novia y todo eso, pero, para ser sincera, no tengo muchas ganas de volver a verla. Sólo coincidimos en un par de ocasiones y no nos caímos muy bien. Probablemente creía que yo estaba enamorada de Tom. ¡Por Dios! Bueno, cuando llegue Luke podré demostrarles a todos que estaban equivocados.

Al acordarme de él, me pongo nerviosa y tengo que inspirar profunda y lentamente para calmarme. Esta vez estoy decidida a no empezar la casa por el tejado. Voy a mantener una actitud abierta y ver qué me cuenta. Si me dice que se va a Nueva York, tendré que aceptarlo como pueda.

Pero bueno, no es momento para pensar en ello. Me dirijo rápidamente hacia mi casa. Mi padre está en bata tomando café en la cocina y mi madre, con un peinador de nailon sobre los hombros, está poniendo mantequilla a unos sándwiches.

—No creo que sea correcto —le está diciendo—. No está bien. Se supone que son los dirigentes del país, y míralos, hechos un desastre. Trajes sin ningún estilo, corbatas espantosas...

—Así que, ¿crees que la capacidad para gobernar tiene relación con la forma en que se viste uno?

—¡Hola, mamá! —saludo dejando la bolsa en el suelo—. ¡Hola, papá!

—Es una cuestión de principios —asegura mi madre—. Si no están dispuestos a hacer un esfuerzo con su aspecto, ¿por qué iban a hacerlo con la economía?

—No es lo mismo.

—Es exactamente lo mismo. Becky, ¿no crees que Gordon Brown debería vestir con un poco más de elegancia y olvidarse de toda esa tontería de vestir de sport?

—Pues no lo sé. A lo mejor.

—¿Ves? Becky piensa lo mismo que yo. Deja que te vea, cariño —dice poniendo el cuchillo en la mesa e inspeccionándome más de cerca. Siento una agradable sensación porque sé que estoy guapa. Llevo un traje chaqueta de color rosa chillón, un sombrero de plumas de Philip Treacy y unos preciosos zapatos negros de raso decorados con una sutil filigrana en forma de mariposa—. ¡Becky, estás divina! ¡Vas a hacerle sombra a la novia! Qué curioso es, ¿cuánto te ha costado? —pregunta cogiéndome el sombrero.

—Esto... no me acuerdo. Puede que cincuenta libras.

No es del todo cierto. Más bien fueron... Bueno, es igual, bastante más. Pero merecía la pena.

—¿Dónde está Luke? —pregunta volviendo a ponerme el sombrero en la cabeza—. ¿Está aparcando?

—Sí, ¿dónde está? —se interesa mi padre con sonrisa burlona—. Hace tiempo que queremos conocer a tu amigo.

—Viene solo —les explico, y me estremezco ligeramente cuando veo la cara que se les pone.

—¡Solo! —exclama mi madre—. ¿Por qué?

—Viene en avión desde Zúrich —aclaro—. Tuvo que irse en viaje de negocios. Pero vendrá, os lo prometo.

—¿Sabe que la ceremonia empieza a las doce? —pregunta nerviosa—. ¿Le has dicho dónde está la iglesia?

—Sííí... No te preocupes, llegará.

Estoy un poco irritable, no puedo remediarlo. La verdad es que esta historia de Nueva York me tiene un poco tensa. Se supone que iba a llamarme en cuanto llegara al aeropuerto. De eso hace media hora y no he tenido noticias suyas.

Pero dijo que vendría.

—¿Puedo ayudar en algo? —pregunto para cambiar de tema.

—Lleva esto arriba —me pide mi madre cortando los sándwiches en triángulos—. Tengo que guardar los cojines del jardín.

—¿Quién hay arriba? —pregunto cogiendo la bandeja.

—Maureen ha venido a peinar a Janice. No querían estar por el medio mientras Lucy se arreglaba.

—¿La has visto? ¿Es bonito el vestido?

—No, todavía no —contesta bajando la voz—. Pero, al parecer, ha costado tres mil libras. Sin el velo.

—¡Guau! —exclamo impresionada. Por un momento siento un poco de envidia. O sea, aunque no puedo imaginar nada peor que casarse con Tom Webster, un vestido de tres mil libras... Y una fiesta... Y cantidad de regalos... La gente que se casa lo tiene todo, ¿o no?

Subo al piso de arriba, oigo el ruido del secador en la habitación de mis padres y, cuando entro, veo a Janice en bata sentada en la silla del tocador, con una copa de jerez en la mano y retocándose los ojos con un pañuelo. Maureen, que lleva toda la vida peinándola a ella y a mamá, le está secando el pelo, y una mujer que no conozco, con un bronceado de tono dorado, pelo rubio teñido y rizado, y vestida con un traje de seda de color lila, está sentada en la ventana fumando un cigarrillo.

—¡Hola, Janice! —la saludo dándole un abrazo—. ¿Cómo estás?

—Bien, querida —dice tratando de controlar las lágrimas—. Un poco nerviosa. Ya sabes, pensar que Tom se casa...

—Ya —digo comprensiva—. Parece que fuera ayer cuando éramos niños y paseábamos juntos en bici.

—Tómate otro jerez —la invita Maureen, y le echa un líquido marrón oscuro en la copa—. Te ayudará a relajarte.

—Oh, Becky —suspira Janice cogiéndome de la mano—. Para ti también debe de ser muy duro.

Lo sabía. Todavía cree que me gusta Tom. ¿Por qué todas las madres piensan que sus hijos son irresistibles?

—No mucho —aseguro lo más alegremente que puedo—. Vamos, que me alegro por él y por Lucy, claro.

—¿Becky? —dice la mujer de la ventana volviéndose hacia mí con los ojos sospechosamente entrecerrados—. ¿Ésta es Becky?

Su cara no muestra ni una gota de simpatía. No me digas que también ella piensa que voy detrás de Tom.

—Esto..., sí —contesto sonriéndole—. Soy Rebecca Bloomwood y usted debe de ser la madre de Lucy, ¿verdad?

—Sí, soy Angela Harrison, la madre de la novia —afirma sin quitarme la vista de encima y haciendo hincapié en la palabra «novia», como si yo no entendiese su significado.

—Debe de estar muy nerviosa, ¿no? —comento educadamente—. ¡Su hija se casa!

—Sí, claro que Tom siente devoción por Lucy —dice con agresividad—. Una devoción loca. Jamás se le ocurre mirar a otras mujeres.

Me mira con severidad y le sonrío débilmente.

¿Qué se supone que debo hacer? ¿Vomitar encima de Tom o algo así? ¿Decirle que es el hombre más feo que he conocido en la vida? Pensarían que estoy celosa, que estoy intentando negar lo evidente.

—¿Ha venido Luke? —pregunta Janice sonriéndome esperanzada, y de repente sucede algo rarísimo. Las tres se quedan inmóviles esperando mi respuesta.

—Todavía no. Supongo que se ha retrasado.

Se hace un silencio y veo que las miradas de las tres recorren la habitación.

—Retrasado —repite Angela con un tono de voz que no me gusta en absoluto—. ¿Es cierto? Qué sorpresa...

¿Qué quiere decir con eso?

—Viene de Zúrich —le explico—. Supongo que su vuelo se habrá retrasado o algo así.

Miro a Janice y, para mi desconcierto, veo que se pone colorada.

—Zúrich... —comenta moviendo la cabeza demasiado categóricamente—. Ya —añade lanzándome una mirada avergonzada y casi compasiva.

¿Qué le pasa?

—Ese Luke Brandon del que hablamos —interviene Angela dando una calada a su cigarrillo—, ¿es el famoso empresario?

—Pues sí —digo un poco mosqueada—. No conozco a ningún otro Luke.

—Y es tu novio, ¿no?

—Sí.

Se produce otro extraño silencio, e incluso Maureen empieza a mirarme de forma rara. De repente veo un ejemplar del *Tatler* en el suelo, cerca de la silla de Janice.

—Por cierto —me apresuro a decir—, el artículo de esa revista está equivocado. No dijo que estuviera soltero, dijo «sin comentarios».

—¿Artículo? —comenta Janice de modo poco convincente—. ¿A qué te refieres, querida?

—Yo no leo las revistas —afirma Maureen; se ruboriza y mira hacia otro lado.

—Tenemos muchas ganas de conocerlo —asegura Angela exhalando una nube de humo—. ¿Verdad, Janice?

La miro completamente desconcertada, después a Janice, que casi no me aguanta la mirada, y por fin a Maureen, que finge estar buscando algo en un estuche de belleza.

¡Un momento!

No estarán pensando que...

—Janice —digo intentando mantener firme la voz—, sabes que Luke viene, ¿no? Incluso te envió la confirmación.

—Pues claro, Becky —exclama mirando al suelo—. Como ha dicho Angela, todas tenemos muchas ganas de conocerlo.

¡Dios mío! ¡No me cree!

Siento que un flujo de humillación me inunda las mejillas. ¿Qué se cree, que me he inventado que salgo con Luke?

—Bueno, espero que os gusten los sándwiches —digo intentando no reflejar mi histerismo—. Voy a... ver si me necesita mi madre.

La encuentro en el rellano de la escalera, metiendo los cojines del jardín en grandes bolsas de plástico transparente y succionando el aire con la boquilla del aspirador.

—Te he pedido unas cuantas bolsas de éstas en Country Ways —grita por encima del ruido—. Y papel de aluminio, una cacerola, un escalfador de huevos para el microondas...

—¡No quiero papel de aluminio!

—No es para ti —dice apagando el aspirador—. Tenían una oferta especial: «Apunta a una amiga y recibirás una colección de botes de barro», así que te he apuntado. Tienen un buen catálogo. Te lo dejaré para que le eches un vistazo.

—Mamá...

—Tienen unas preciosas fundas para edredones. Estoy segura de que te gustaría...

—¡Mamá, escucha! —grito toda apurada—. Tú me crees cuando te digo que salgo con Luke, ¿verdad?

Se queda en silencio un momento demasiado largo.

—Por supuesto, hija —afirma finalmente.

La miro horrorizada.

—¡No me crees! ¡Pensáis que me lo he inventado!

—No —replica con firmeza. Deja el aspirador en el suelo y clava sus ojos en los míos—. Becky, nos has dicho que salías con él, y en lo que respecta a tu padre y a mí, eso es suficiente.

Me mira, suspira y coge otro cojín.

—Lo que pasa, cariño, es que tienes que acordarte de que una vez se creyeron que te acosaba un hombre. Y al final resultó que... bueno, que no era verdad.

Una sensación de abatimiento se apodera de mí. Vale, es posible que una vez les hiciera creer que un hombre me perseguía. Pero que me inventase a un acosadorcillo de nada no significa que esté para que me encierren, ¿no?

—El problema es que nunca lo hemos... visto contigo. —Continúa metiendo los cojines en las bolsas—. O sea, no en

98

carne y hueso. Además salió ese artículo en el que decía que estaba soltero y...

—¡No dijo que lo estuviera! —exclamo con tono agudo por la frustración—. Dijo «sin comentarios». Mamá, ¿te han dicho Martin y Janice que no me creían?

—No —contesta levantando la barbilla, desafiante—. No se atreverían.

—Pero sabes que lo dicen a nuestras espaldas, ¿no?

Nos miramos y veo la angustia que refleja su cara, escondida detrás de una fachada de alegría. De repente me doy cuenta de cuánto le hubiera gustado que Luke y yo apareciésemos en su despampanante coche, demostrarle a Janice que estaba equivocada. Y, en vez de eso, aquí estoy, sola otra vez.

—Vendrá —afirmo casi para convencerme a mí misma—. Llegará en cualquier momento.

—¡Claro que sí! Y, en cuanto llegue, todo el mundo tendrá que comerse sus palabras.

Suena el timbre de la puerta y las dos nos miramos con tensión.

—Ya voy yo —digo intentando sonar natural.

—Vale —acepta, y veo una ligera sombra de esperanza en sus ojos.

Me apresuro escaleras abajo intentando no correr y abro la puerta con alegría. Y no es él.

Es un hombre cargado de flores. Lleva varias cestas, un ramo y, en el suelo, veo unas cuantas cajas planas.

—Flores para la boda. ¿Dónde las pongo?

—¡Oh! —exclamo intentando disimular mi decepción—. Se ha equivocado. Son para la casa de al lado, en el cuarenta y uno.

—¿Sí? —se extraña, y frunce el entrecejo—. Deje que mire la lista. ¿Puede sujetar esto?

Me entrega el ramo de la novia y empieza a rebuscar en los bolsillos.

—Mire, son para los vecinos. Voy a...

Me doy la vuelta agarrando el ramo con las dos manos porque es bastante pesado y, para mi horror, veo a Angela Harrison llegando al final de las escaleras. Me mira y, por un momento, pienso que va a asesinarme.

—¿Qué estás haciendo? ¡Dame eso! —Me lo arranca de las manos y pone su cara tan cerca de la mía que casi puedo oler su

99

aliento a ginebra—. Escucha, jovencita: a mí no me engañan las sonrisas. Sé lo que vas buscando y ya puedes olvidarlo, ¿de acuerdo? No voy a dejar que una psicópata desquiciada arruine la boda de mi hija.

—¡No estoy desquiciada! —exclamo furiosa—. ¡Y no voy a arruinar nada! ¡No me gusta Tom! ¡Tengo novio!

—Sí, sí... —se burla cruzándose de brazos—. El famoso Luke. ¿Ha llegado ya?

—No, todavía no —contesto, y me estremezco al ver la expresión de su cara—. Pero acaba de llamar.

—Acaba de llamar —repite con sorna—. ¿Para decir que no puede venir?

¿Por qué no me creen?

—Sólo está... a media hora de camino —me oigo decir en tono desafiante.

—Muy bien —dice con una asquerosa sonrisa—. Entonces lo veremos pronto, ¿no?

¡Mierda!

A las doce todavía no ha llegado y ya estoy fuera de mí. Es una pesadilla. ¿Dónde narices se ha metido? Me hago la remolona en la puerta de la iglesia hasta el último momento, marcando desesperada su número, aferrándome a la esperanza de verlo aparecer por la calle. Pero las damas de honor ya han llegado, acaba de parar otro Rolls-Royce, y él sigue sin aparecer. Cuando veo que se abre la puerta del coche y diviso el vestido de novia, me retiro hacia atrás rápidamente para que nadie piense que estoy esperando para estropear la marcha nupcial.

Entro intentando no interrumpir la música del órgano. Angela Harrison me lanza una mirada asesina y oigo murmullos y susurros en el lado en el que está la familia de Lucy. Me siento cerca de la salida e intento mostrarme serena y tranquila, aunque me doy cuenta de que todos los amigos de Lucy me miran maliciosamente. ¿Qué coño les habrá estado contando?

Por un momento estoy tentada de levantarme y marcharme. Al fin y al cabo, no me apetecía nada venir a esta estúpida boda. Sólo accedí porque no quería ofender a Janice y Martin. Pero ahora es demasiado tarde, empieza la marcha nupcial, Lucy está entrando.

100

Hay que reconocer que lleva el vestido más increíblemente bonito que he visto en mi vida. Lo observo nostálgica intentando no imaginarme cómo me vería yo en un traje como ése.

La música deja de sonar y empieza a hablar el cura. Me fijo en que la gente que está en el lado de Lucy todavía me lanza miraditas, pero me ajusto el sombrero, levanto la barbilla y finjo que no los veo.

—... para unir a este hombre y a esta mujer en santo matrimonio —recita el sacerdote—. Un sacramento...

Las damas de honor llevan unos zapatos muy bonitos, ¿dónde los habrán comprado?

Aunque lástima de vestidos.

—Por ello, si alguna persona sabe de algún impedimento por el cual este matrimonio no debiera celebrarse, que hable ahora o calle para siempre.

Siempre me ha gustado este momento. Todo el mundo se sienta encima de las manos, no vaya a ser que en ese instante les dé por pujar por un Van Gogh... Miro alrededor a ver si alguien va a decir algo y, horror, Angela Harrison se ha dado la vuelta y me está echando mal de ojo. ¿Qué le pasa?

De repente hay un montón de gente que me está mirando, incluso la mujer de la primera fila que lleva un enorme sombrero azul se vuelve para poder verme bien.

—¿Qué pasa? —susurro enfadada—. ¡Qué...!

—¿Sí? —pregunta el cura poniéndose la mano detrás de la oreja—. ¿Alguien ha dicho algo?

—¡Sí! —asegura la mujer, señalándome—. Ha sido ella. ¿Qué?

Dios mío. No, por favor. Toda la iglesia está pendiente de mí. Esto no puede estar pasando. Tom también me mira y sacude la cabeza con detestable rostro compasivo.

—No... No... —tartamudeo—. Simplemente...

—¿Le importaría levantarse? —me pide el sacerdote—. Soy un poco sordo, así que si tiene algo que decir...

—La verdad...

—¡Levántese! —me ordena la mujer que hay a mi lado, pegándome con la hoja de los salmos.

Me levanto muy despacio, sintiendo cómo se clavan en mí doscientos pares de ojos como dardos. No me atrevo a mirar a Tom y a Lucy, ni a mis padres. No había pasado tanta vergüenza en la vida.

—No tengo nada que decir. De verdad. Ha sido simplemente...
—desesperada, aprieto el móvil—, el teléfono. Pensaba que... Perdone, continúe.

Me siento, con las piernas temblorosas, y todo el mundo permanece en silencio. Poco a poco, los asistentes empiezan a volver la cara hacia el altar y a tranquilizarse, mientras el sacerdote se aclara la voz y empieza con los votos.

El recuerdo del resto de la liturgia es muy borroso. Cuando todo ha acabado, Tom y Lucy salen de la iglesia adoptando una actitud de estudiada indiferencia hacia mí; todo el mundo les rodea y empieza a tirarles confeti y a sacar fotos. Me escabullo sin que nadie se dé cuenta y voy corriendo hacia la casa de los Webster. Luke ya debe de estar allí. ¡Tiene que estar! Debe de haber llegado tarde y ha decidido no pasar por la iglesia e ir directamente a la fiesta. En realidad es lo más lógico, es lo que haría cualquier persona sensata.

Entro a toda prisa en la casa, llena de camareros y camareras, y me dirijo directamente a la marquesina. En mi cara se dibuja una alegre sonrisa al imaginarme nuestro encuentro, cuando le cuente el horrible episodio de la iglesia se va a partir de la risa.

Pero la marquesina está vacía. Completamente.

Me detengo un momento, desconcertada, y después me encamino a toda prisa hacia la casa de mis padres. Puede que haya ido allí. A lo mejor no se enteró bien de la hora, o no ha tenido tiempo de ponerse el traje para la boda. O quizá...

Pero tampoco está allí. Ni en la cocina ni en el piso de arriba. Cuando marco el número de su móvil, oigo directamente el buzón de voz.

Me dirijo lentamente a mi habitación y me tumbo en la cama, intentando no dejarme invadir por todos los malos pensamientos que me vienen a la cabeza.

«Vendrá —me repito una y otra vez—. Está de camino.»

A través de la ventana veo que Tom, Lucy y los invitados empiezan a llegar al jardín. Hay abundancia de sombreros y chaqués, y camareras que llevan bandejas con copas de champán. De hecho, el ambiente parece muy alegre. Sé que debería unirme a ellos, pero no me siento capaz. No sin Luke, no yo sola.

Al cabo de un rato se me ocurre que, si me quedo aquí encerrada, lo único que conseguiré es alimentar los cotilleos. Todo el mundo pensará que no puedo soportar que sean una pareja feliz, y que me estoy cortando las venas o algo parecido. Sería como confirmar todas sus sospechas. Tengo que ir y dar la cara, aunque sea durante un rato.

Me obligo a levantarme, respiro hondo y vuelvo a pintarme los labios. Después, salgo de casa y me acerco a la de los Webster. Me cuelo discretamente en la marquesina por uno de los lados y me quedo observándolo todo un momento. La gente se arremolina y hay un gran alboroto, nadie parece fijarse en mí. Cerca de la entrada, alineados formalmente, están Tom, Lucy y los padres de ambos, pero ni loca me acercaría allí. En vez de eso, me dirijo furtivamente hacia una mesa vacía, me siento y, al cabo de un rato, se acerca una camarera y me ofrece una copa de champán.

Me quedo allí sentada un rato, bebiendo, mirando a los invitados y sintiéndome un poco más relajada. Al poco, oigo el frufrú de un vestido, levanto la vista y se me hiela el corazón. Lucy está frente a mí, reluciente, junto a una dama de honor que lleva un vestido en un nada favorecedor tono de verde (lo que dice mucho de Lucy).

—¡Hola, Rebecca! —saluda con simpatía, y me doy cuenta de que se alegra de poder ser amable con la chica solitaria que casi arruina su boda.

—Hola. Siento mucho lo de la ceremonia. De verdad que no quería...

—No te preocupes —me consuela con una tensa sonrisa—. Ahora ya estamos casados y eso es lo importante —dice mirando satisfecha el anillo que lleva en el dedo.

—Por supuesto. ¡Felicidades! ¿Vas a...?

—Nos preguntábamos —me interrumpe— si ha llegado ya Luke.

Se me cae el alma a los pies.

—Bueno... —farfullo intentando ganar tiempo—. Esto...

—Mi madre me ha dicho que le has asegurado que estaba sólo a media hora de camino, pero no hay ni rastro de él. Parece un poco raro, ¿no? —dice levantando las cejas inocentemente, y su dama de honor se ríe con una especie de bufido. Miro por encima del hombro de Lucy y veo que Angela Harrison está unos metros más allá, junto a Tom, y en sus ojos hay una mirada penetrante y triunfal. Están disfrutando de lo lindo con esta situación.

—Bueno, me lo dijo hace ya más de dos horas, por lo menos. Así que, si no ha llegado... Es un poco raro, ¿no? —comenta fingiendo estar preocupada—. A lo mejor ha sufrido un accidente. O lo han retenido en... era Zúrich, ¿verdad?

Miro su petulante y burlona cara y me sale algo impulsivo.

—¡Ahí está! —exclamo antes de poder contenerme.

Se quedan en silencio, se miran un instante, y tomo un gran trago de champán.

—¿Que está ahí? ¿Quieres decir aquí, en la boda?

—Sí, claro. De hecho lleva ya un buen rato.

—¿Pero dónde? ¿Dónde está?

—Estaba aquí mismo hace un momento.

Hago un gesto hacia la silla que hay a mi lado.

—¿No lo has visto?

—No —responde con los ojos como platos—. ¿Dónde se ha metido? —pregunta buscándolo con la vista por toda la marquesina.

—Está allí —aseguro señalando hacia el mogollón de gente—. Lleva chaqué.

—¿Y qué más?

—Y... una copa de champán...

Gracias a Dios, en las bodas todos los hombres tienen la misma pinta.

—¿Cuál es? —pregunta impaciente.

—El de pelo moreno —le indico tomando otro trago de champán—. Mira, me está saludando. —Levanto la mano y la agito con alegría—. ¡Hola, Luke!

—¿Dónde está? —pregunta la dama de honor, desesperada—. ¿Qué aspecto tiene?

—Acaba..., acaba de desaparecer. Debe de haber ido a por una copa o algo así.

Lucy se vuelve hacia mí con los ojos entrecerrados.

—¿Y por qué no ha venido a la ceremonia?

—No quería entrar a mitad —digo después de un rato, y me obligo a sonreír—. Bueno, no te entretengo. Supongo que querrás hablar con tus invitados.

—Sí. Será mejor.

Me mira otra vez con desconfianza y se aleja hacia su madre para charlar con un grupo, que se vuelve hacia mí de vez en cuando.

Una de las damas de honor se acerca a otro grupo y todos empiezan a mirarme. Después, otra va hacia otro grupo. Es como ver extenderse un fuego.

Un rato después viene Janice, ruborizada y a punto de llorar, con su sombrero de flores completamente torcido.

—Becky, acabo de enterarme de que Luke está aquí.

Se me viene el mundo abajo. Bajarle los humos a la maldita novia es una cosa, pero a ella no puedo decirle que Luke está aquí. No puedo. Así que tomo otro trago de champán y la saludo con la copa de forma imprecisa, como queriendo decir cualquier cosa.

—¡Oh, Becky! —exclama apretando las manos—. Me siento tan... ¿Lo han conocido ya tus padres? Me imagino que tu madre estará loca de contento.

¡Mierda!

De repente me siento fatal. ¡Mis padres! Ni siquiera me había acordado de ellos.

—Janice, tengo que ir a empolvarme la nariz —suelto, y me alejo rápidamente—. Te veo luego.

—Con Luke.

—Sí, claro —aseguro, y suelto una risita chillona.

Voy corriendo hacia los lavabos instalados en el jardín sin mirar a nadie a los ojos, me encierro en uno, me siento y me bebo el resto del champán, aunque ya se ha calentado. Vale, tranquila, que no cunda el pánico. Vamos a pensar con tranquilidad y repasar las opciones que tengo.

Opción n.º uno: decirle a todo el mundo que Luke no está aquí, que ha sido una equivocación.

Ni hablar. A no ser que quiera que me lapiden a base de copas de champán y no pueda acercarme nunca más a las tiendas del pueblo.

Opción n.º dos: decirles a mis padres en privado que Luke no ha venido.

Se enfadarán muchísimo, se avergonzarán de mí y no disfrutarán de la fiesta por mi culpa.

Opción n.º tres: seguir con el embuste y confesarles la verdad a mis padres por la noche. Sí, eso puede funcionar. Tiene que funcionar. No me costará mucho convencer a todos durante una hora más de que Luke está aquí y después decir que le duele la cabeza y que ha ido a tumbarse un rato.

Sí, eso es lo que voy a hacer. Venga, vamos.

¿Sabéis?, resulta más fácil de lo que creía. En poco tiempo todo el mundo parece dar por sentado que Luke está por algún sitio. Incluso la abuela de Tom me ha dicho que lo ha visto, que es muy guapo y que si la próxima seré yo. He dicho infinidad de veces «estaba aquí hace un momento», he cogido dos platos del bufé, uno para mí y otro para él (luego he tirado uno en un parterre), e incluso he tomado prestado un chaqué para ponerlo en la silla de al lado y que pareciera que era el suyo. Lo mejor de todo es que nadie puede probar que no está aquí. Hay tanta gente que resulta imposible enterarse de quién está y quién no. Joder, debería habérseme ocurrido mucho antes.

—¡Fotografía de grupo! —me informa Lucy acercándose a mí apresuradamente—. Tenemos que ponernos juntos. ¿Dónde está Luke?

—Hablando con un señor de precios de viviendas —contesto sin vacilar—. Estaban en la mesa de las bebidas.

—Bueno, no te olvides de presentármelo. Todavía no lo conozco.

—Vale —le aseguro sonriendo—. En cuanto lo encuentre —Tomo un trago de champán, levanto la vista y veo que mi madre, con su traje verde lima, se dirige hacia mí.

¡Dios mío! Hasta ahora había conseguido evitarles a ella y a papá escondiéndome en cuanto se me acercaban. Sé que está mal, pero no sería capaz de mentirle a mi madre. Salgo rápidamente de la marquesina y me dirijo hacia los arbustos, esquivando al ayudante del fotógrafo, que está reuniendo a los niños. Me siento detrás de un árbol, acabo la copa de champán y miro el cielo azul con expresión ausente.

Me quedo allí durante lo que me parecen horas, hasta que me duelen las piernas y empiezo a tiritar de frío. Vuelvo despacio y me introduzco discretamente en la fiesta. No me voy a quedar mucho rato más, sólo lo suficiente para tomar un trozo de tarta y un poco más de champán.

—¡Ahí está! —oigo que dice una voz a mis espaldas.

Por un instante me quedo paralizada y, después, me vuelvo poco a poco. Para mi horror, todos los invitados están sentados en filas bien alineadas en el centro de la marquesina, mientras el fotógrafo ajusta el trípode.

—Becky, ¿dónde está Luke? —me pregunta bruscamente Lucy—. Estamos intentando juntar a todo el mundo.

¡Mierda! ¡Doble mierda!

—Esto... —Trago saliva intentando comportarme de forma natural—. A lo mejor está dentro de la casa.

—No, no está —asegura Kate, una de las damas de honor—. Acabo de mirar dentro.

—Bueno, entonces estará en el jardín.

—¡Pero si vienes de allí! —se sorprende Lucy entrecerrando los ojos—. ¿No lo has visto?

—Esto... no estoy segura. —Recorro rápidamente la marquesina con la mirada preguntándome si podré fingir que lo veo a lo lejos, pero la cosa cambia cuando no hay una muchedumbre alrededor. ¿Por qué han dejado de estar por todas partes?

—Seguro que está en alguna parte —dice una voz afectuosa—. ¿Quién ha sido el último que lo ha visto?

Reina un silencio sepulcral. Doscientas personas me están mirando. Mis ojos coinciden con los de mi madre y rápidamente aparto la vista.

—Ahora... —empiezo a decir aclarándome la garganta—. Ahora que me acuerdo, me ha dicho que le dolía un poco la cabeza. Puede que se haya ido a...

—¿Quién lo ha visto? —me corta Lucy sin hacerme caso. Mira a todos los invitados—. ¿Quién puede decir que ha visto a Luke en carne y hueso? ¿Hay alguien?

—Yo lo he visto —asegura una voz temblorosa al fondo—. Es un hombre muy guapo...

—Aparte de la abuela de Tom —dice Lucy con cara de circunstancias—, ¿alguien?

Se produce otro espantoso silencio.

—Yo he visto su chaqué —dice Janice tímidamente—. Pero no... su cuerpo.

—¡Lo sabía! —grita Lucy triunfante—. No ha estado aquí, ¿verdad?

—¡Por supuesto que sí! —respondo intentando sonar segura de mí misma—. Creo que está en...

—No sales con él, ¿verdad? —Su voz restalla por toda la marquesina—. Te lo has inventado todo. Estás viviendo en tu triste mundo de fantasía.

—¡No! —Siento con horror que mi voz se pone ronca y que los ojos se me llenan de lágrimas—. ¡No es verdad, Luke y yo somos pareja!

Pero, cuando observo las caras de las personas que me están mirando, unas con odio, otras asombradas y otras divertidas, ni yo misma me siento segura de ello. Si fuéramos una pareja, él estaría aquí. Estaría conmigo.

—Me voy a... —tartamudeo con voz temblorosa—. Voy a ver si está en...

Y sin mirar a nadie a la cara, salgo de la marquesina.

—Está majara —dice Lucy—. De verdad, Tom, creo que puede ser peligrosa.

—¡Tú sí que eres peligrosa! —oigo que replica mi madre con voz temblorosa—. ¡Janice, no sé cómo permites que tu nuera sea tan grosera! Becky siempre se ha portado bien contigo. ¡Y tú, Tom, ahí parado haciendo como si la cosa no fuera contigo! ¿Así la tratáis? Ven, Graham. Nos vamos.

Un momento más tarde, veo que sale de la marquesina con mi padre a remolque y el sombrero verde lima temblándole en la cabeza. Se dirigen hacia la entrada y sé que van a casa a tomarse una reconfortante taza de té.

Pero no los sigo. No puedo ver a nadie. Necesito estar sola.

Camino deprisa, tambaleándome ligeramente, hacia el final del jardín. Cuando estoy lo suficientemente lejos, me dejo caer en la hierba, escondo la cabeza entre las manos y, por primera vez en todo el día, siento que me corren las lágrimas por las mejillas.

Tendría que haber sido un día inolvidable. La boda de Tom, presentar a Luke a mis padres y a todos los amigos, bailar toda la noche... Y, en vez de eso, le he arruinado la fiesta a todo el mundo: mamá, papá, Janice, Martin... Incluso me siento mal por Tom y Lucy. Supongo que no les apetecían nada todas estas historias el día de su boda.

Me siento y me quedo inmóvil, mirando al suelo. Desde la marquesina me llega el sonido de la orquesta y la voz de Lucy ordenándole algo a alguien. Hay unos niños que juegan con una lata de judías que a veces cae cerca de mí, pero ni parpadeo. Ojalá pudiera quedarme aquí para siempre y no tener que volver a ver a nadie en la vida.

Entonces, entre la hierba, oigo decir mi nombre bajito.

Al principio pienso que Lucy tiene razón y que oigo voces imaginarias, pero, cuando levanto la vista, el corazón me da un brinco y siento que un nudo me atenaza la garganta.

¡Es él!

Es Luke cruzando el jardín, como en un sueño, hacia mí. Lleva chaqué y dos copas de champán en la mano, nunca lo había visto tan guapo.

—Lo siento —se excusa cuando llega a mi lado—. Lo siento muchísimo. Llegar cuatro horas tarde es... imperdonable.

Lo miro aturdida. Empezaba a pensar que Lucy tenía razón y que sólo existía en mi imaginación.

—¿Se ha retrasado el vuelo? —le pregunto.

—Un hombre sufrió un infarto y desviaron el avión. Pero te llamé por teléfono y te dejé un mensaje en cuanto pude. ¿No lo has escuchado?

Cojo el móvil y caigo en la cuenta de que no le he hecho caso en mucho tiempo. Estoy segura de que la señal de mensaje todavía estará parpadeando alegremente.

—No, no lo he escuchado. Pensaba que...

Me callo y meneo la cabeza. Ya no sé lo que pensaba. ¿Realmente creía que no iba a venir?

—¿Estás bien? —pregunta sentándose a mi lado y ofreciéndome una copa. Me pasa un dedo cariñosamente por la cara y me estremezco.

—No —digo restregándome la mejilla—. Ya que lo preguntas, no lo estoy. Prometiste que vendrías. ¡Me lo prometiste!

—Y aquí estoy.

—Ya sabes a lo que me refiero. —Me abrazo las rodillas con tristeza—. Quería que estuvieras en la ceremonia, no que llegaras cuando ya casi se ha acabado todo. Quería que todo el mundo te conociese, que nos vieran juntos... —La voz me empieza a temblar—. Ha sido... horrible. Todo el mundo pensaba que iba detrás del novio...

—¿El novio? —pregunta incrédulo—. ¿El paliducho e insignificante Tom?

—Sí, él. —Levanto la vista y suelto media carcajada a regañadientes al ver su cara—. ¿Lo has conocido?

—Acaban de presentármelo, y a su nada encantadora señora. Vaya pareja. —Toma un trago de champán y se tumba encima de los codos—. Por cierto, parecían muy sorprendidos de verme. Estaban casi... patidifusos. Al igual que la mayoría de los invitados. ¿Pasa algo que debería saber?

—Esto... —empiezo a decir aclarándome la garganta—. No, la verdad es que no. No es nada importante.

—Eso pensaba. Así que la dama de honor que ha gritado «¡Dios mío, existe de verdad!» cuando he entrado, está...

—Loca —aseguro sin mover la cabeza.

—Bueno, aclarado pues.

Me busca la mano y dejo que me la coja. Durante un momento nos quedamos en silencio. Un pájaro está dando vueltas por encima de nuestras cabezas y, en la distancia, oigo que la orquesta está tocando la canción típica de las bodas.

—Becky, siento mucho haber llegado tarde. —De repente, su voz suena muy seria—. No he podido hacer nada.

—Ya, ya lo sé. No has podido evitarlo. Una de esas cosas que pasan.

Seguimos en silencio un rato más largo.

—Buen champán —alaba tomando un trago.

—Sí, muy bueno. Bueno y seco —me callo y me restriego la cara para ocultar lo nerviosa que estoy.

Hay una parte de mí que quiere estar aquí sentada hablando de cosas triviales todo el tiempo que podamos, pero la otra está pensando: «¿Para qué posponerlo más?» Sólo quiero saber una cosa. Siento una sacudida nerviosa en el estómago y me fuerzo a inspirar profundamente antes de volverme hacia él.

—¿Qué tal han ido las reuniones en Zúrich? ¿Qué tal va el... el nuevo negocio?

Intento mantenerme calmada y serena, pero siento que me tiemblan los labios y que retuerzo las manos.

—Becky... —empieza a decir. Mira su copa un momento, luego la deja en el suelo y me mira—. Hay algo que tengo que decirte: me voy a Nueva York.

El cuerpo se me estremece y no puedo reaccionar. Ésta es la guinda a un día desastroso. Luke me deja. Es el final. Todo ha acabado.

—Muy bien —consigo decir encogiéndome de hombros—. Ya. Bien, vale.

—Y espero... —me coge las manos y las aprieta— que vengas conmigo.

REGAL AIRLINES
Oficina central
Preston House
Kingsway, 354
Londres WC2 4TH

Sra. Rebecca Bloomwood
Burney Road, 4, 2.ª
Londres SW6 8FD

17 de septiembre de 2001

Estimada Sra. Bloomwood,

Gracias por su carta del 15 del corriente.

Me alegra saber que tiene muchas ganas de viajar con nosotros y que nos ha recomendado encarecidamente a todos sus amigos. Estoy de acuerdo en que la información boca a boca tiene un valor inestimable para una empresa como la nuestra.

Por desgracia no nos está permitido, como usted sugiere, hacer una excepción con sus maletas. Regal Airlines no puede aumentar el peso autorizado para el equipaje más allá de los veinte kilos. Todo exceso está sujeto a un recargo. Le adjunto un folleto informativo.

Disfrute de su vuelo,

Mary Stevens
Servicio de Atención al Cliente

PGNI FIRST BANK VISA
Camel Square, 7
Liverpool L1 5NP

Sra. Rebecca Bloomwood
Burney Road, 4, 2.ª
London SW6 8FD

19 de septiembre de 2001

BUENAS NOTICIAS. SU CRÉDITO ASCIENDE A 10.000 LIBRAS

Estimada Sra. Bloomwood,

Nos complace comunicarle que se le ha concedido un aumento en el límite de crédito. En la actualidad dispone de un límite de 10.000 libras para realizar toda clase de compras, que se verán reflejadas en su próximo extracto.

Puede utilizar su nuevo límite de crédito de muchas maneras: disfrutar de unas vacaciones, comprarse un coche o incluso hacer transferencias a otras tarjetas.

Sin embargo, somos conscientes de que algunos clientes no desean beneficiarse de este tipo de aumentos en los límites de crédito. Si desea que el suyo siga siendo el mismo, le rogamos que se ponga en contacto con nuestro representante del Servicio de Atención al Cliente, o envíenos el formulario adjunto.

Sinceramente,

Michael Hurt
Servicio de Atención al Cliente

Nombre: REBECCA BLOOMWOOD
Número de cuenta: 0003 4572 0990 2765
Deseo / no deseo aceptar la oferta de disponer de un límite de crédito de 10.000 libras.
Tache lo que no proceda.

PGNI FIRST BANK VISA
Canal Square, 2
Liverpool L1 5NP

Sra. Rebecca Bloomwood

Michael Hunt

siete

¡Nueva York! ¡Me voy a Nueva York!

La situación ha cambiado por completo. Todo se ha aclarado. Por eso Luke se mostraba tan reservado... Tuvimos una encantadora conversación en la boda, me lo explicó todo y, de repente, vi que tenía sentido. Va a abrir unas nuevas oficinas de Brandon Communications, asociado con alguien del mundo de la publicidad que vive en Washington, y se va a encargar de dirigirlas. Me dijo que llevaba tiempo queriendo pedirme que lo acompañase, pero que pensaba que yo no querría abandonar mi carrera para seguirle. Así que (¡y ésta es la mejor parte!) ha estado hablando con algunos contactos que tiene en televisión y piensa que podré conseguir trabajo como analista financiera en algún programa de la televisión estadounidense. De hecho, dice que se me rifarán porque a los norteamericanos les chifla el acento británico. Al parecer, un productor prácticamente le ofreció un puesto para mí después de oír una cinta. ¿A que es una pasada?

La razón por la que no me había dicho nada antes es que no quería que me hiciese ilusiones hasta que las cosas estuvieran más atadas, pero parece que todos los inversores se han embarcado en la aventura con mucho optimismo y piensan cerrar el acuerdo tan pronto como sea posible. Tienen un montón de clientes potenciales, y eso que ni siquiera han empezado.

¿Y sabéis qué? Nos vamos dentro de tres días. ¡Bien! Luke va a mantener reuniones con sus patrocinadores y yo tendré alguna entrevista con gente de la televisión y visitaré la ciudad. Estoy como loca. Dentro de setenta y dos horas estaré allí, en la Gran Manzana. ¡En la ciudad que nunca duerme! ¡La...!

115

—¿Becky?

Mierda. Vuelvo a la realidad y sonrío. Estoy en el plató de *Los Desayunos de Televisión*, contestando a las llamadas diarias. Jane, de Lincoln, dice que quiere comprarse una casa, pero que no sabe qué tipo de hipoteca solicitar.

¿Cuántas veces he explicado ya la diferencia entre planes de amortización y pólizas de capital diferido? A veces, oír los problemas de la gente e intentar solucionarlos es muy interesante, pero otras es tan aburrido como lo era escribir para *Ahorro seguro*. ¿Otra vez hipotecas? Me entran ganas de gritarle: «¿No viste el programa de la semana pasada o qué?»

—Bueno, Jane —digo conteniendo un bostezo—. El asunto de las hipotecas puede ser complicadillo.

Mientras hablo, mi mente comienza a vagar por Nueva York. Imaginaos, tendremos un apartamento en pleno Manhattan, en algún impresionante condominio del Upper East Side, o puede que en algún sitio flipante de Greenwich Village. Sí, todo va a ser perfecto.

Confieso que hacía mucho tiempo que no pensaba en la posibilidad de vivir con Luke. Supongo que, si nos hubiésemos quedado en Londres, no lo habríamos hecho. Es un paso muy importante. Pero ahora todo es diferente. Como dijo Luke, es la oportunidad de nuestras vidas. Es un volver a empezar: taxis amarillos, rascacielos, Woody Allen y *Desayuno con diamantes*.

Lo más raro de todo es que, aunque no he estado nunca en Nueva York, siento una gran afinidad con esa ciudad. Por ejemplo, me encanta el *sushi*, y eso lo inventaron allí, ¿no? Y siempre veo *Friends*, a no ser que esa noche salga. Y *Cheers* (claro que, ahora que lo pienso, eso debe de estar en Boston. Bueno, da igual).

—Así pues, Jane, cualquier cosa que compres —digo en tono soñador—, ya sea un dúplex en la quinta avenida o un apartamento en East Village... Tienes que maximizar el potencial de tus dólares. Quiero decir...

Me callo porque me doy cuenta de que Emma y Rory me miran extrañados.

—Becky, Jane había pensado en comprarse una casa adosada en Skegness —me informa Emma.

—Y allí se paga en libras, ¿no? —pregunta Rory mirando a su alrededor en busca de confirmación.

116

—Sí, claro —intervengo rápidamente—. Sólo estaba poniendo un ejemplo. Es un criterio que se puede aplicar en cualquier sitio: Londres, Nueva York, Skegness...

—Y con esta información internacional, me temo que tenemos que despedirnos —finaliza Emma—. Espero que te haya sido de ayuda, Jane. Y gracias otra vez a Becky Bloomwood, nuestra experta en finanzas... ¿Quieres añadir algo?

—Lo mismo de siempre —afirmo mirando sonriente a la cámara—. Cuida de tu dinero...

—... y tu dinero cuidará de ti —corean diligentemente los dos.

—Y con esto llegamos al final del programa —dice Emma—. En el programa de mañana contaremos con la presencia de tres profesores de Teddington...

—... y hablaremos con un hombre que se hizo artista de circo a los sesenta y cinco años... —añade Rory.

—... y repartiremos cinco mil libras en «Atrévase y adivine». ¡Adiós!

Después de un congelado de imagen, todo el mundo se relaja y la sintonía del programa empieza a sonar por los altavoces.

—¿Así que te vas a Nueva York? —me pregunta Rory.

—Sí —contesto sonriéndole—. ¡Dos semanas!

—¡Qué bien! —interviene Emma—. ¿Y cómo es eso?

—No sé. Un capricho repentino.

No le he dicho a nadie del programa que me voy a vivir a Nueva York. Fue Luke el que me aconsejó que no lo hiciera por si acaso.

—Becky, tenemos que hablar —dice Zelda, la ayudante de producción, entrando en el escenario con un montón de papeles en la mano—. Ya puedes firmar el nuevo contrato, pero quiero repasarlo contigo. Hay una nueva cláusula relacionada con preservar la imagen de esta cadena de televisión. Después del lío con el profesor Jamie...

—Vale —acepto con cara comprensiva.

El profesor Jamie era el experto en educación del programa, o al menos lo fue hasta que el *Daily World* sacó a la luz un asunto relacionado con él en la colección de artículos «¿Son lo que parecen?» y revelaron que no es profesor. De hecho, ni siquiera es licenciado, excepto en el falso título que trajo de la Universidad de Oxbridge. Salió en todos los periódicos sensacionalistas y sacaron fotografías suyas con el capirote con orejas de burro que se puso para el maratón televisivo del año pasado. Sentí mucha pena, porque la verdad es que daba muy buenos consejos.

También me sorprendió mucho que el *Daily World* fuera tan despiadado. Escribí para ese periódico un par de veces y siempre había pensado que, para ser sensacionalistas, eran bastante razonables.

—No nos costará nada —asegura Zelda—. Si quieres, podemos subir a mi oficina.

—Esto... —empiezo indecisa (de momento no quiero firmar nada, ya que voy a cambiar de trabajo)—. Tengo un poco de prisa.
—En parte es verdad porque tengo que estar en la oficina de Luke a las doce y, después, empezar a preparar las cosas para el viaje (¡Yupiii!)—. ¿No puede esperar hasta que vuelva?

—Bueno, está bien. —Mete de nuevo el contrato en un sobre marrón y me sonríe—. Que lo pases muy bien. Te aconsejo que vayas de compras.

—¿Compras? —pregunto como si no hubiese pensado en ello—. Sí, supongo que alguna haré.

—Sí —coincide Emma—. No se puede ir a Nueva York y no comprar nada. Aunque supongo que Becky nos diría que invirtiésemos el dinero en planes de ahorro o algo así.

Se echa a reír y Zelda se une a ella. Yo también sonrío, pero me siento un poco incómoda. Todo el mundo en el programa piensa que me organizo muy bien con el dinero y, sin quererlo, les he seguido la corriente. Supongo que tampoco importa mucho.

—Un plan de ahorro es una buena idea, por supuesto... —me oigo decir—. Pero, como siempre digo, no pasa nada por ir de compras de vez en cuando, siempre que uno se ajuste a su presupuesto.

—¿Eso es lo que vas a hacer? —pregunta Emma interesada—. ¿Fijarte un presupuesto?

—Pues claro —contesto sabiamente—. Es la única manera.

¡Es verdad! Me voy a fijar una cantidad para las compras en Nueva York. Me pondré un límite razonable y no lo sobrepasaré. Será coser y cantar.

Aunque seguramente me pondré un límite amplio y flexible. Siempre hay que tener un margen para emergencias o imprevistos.

—Eres tan austera... —me elogia Emma meneando la cabeza—. Pero bueno, por algo la experta en finanzas eres tú y no yo.
—Levanta la vista cuando se nos acerca el chico de los sándwi-

ches—. Estupendo, me muero de hambre. Creo que tomaré... bei-
con y aguacate.

—Uno de atún y maíz para mí —pide Zelda—. ¿Qué quieres
tú, Becky?

—Un perrito caliente —pido con naturalidad—. Con *ketchup*.

—No creo que tenga —dice Zelda arrugando el entrecejo—.
Tiene jamón y lechuga...

—Entonces tomaré un *bagel*. Con crema de queso y *lox*. Y una
soda.

—¿Te refieres a agua con gas? —pregunta Zelda.

—¿Qué es *lox*? —pregunta Emma alucinada, y finjo que no la
oigo. No estoy muy segura de lo que es, pero lo comen en Nueva
York, así que tiene que ser delicioso.

—Sea lo que sea, no tengo —dice el chico de los sándwiches—. Pero puedo ofrecerle queso y tomate, y una estupenda bolsa
de ganchitos.

—Bueno —acepto a regañadientes, mientras busco en mi bolso. Al hacerlo se me cae un montón de cartas que he cogido esta mañana del buzón. Mierda. Las recojo rápidamente y las meto en una
bolsa que llevo de Conrad Shop, esperando que no las haya visto
nadie. Pero el maldito Rory me estaba mirando.

—¡Becky! —exclama soltando una carcajada—. ¿Era eso que
he visto una notificación de impago?

—No —contesto de inmediato—. Por supuesto que no. Es
una... postal de cumpleaños. Una postal de broma. Para mi gestor.
Bueno, tengo que irme. Chao.

Vale, no era verdad. Era una factura impagada. Para ser sincera, me
han llegado unas cuantas estos últimos días, pero tengo intención de
ir a liquidarlas en cuanto tenga el dinero. Y paso de disgustarme por
ellas; hay cosas más importantes en mi vida que unos asquerosos
últimos avisos de requerimiento de pago. Dentro de unos meses estaré viviendo al otro lado del Atlántico. ¡Voy a ser una estrella de la
televisión norteamericana!

Luke dice que seguramente ganaré el doble, si no más. Así que
estas asquerosas facturas no me preocupan en absoluto. Cuatro miserables libras pendientes de pago no van a quitarme el sueño cuando sea famosa y viva en un ático de Park Avenue.

Además, eso le enseñará al funesto John Gavin. Se va a quedar de piedra. Me imagino su cara cuando llegue y le diga que voy a ser la nueva presentadora de la CNN, y que voy a ganar seis veces más que él. Así aprenderá a no ser tan malo. Esta mañana, cuando he leído su última carta, me he enfadado bastante. ¿A qué se refiere con «excesivo nivel de deudas»? ¿Qué quiere decir con «status especial»? Derek Smeath jamás se habría comportado de manera tan descortés.

Cuando llego, Luke está en una reunión. No me importa esperarle. Me encanta visitar las oficinas de Brandon Communications; de hecho, paso por aquí muchas veces sólo para ver el ambiente. Es un sitio tan guay: suelos de madera clara, focos, modernos sofás, y todo el mundo activo, de un lado a otro, con aire de estar muy atareado. Todos se quedan hasta muy tarde, aunque no tengan que hacerlo, y a eso de las siete siempre hay alguien que abre una botella de vino y la comparte.

He traído un regalo para Mel, la ayudante de Luke, porque ayer fue su cumpleaños. Además estoy muy satisfecha de mi compra: dos preciosos cojines de Conrad Shop. Cuando le doy la bolsa, suelta un grito ahogado.

—¡Oh, Becky! No hacía falta que...

—Quería hacerlo —la interrumpo sonriendo. Y me siento en el borde de la mesa, en plan amistoso, mientras la abre—. ¿Qué me cuentas?

No hay nada mejor que un buen cotilleo. Mel deja la bolsa, saca una caja de tofes y mantenemos una de nuestras agradables charlas. Me cuenta una horrible cita con un tipo espantoso que su madre le había organizado en plan celestina, y yo le cuento todo lo que pasó en la boda de Tom. Después baja la voz y empieza a contarme chismes de la oficina.

Me habla de las dos recepcionistas, que no se hablan desde que un día fueron a trabajar con la misma chaqueta de Next y ninguna quiso quitársela; de la chica de Contabilidad, que acaba de incorporarse después de su baja por maternidad y vomita todos los días, pero se niega a admitir que vuelve a estar embarazada.

—Y falta uno muy jugoso —me avisa ofreciéndome la caja de caramelos—. ¡Creo que Alicia tiene un lío en la oficina!

—¡No! —exclamo asombrada—. ¿En serio? ¿Con quién?

—Con Ben Bridges.

Frunzo el entrecejo intentando ponerle cara a ese nombre.

—El tipo nuevo que antes trabajaba en Coupland Foster Bright.

—¿Con ése? ¿De verdad?

Tengo que admitir que estoy sorprendida. Es majo, pero no muy alto, parece ambicioso y va de listillo. Jamás hubiera pensado que pudiera ser el tipo de Alicia.

—Los veo a todas horas juntos, como susurrando. El otro día, Alicia me dijo que se iba al dentista, pero fui a Ratchetts y me los encontré allí. Tenían una comida secreta.

Se calla cuando Luke aparece en la puerta de su oficina acompañando a un hombre que lleva un traje de color violeta.

—Mel, ¿podrías pedir un taxi para el señor Mallory, por favor?

—Por supuesto —contesta poniendo voz de secretaria eficiente. Coge el teléfono, nos sonreímos y entro en la oficina de Luke.

¡Es tan bonita! Siempre me olvido de lo importante que es. Tiene un enorme escritorio diseñado por un danés que ha ganado varios premios y, en las estanterías empotradas de detrás, están los que Luke ha ido ganando a lo largo de los años.

—Toma —dice dándome un montón de papeles. El primero es una carta de alguien llamado Howski and Forlano, Abogados de Inmigración de Estados Unidos. Cuando leo las palabras «Su propuesta de traslado a Estados Unidos...», siento una gran emoción.

—¿Esto está pasando de verdad? —pregunto acercándome a la ventana que llega hasta el suelo, para mirar el bullicio de la calle—. ¿Nos vamos realmente a Nueva York?

—Los billetes de avión están reservados —contesta sonriendo.

—Ya sabes a lo que me refiero.

—Sé exactamente a lo que te refieres —me asegura abrazándome—. Y me hace mucha ilusión.

Durante un momento nos quedamos los dos de pie, mirando la alborotada calle londinense. Me parece increíble que esté a punto de dejar todo esto para vivir en el extranjero. Es emocionante y maravilloso, aunque me da un poco de miedo.

—¿En serio crees que encontraré trabajo? —pregunto, al igual que he hecho cada vez que le he visto esta última semana—. ¿Lo crees de verdad?

—Pues claro que sí. —Suena tan convencido y seguro que me relajo entre sus brazos—. Les encantarás. No me cabe la menor duda. —Me besa y me abraza con fuerza durante largo rato. Después, se acerca al escritorio y abre una gruesa carpeta en la que pone «NUEVA YORK». No me extraña que abulte tanto. El otro día me dijo que llevaba tres años intentando llegar a un acuerdo en esa ciudad. ¡Tres años!

—No puedo creer que lleves tanto tiempo planeando esto y no me hayas dicho nada —digo mirando cómo escribe algo en un *post-it*.

—Mmm... —murmura.

Me acerco los papeles al pecho, los aprieto con fuerza y respiro profundamente. Hay una cosa que hace tiempo quiero decir y éste es tan buen momento como cualquier otro.

—¿Qué habrías hecho si no hubiese querido ir a Nueva York?

En el silencio sólo se oye el zumbido del ordenador.

—Sabía que dirías que sí —suelta finalmente—. Está claro que es el próximo paso que has de dar.

—Pero... ¿qué habría pasado si no hubiese querido? —Me muerdo el labio—. ¿Te habrías ido de todas formas?

Suspira.

—Becky, ¿quieres ir a Nueva York o no?

—Ya sabes que sí.

—Entonces, ¿a qué vienen todas esas preguntas de si...? Lo que importa es que tú estás decidida y yo también... Y ya está. —Me sonríe y deja el bolígrafo en la mesa—. ¿Qué tal están tus padres?

—Están... bien —contesto dubitativa—. Se van haciendo a la idea.

Cuando se lo conté se llevaron una buena sorpresa, la verdad. Ahora que lo pienso, podría habérselo dicho con más tacto. Por ejemplo, podría haberles presentado a Luke antes de anunciárselo. Sucedió así: fui corriendo a casa y allí estaban, todavía vestidos con la ropa de la boda, tomando un té y viendo *Cuenta atrás*. Apagué la televisión y les dije llena de alegría: «¡Mamá, papá, me voy a Nueva York con Luke!»

Mi madre miró a mi padre y dijo: «Graham, para mí que se droga.»

Después aseguró que no quería decir eso, pero no sé si creerla.

Más tarde, conocieron a Luke y éste les contó sus planes. Les informó de todas las oportunidades que podía tener en la televisión norteamericana y me fijé en que la sonrisa de mi madre se desvanecía. Su cara parecía ir haciéndose cada vez más pequeña y como cernida en sí misma. Se fue a la cocina a preparar un té y la seguí, estaba enfadada pero no quería que se le notara. Puso el agua a calentar con manos temblorosas, sacó unas galletas, se volvió hacia mí y me sonrió.

—Siempre he pensado que Nueva York te pegaba mucho, es el sitio perfecto para ti.

La miré y, de repente, me di cuenta de lo que sentía. Me iba a vivir a miles de kilómetros de casa, de mis padres y de... toda mi vida, a excepción de Luke.

—Vendréis a verme un montón de veces —la tranquilicé con voz entrecortada.

—Claro que sí, hija. Iremos muchas veces.

Me apretó la mano y miró hacia otro lado. Después volvimos al cuarto de estar y no hablamos más del tema.

A la mañana siguiente, cuando bajamos a desayunar, estaban los dos enfrascados en un anuncio del dominical sobre propiedades en Florida y aseguraron que ya habían pensado en ello con anterioridad. Cuando nos fuimos por la tarde, discutían acaloradamente si el Disneyworld de Florida es mejor que el Disneyland de California, aunque jamás han estado en ninguno de los dos.

—Becky, tengo que hacer una llamada —dice Luke interrumpiendo mis pensamientos. Descuelga el teléfono y marca un número—. Nos vemos esta tarde, ¿de acuerdo?

—Sí, vale —contesto todavía remoloneando cerca de la ventana. Entonces me acuerdo y me doy la vuelta—. Oye, ¿sabes lo de Alicia?

—¿Qué le pasa? —pregunta frunciendo el entrecejo y colgando el auricular.

—Mel cree que tiene un lío. Con Ben Bridges. ¿Te imaginas?

—La verdad es que no —contesta tecleando.

—¿Y tú qué crees que está pasando? —me siento en la mesa y lo miro expectante.

—Cariño —dice con paciencia—, tengo que trabajar.

—¿No te pica la curiosidad?

—No. Mientras sigan haciendo su trabajo...

—¡La gente no es sólo trabajo! —objeto, pero ni me escucha. Vuelve a tener esa mirada perdida y lejana que se le pone cuando está concentrado.

—Bueno, nos vemos.

Salgo y Mel no está en su mesa. Ahí está Alicia, de pie, con un elegante vestido negro, mirando unos papeles. Parece más ruborizada de lo habitual y me pregunto, reprimiendo una risita, si no acabará de haberse besado con Ben.

—Hola, Alicia —saludo educadamente—. ¿Qué tal estás?

Da un respingo, recoge rápidamente lo que estaba leyendo y me mira con una extraña expresión en la cara, como si no me hubiera visto en la vida.

—¡Becky! —exclama—. ¡Qué sorpresa! ¡La experta en finanzas en persona! ¡La gurú del dinero!

¿Qué narices le pasa? ¿Por qué todo lo que dice me suena a que está tramando algo?

—Sí, la misma. ¿Dónde está Mel?

Conforme me acerco al escritorio, estoy segura de que me he dejado algo allí, pero no me acuerdo de qué. ¿La bufanda? ¿Llevaba paraguas?

—Se ha ido a comer. Me ha enseñado el regalo que le has hecho. Muy elegante.

—Gracias —contesto en tono cortante.

—Así que —empieza a decir con una leve sonrisa—, según parece, te vas a Nueva York, pegadita a Luke. Debe de estar bien eso de tener un novio rico.

¡La muy arpía! Estoy segura de que jamás diría algo así delante de él.

—La verdad es que no me voy «pegadita a Luke» —replico—. Tengo un montón de entrevistas con ejecutivos de televisión. El mío es un viaje completamente independiente.

—Pero... —frunce el entrecejo pensativa— el vuelo te lo paga la empresa, ¿no?

—No, lo he pagado yo.

—No lo sabía —dice como disculpándose—. Bueno, que lo pases bien. —Recoge unas carpetas, las mete en su maletín y lo cierra—. Tengo que irme, chao.

124

—Hasta luego —me despido viendo cómo camina con rapidez hacia los ascensores.

Me quedo en el escritorio de Mel unos segundos más, preguntándome qué es lo que me he dejado. Sea lo que sea, no me acuerdo. Supongo que no será nada importante.

Llego a casa y me encuentro a Suze en el vestíbulo, hablando por teléfono. Tiene la cara roja y brillante, y le tiembla la voz. De repente me asalta el miedo de que haya pasado algo grave. Levanto las cejas asustada al ver cómo asiente frenéticamente mientras no deja de decir: «Sí, entiendo, ¿cuándo será?»

Me dejo caer en una silla, muy preocupada. ¿De qué está hablando? ¿De un funeral? ¿De una operación cerebral? ¡Dios mío! Tiene que pasar justamente ahora que he decidido irme de viaje.

—Adivina lo que ha pasado —dice con voz temblorosa, y me levanto.

—No te preocupes, no me iré a Nueva York —le aseguro cogiéndole impulsivamente las manos—. Me quedaré y te ayudaré a superar lo que haya pasado. ¿Ha... muerto alguien?

—No —responde aturdida, y trago saliva.

—¿Estás enferma?

—No, Bex, son buenas noticias. Lo que pasa es que... es alucinante.

—Entonces, ¿qué ha pasado?

—¡Acaban de ofrecerme mi propia línea de accesorios para Hadleys! Ya sabes, los grandes almacenes —me informa meneando la cabeza con incredulidad—. Quieren que diseñe para ellos una gama completa. Marcos, jarrones, objetos de escritorio..., lo que quiera.

—¡Dios mío! —exclamo poniéndome una mano en la boca—. ¡Eso es estupendo!

—Acaba de llamarme un tipo, así, de repente, y me ha dicho que habían estado haciendo un seguimiento de la venta de mis marcos. Al parecer, jamás habían visto nada igual.

—¡Fantástico!

—No tenía ni idea de que las cosas fueran tan bien —continúa, impresionada—. Me ha dicho que era un caso excepcional y que en el sector todo el mundo lo comenta. La única tienda en la que no han funcionado muy bien es en esa que está tan lejos, en Finchley, o algo así.

—Es verdad —digo distraídamente—. En ésa no he estado nunca.

—Pero me ha asegurado que debe de ser algo pasajero, porque las ventas en las otras tiendas, Fulham, Notting Hill y Chelsea han aumentado —añade un poco turbada—. Y en Gifts and Goodies, la de ahí al lado, soy la número uno en ventas.

—¡No me extraña! —exclamo—. Lo mejor de esa tienda son tus marcos, sin duda. Me alegro mucho, Suze. Siempre he sabido que ibas a triunfar.

—No lo hubiera conseguido sin ti. Tú fuiste la que me metió en esto de los marcos. —De repente, parece que va a romper a llorar—. Te voy a echar mucho de menos.

—Yo también —digo mordiéndome el labio.

Las dos nos quedamos en silencio y siento que se me van a saltar las lágrimas de un momento a otro, pero inspiro profundamente y levanto la cabeza.

—Bueno, no te va a quedar más remedio que abrir una sucursal en Nueva York.

—Sí —dice animándose un poco—. Sí que podría, ¿verdad?

—¡Pues claro que sí! Pronto estarás en todo el mundo. Esta noche salimos y lo celebramos —digo dándole un abrazo.

—Me encantaría, pero no puedo, me voy a Escocia. De hecho... —Mira el reloj y pone mala cara—. Joder, no me había dado cuenta de lo tarde que es. Tarquin llegará de un momento a otro.

—¿Va a venir Tarquin? —pregunto sorprendida—. ¿Aquí?

He conseguido evitar al primo de Suze desde aquella horrible noche que pasamos juntos. El simple recuerdo de esa velada hace que me sienta mal. La cita iba bien (teniendo en cuenta que ni me gustaba ni tenía nada en común con él), hasta que me pilló mirando su talonario de cheques. O, al menos, eso creo. Todavía no estoy muy segura de si me vio y, para ser sincera, no me apetece mucho averiguarlo.

—Vamos en mi coche a casa de una tía, a una aburrida fiesta familiar. Seremos los únicos menores de noventa años.

En el momento en el que sale corriendo hacia su habitación, suena el timbre.

—¿Puedes abrir tú? Seguramente será él.

¡Horror! Creo que no estoy preparada para esto.

Intentando aparentar seguridad en mí misma, abro la puerta.

—¡Tarquin! —exclamo alegremente.

—¡Becky! —dice mirándome como si fuera el tesoro perdido de Tutankamón.

Tiene el mismo aspecto esquelético y raro de siempre; lleva un extraño jersey de color verde hecho a mano, debajo de un chaleco de *tweed*, del que le cuelga un enorme y antiguo reloj de bolsillo. Lo siento mucho, pero al decimoquinto hombre más rico del Reino Unido, o lo que sea, debería alcanzarle para comprarse un Timex.

—Entra, entra —le pido efusivamente, extendiendo la mano como si fuera la dueña de un restaurante italiano.

—Gracias —dice siguiéndome hasta el cuarto de estar. Se produce un incómodo silencio mientras espero a que se siente. De hecho, empiezo a impacientarme cuando se queda de pie, vacilante, en medio de la habitación. Entonces me doy cuenta de que está esperando a que me siente yo y me dejo caer en el sofá.

—¿Quieres un güito? —le ofrezco.

—Es un poco pronto —contesta con una risita nerviosa.

(Por cierto, «güito» quiere decir «copa» en el argot de Tarquin. A los pantalones los llama «lones» y... Bueno, ya os hacéis a la idea.)

Nos quedamos otra vez en silencio. No puedo dejar de pensar en los horribles detalles de nuestra cita, como cuando intentó besarme y tuve que apartar la cara rápidamente. ¡Dios mío! Tengo que conseguir olvidarlo. Fuera, ya está.

—Me... han dicho que te vas a Nueva York —comenta mirando al suelo—. ¿Es cierto?

—Sí —contesto incapaz de dejar de sonreír—. Sí, ése es el plan.

—Sólo he estado una vez allí y no me gustó mucho.

—¡No me lo creo! —digo consideradamente—. Es un poco diferente de Escocia, ¿verdad? Mucho más... frenética.

—¡Completamente de acuerdo! —exclama como si yo hubiera dicho algo muy inteligente—. Eso es, demasiado frenética y la gente... absolutamente insólita. Un poco majara, en mi opinión.

«¿Comparándola con qué?», me gustaría replicarle. Al menos no llaman al agua «güita», ni cantan Wagner en público.

Pero eso no sería muy amable. Así que no digo nada y él tampoco; cuando se abre la puerta, los dos levantamos la vista agradecidos.

—¡Hola! —saluda Suze—. ¡Ya estás aquí! Tengo que ir a por el coche, la otra noche no me quedó más remedio que aparcarlo un par de calles más abajo. Cuando vuelva, toco el claxon y salimos pitando.

—Vale —dice Tarquin asintiendo con la cabeza—. Te espero aquí, con Becky.

—¡Estupendo! —exclamo forzando una sonrisa.

Me muevo torpemente en el sofá y Tarquin estira los pies y se los mira. ¡Dios mío! Esto es insoportable. Su sola presencia me inquieta cada vez más. De repente sé que tengo que decirle algo ahora o me iré a Nueva York y no dispondré de otra oportunidad.

—Tarquin —empiezo respirando hondo—. Hay algo que... hace mucho quería decirte.

—¿Sí? —pregunta sacudiendo la cabeza—. ¿De qué... de qué se trata? —Clava sus ojos en los míos con preocupación y siento una punzada nerviosa. Pero ahora que he empezado, no puedo detenerme. Tengo que decírselo. Me echo el pelo hacia atrás y vuelvo a tomar aire.

—Ese jersey no pega con el chaleco.

—¡Vaya, hombre! —exclama desolado—. ¿De verdad?

—Sí —aseguro sintiendo un gran alivio por habérmelo sacado de dentro—. La verdad es que es horrendo.

—¿Me lo quito?

—Sí, y quítate también el chaleco.

Obedece y me asombra lo que llega a mejorar con una simple camisa azul. Casi parece... normal. De repente, tengo un ataque de inspiración.

—¡Espera un momento!

Voy corriendo a mi habitación y cojo una de las bolsas que hay encima de la silla. Dentro hay un jersey que compré hace unos días para el cumpleaños de Luke, pero me he dado cuenta de que ya tiene otro exactamente igual, y estaba pensando en cambiarlo.

—¡Toma! —exclamo al volver—. Ponte esto, es de Paul Smith.

Se lo mete por la cabeza y tira hacia abajo. ¡Qué diferencia! Incluso empieza a tener aspecto distinguido.

—El pelo —digo mirándolo—. Hay que hacer algo.

En diez minutos se lo he mojado, secado y alisado hacia atrás con un poco de serum. Y milagroso: ¡ha sufrido una transformación!

128

—Tarquin, estás guapísimo —afirmo, y lo digo en serio. Todavía sigue teniendo cierta apariencia esquelética, pero, de repente, ya no tiene pinta de sosaina; tiene un aspecto... muy interesante.

—¿En serio? —pregunta mirándose. Parece un poco aturdido. Aunque le he presionado un poco, estoy segura de que con el tiempo me lo agradecerá.

Se oye un claxon fuera y los dos damos un respingo.

—Bueno, que lo paséis bien —digo como si fuera su madre—. Mañana por la mañana sólo tienes que mojártelo otra vez, pasarte los dedos y volverá a tener el mismo aspecto.

—De acuerdo —asiente como si le hubiera dado una fórmula matemática para que la memorizase—. Intentaré acordarme. ¿Y el jersey? ¿Te lo envío por correo?

—No, es para ti, para que te lo pongas. Un regalo.

—Gracias. Te estoy muy agradecido.

Se me acerca, me da un beso en la mejilla y yo le doy una palmadita en la espalda. Cuando se ha ido, deseo que tenga suerte en la fiesta y encuentre a alguien. Realmente se lo merece.

El coche de Suze arranca y me voy a la cocina para prepararme una taza de té, mientras pienso en qué voy a hacer el resto de la tarde. Había planeado trabajar un poco en el libro de autoayuda, pero la alternativa es ver *Manhattan*. Suze la grabó anoche y puede resultar muy útil para mi viaje. Después de todo, tengo que ir preparada, ¿no?

Además, siempre puedo trabajar en el libro cuando vuelva.

Estoy metiendo la cinta en el vídeo cuando suena el teléfono.

—Hola —oigo una voz de mujer—. Perdone que la moleste. ¿Es usted Rebecca Bloomwood?

—Sí —afirmo, y busco el mando a distancia.

—Esto... Soy de la agencia de viajes —dice la chica aclarándose la garganta—. Sólo quería confirmar el hotel en el que se van a hospedar en Nueva York.

—En... en el Four Seasons.

—Con el señor... Luke Brandon.

—Exactamente.

—¿Cuántas noches?

—Esto... trece o catorce, no estoy segura.

Estoy mirando la tele con los ojos entrecerrados, pensando si he rebobinado demasiado la cinta. ¿Ya no ponen el anuncio de patatas fritas Walker?

—¿Estarán en una habitación o en una suite?

—Creo que en una suite.

—¿Cuánto cuesta por noche?

—Pues no lo sé. Podría preguntar.

—No, no se preocupe —dice la chica, muy amable—. No le molesto más, que disfruten de su viaje.

—Gracias —digo justo en el momento en que encuentro el principio de la película—. Seguro que lo haremos.

El teléfono enmudece y me acerco al sofá frunciendo ligeramente el entrecejo. En la agencia de viajes tendrían que saber el precio de la habitación. Al fin y al cabo, es su trabajo.

Me siento y tomo un sorbo de té mientras espero que empiece la película. Ahora que lo pienso, ¡qué cosa tan extraña! ¿Por qué iba a llamar nadie para hacer un montón de preguntas tan básicas? A menos que sea nueva en la agencia. O esté comprobando algo o...

Dejo de darle vueltas en el momento en el que empieza a sonar la *Rapsody in Blue* de Gershwin y la pantalla se llena de imágenes de Manhattan. Contemplo la televisión completamente cautivada, sintiendo un cosquilleo nervioso. ¡Es el sitio al que vamos! ¡Dentro de tres días estaremos allí! ¡Qué ganas tengo!

ENDWICH BANK
SUCURSAL DE FULHAM
Fulham Road, 3
Londres SW6 9JH

Sra. Rebecca Bloomwood
Burney Road, 4, 2.ª
Londres SW6 8FD

21 de septiembre de 2001

Estimada Sra. Bloomwood,
   Gracias por su carta del 19 del corriente.
   Sé que no se ha roto la pierna. Por favor, sea tan amable de ponerse en contacto con mi oficina sin demora y concertar una cita en la que discutir su descubierto.
   Atentamente,

John Gavin
Director del Departamento de Créditos

ENDWICH — NOS PREOCUPAMOS POR USTED

REGAL AIRLINES
Oficina Central
Preston house
Kingsway, 354
Londres WC2 4TH

Sra. Rebecca Bloomwood
Burney Road, 4, 2.ª
Londres SW6 8FD

23 de septiembre de 2001

Estimada Sra. Bloomwood,

Gracias por su carta del 18 del corriente. Lamento mucho que nuestra política en cuestión de equipajes no le haya dejado conciliar el sueño y le haya provocado ataques de ansiedad.

Estoy de acuerdo con usted en que, tal como describe, seguramente pesa bastante menos que un obeso hombre de negocios de Amberes que se atiborre de donuts durante el viaje. Por desgracia, Regal Airlines sigue sin poder permitirle que viaje con más de 20 kg de equipaje.

Si lo considera necesario, puede interponer una demanda y escribir a Cherie Blair.

Pero, con todo, nuestra política seguirá siendo la misma.

Disfrute de su viaje.

Mary Stevens
Servicio de Atención al Cliente

ocho

Bueno, está claro. Éste es mi sitio. Nací para vivir en América.

Sólo llevamos aquí una noche, pero ya me he enamorado por completo de esta ciudad. Para empezar, el hotel es fantástico, todo de piedra caliza, mármol y unos techos altísimos increíbles. Tenemos una habitación enorme con vistas a Central Park, en la que hay un vestidor forrado con paneles de madera y una bañera preciosa que se llena en cinco segundos. Todo es grande y lujoso; como más que antes. Por ejemplo, ayer por la noche, después de llegar, Luke propuso tomar una copa rápida antes de dormir y, la verdad, el martini que me sirvieron fue el más grande que he visto en mi vida. Casi no pude acabármelo (bueno, sí que pude, y me tomé otro porque hubiera sido de mala educación no aceptarlo).

Además, todo el mundo es encantador. El personal del hotel sonríe siempre que te ve y cuando les dices «gracias» responden «de nada» (en Gran Bretaña simplemente se gruñe). Para mi asombro, ya he recibido un gran ramo de flores y una invitación para ir a comer con la madre de Luke, Elinor, que vive aquí; otro ramo de parte de la gente de televisión con la que he quedado el miércoles y una cesta de frutas de alguien de quien nunca he oído hablar, pero que aparentemente está desesperado por conocerme.

En definitiva, ¿cuándo fue la última vez que Zelda, de *Los Desayunos de Televisión*, me envió una cesta de frutas? Pues eso.

Tomo un sorbo de café y sonrío completamente feliz a Luke. Estamos en el restaurante acabando de desayunar, antes de que se vaya a toda prisa a una reunión, y estoy pensando qué voy a hacer hoy. No tengo ninguna entrevista hasta dentro de un par de días, así que sólo depende de mí: puedo ir a visitar museos, a dar una vuelta por Central Park o entrar en una o dos tiendas.

—¿Quiere otro? —me dice una voz. Levanto la vista y veo a un camarero con una jarra en la mano. ¿Veis de lo que os hablaba? Nos han estado ofreciendo un café detrás de otro desde que nos hemos sentado y, cuando he pedido un zumo de naranja, me han traído un vaso enorme, decorado con peladura de naranja helada. Y qué me decís de este montón de tortitas, ya me he zampado... ¡Tortitas para desayunar! Es genial, ¿no?

—Me imagino que irás al gimnasio —dice Luke cerrando un ejemplar del *Daily Telegraph*. Todos los días se lee todos los periódicos, ingleses y norteamericanos. Es perfecto, así podré seguir leyendo el horóscopo del *Daily World*.

—¿Al gimnasio?

—Creía que ibas a ir todos los días —comenta abriendo el *Financial Times*—. Una tabla de ejercicios todas las mañanas.

Estoy a punto de exclamar «¡No digas tonterías!», cuando me acuerdo de que a lo mejor anoche, en un arrebato, dije algo parecido después del segundo martini.

Bueno, pues vale. Hasta puede que esté bien lo de hacer ejercicio. Después podría... Siempre puedo ir a ver algo, supongo que algún edificio famoso.

Estoy segura de que he leído en algún sitio que los grandes almacenes Bloomingdale's son una gran obra de arquitectura.

—¿Qué vas a hacer?

—No lo sé —contesto distraídamente mientras observo a un camarero que está dejando un platillo con *brioche* en la mesa de al lado. ¡Qué buena pinta tiene! ¿Por qué no tenemos cosas así en Europa? Supongo que hay que venir a Nueva York.

—He preguntado en recepción y me han dicho que hay una visita guiada a la ciudad y que sale a las once del hotel. El conserje me la ha recomendado.

—Ah, bien —digo tomando un sorbo de café—. Supongo que puedo ir...

—A no ser que quieras quitarte algunas compras de encima —añade cogiendo *The Times*, y lo miro con asombro. Las compras no «se quitan de encima»; se quitan las obligaciones.

Lo que me hace pensar que a lo mejor debería hacer esa visita y borrar de la lista lo de ver cosas.

134

—Lo del paseo con guía suena bien. Será una buena forma de conocer mi nueva ciudad —digo mirando el comedor, los elegantes hombres de negocios, las mujeres bien vestidas y los camareros moviéndose de un lado a otro—. Imagínate, dentro de unas semanas estaremos viviendo aquí. Seremos auténticos neoyorquinos.

—Becky —empieza, dejando el periódico, y de repente pone una expresión muy seria—, hay algo que quiero decirte. Ha pasado todo a tanta velocidad que no he tenido oportunidad, pero quiero que lo sepas.

—Bueno —digo un poco asustada—. ¿De qué se trata?

—Mudarse a una nueva ciudad es un paso muy importante, sobre todo cuando es tan intensa como ésta. Yo vengo a menudo y, a veces, me agobia.

—¿Qué quieres decir?

—Quiero decir que deberías tomártelo con calma. No esperes encajar a la primera. La presión y el ritmo de vida son completamente diferentes a los de Londres.

Lo miro sorprendida.

—¿No me crees capaz de aguantar el ritmo?

—No he dicho eso —replica—. Lo único que digo es que vayas conociendo la ciudad poco a poco. Ve familiarizándote con ella, comprueba si te ves viviendo aquí. A lo mejor acabas odiándola y decides que no lo soportas. Espero que no, pero siempre es mejor mantener una actitud abierta.

—Vale. Entiendo.

—A ver qué tal te va hoy y luego hablamos por la noche, ¿vale?

—Muy bien —acepto, y me acabo el café pensativa.

Voy a demostrarle que encajo en esta ciudad, que puedo ser una auténtica neoyorquina. Iré al gimnasio, después me tomaré uno de esos batidos dietéticos tan sanos y, después, a lo mejor le pego un tiro a alguien.

Bueno, tal vez con ir al gimnasio sea suficiente.

Además tengo muchas ganas de hacer gimnasia, porque me he traído un precioso conjunto de DKNY para hacer deporte que me compré en unas rebajas el año pasado y todavía no he tenido ocasión de estrenarlo. Tenía intención de apuntarme en un gimnasio, incluso cogí el impreso de inscripción del Holmes Place, en Fulham. Pero después leí un artículo que decía que se pueden perder un montón de kilos simplemente moviendo las manos. Jugando con los dedos y cosas así. Así que pensé que seguiría ese método y emplearía el dinero que había ahorrado en comprarme un vestido.

No es que no me guste hacer ejercicio, me encanta. Y si voy a vivir en Nueva York, tendré que ir al gimnasio todos los días. Aquí es prácticamente obligatorio. Creo que será una buena forma de aclimatarse.

Cuando llego a la puerta del centro deportivo me miro en un espejo y me quedo realmente impresionada. Dicen que todo el mundo en esta ciudad está en forma, que son delgados como fideos, pero creo que mi aspecto es más atlético que el de muchos de los personajes que veo. Como el calvo con camiseta gris que veo a lo lejos. Tiene pinta de no haber pisado un gimnasio en toda su vida.

—Hola —oigo que me saludan. Miro y veo que se me acerca un tipo musculoso con un moderno conjunto de licra negra—. Me llamo Tony. ¿Qué tal estás?

—Bien, gracias —digo haciendo un estiramiento de pantorrilla (bueno, creo que es la pantorrilla. Eso que hay en la pierna)—. Vengo a hacer un programa.

Cambio de pierna, aprieto las manos y estiro los brazos frente a mí con toda naturalidad. Me estoy mirando en el espejo del otro lado de la sala y, modestia aparte, estoy monísima.

—¿Haces ejercicio regularmente? —pregunta Tony.

—No en un gimnasio —digo agachándome para tocarme la punta del pie, pero cambio de opinión a mitad de camino y pongo las manos en las rodillas—. Pero ando mucho.

—¡Estupendo! ¿En aparato o a campo traviesa?

—Más bien por las tiendas.

—¡Ah, bueno!

—Pero a menudo cargo cosas muy pesadas —le explico—. Ya sabes, las bolsas con las compras y todo eso.

—¡Ah! —exclama no muy convencido—. ¿Quieres que te explique cómo funcionan los aparatos?

—No te preocupes. No es necesario.

La verdad, no tengo ganas de que me cuente cómo funciona cada uno de ellos y cuántas posiciones tienen, no soy imbécil. Cojo una toalla, me la cuelgo en el cuello y me dirijo a un aparato para correr que parece bastante fácil. Me subo a la cinta y estudio los botones que tengo delante. Hay una pantalla en la que destella la palabra «Tiempo»; después de pensarlo un poco, marco «40 minutos». Me parece normal, es lo que se suele tardar en dar un paseo. Después leo «Programar» y, tras ver las opciones, elijo «Everest», seguro que es mucho más interesante que «Colina». Luego veo «Nivel». Mmm... Ésta es buena. Miro a mi alrededor para pedir ayuda, pero no encuentro a Tony.

El tipo calvo se ha subido al aparato que tengo al lado y me inclino hacia él.

—Perdone, ¿sabe qué nivel debería elegir? —pregunto con educación.

—Depende —contesta—, ¿está en buena forma?

—Bueno —contesto sonriendo modestamente—. Ya sabe...

—Yo voy a elegir el nivel cinco, por si le sirve de ayuda —me informa tecleando en su aparato.

—Vale, gracias.

Bueno, si él va a hacer el cinco, yo debo de estar en el siete. Basta con mirarnos.

Marco el siete y después pulso el botón de comienzo. La cinta empieza a moverse y echo a andar. Es muy agradable, debería ir al gimnasio más a menudo. O, mejor, apuntarme a uno.

Aunque esto demuestra que, a pesar de no hacer ejercicio, se puede mantenerse en forma. No me está costando nada. De hecho, me está pareciendo demasiado fácil. Debería haber elegido el nivel...

Un momento, se está inclinando... ¡Y está acelerando! Tengo que correr para seguir el ritmo.

Bueno, vale. Eso es lo que se supone que hay que hacer, una sana carrerita. Corro, jadeo un poco, pero eso sólo quiere decir que estoy haciendo trabajar el corazón. Perfecto. Mientras no...

Está inclinándose otra vez. ¡Dios mío! Y está empezando a ir más rápido. Demasiado rápido.

No puedo más. Me van a estallar las mejillas. Me duele el pecho. Jadeo frenéticamente y me agarro a los laterales del aparato. ¡No puedo ir a esta velocidad! Tengo que aminorar un poco la marcha.

Desesperada, empiezo a dar golpes al panel, pero la cinta sigue moviéndose y, de pronto, se inclina más todavía. ¡No, por favor!

«Tiempo restante: 38.00 min.», indica la pantalla. ¿Treinta y ocho minutos más?

Miro a mi derecha: el tipo calvo va corriendo con facilidad, como si estuviera bajando una colina. Quiero hablarle, pero no puedo ni abrir la boca. No puedo hacer nada, excepto seguir moviendo las piernas.

De repente, me ve y le cambia la expresión de la cara.

—Señorita, ¿está usted bien?

Teclea a toda prisa en su aparato, lo para y viene al mío para hacer lo mismo.

La cinta aminora la marcha, se detiene bruscamente y me desplomo sobre uno de los laterales intentando respirar.

—Tome un poco de agua —me aconseja ofreciéndome un vaso.

—Gggracias —digo bajando de la banda, todavía sin respiración. Siento que los pulmones me van a estallar y, cuando me miro en el espejo de enfrente, veo mi cara colorada como un tomate.

—A lo mejor debería dejarlo por hoy —sugiere mirándome preocupado.

—Sí, quizá sí. —Tomo un sorbo de agua e intento recuperar la respiración—. Creo que no estoy acostumbrada a estas máquinas norteamericanas.

—Puede ser. Son un poco complejas. Aunque ésta —añade dándole una palmadita cariñosa—, está hecha en Alemania.

—¿Ah, sí? Bueno, gracias por su ayuda.

—De nada —dice volviendo sonriente a su aparato.

Joder, vaya vergüenza. Cuando salgo para ducharme, cambiarme y bajar al vestíbulo para la visita guiada, me siento un poco abatida. Puede que Luke tenga razón. A lo mejor no le pillo el ritmo a Nueva York y es un error venirme a vivir aquí con él.

En la entrada ya se ha reunido un grupo de turistas, en su mayoría mucho mayores que yo, y escuchan a un joven que les está hablando entusiasmado sobre la estatua de la Libertad.

—¡Hola! —me saluda cuando me acerco—. ¿Viene a la visita turística?

—Sí.

—¿Su nombre?

—Rebecca Bloomwood —digo, y me pongo un poco colorada cuando los demás se vuelven para mirarme—. He pagado en recepción esta mañana.

—Muy bien. Hola, Rebecca —saluda haciendo una marca en su lista—. Me llamo Christoph. Bienvenida al grupo. ¿Se ha puesto unos zapatos cómodos? —Mira mis botas (morado brillante, con tacones, de las rebajas del año pasado en Bertie) y su alegre sonrisa se desvanece—. ¿Sabe que es una visita de tres horas, andando?

—¡Sí, claro! —exclamo sorprendida—. Por eso me he puesto este calzado.

—Estupendo—dice Christoph—. Bueno, creo que ya está todo. En marcha.

Se pone a la cabeza del grupo para salir del hotel y, mientras todo el mundo lo sigue con energía y decisión por la acera, yo camino despacio, mirando hacia el cielo. Hace un día increíblemente despejado y fresco, y hay un sol casi cegador que rebota en la acera y los edificios. Observo a mi alrededor y alucino. Qué ciudad más increíble. Sabía que había muchos rascacielos, pero sólo cuando se está en la calle, en medio de ellos, se da uno cuenta de lo... Bueno, de lo altos que son. Contemplo la línea que forman con el cielo hasta que me duele la nuca y empiezo a marearme. Después bajo la vista lentamente, piso por piso, hasta la altura de la calle, y me encuentro de frente con dos palabras: «Zapatos» y «Prada».

¡Guau!

Una tienda delante de mí.

Entraré a echar un vistazo rápido.

Mientras el resto del grupo sigue caminando, me acerco corriendo al escaparate y miro unos zapatos de tacón de aguja, de color marrón oscuro. Son preciosos. ¿Cuánto costarán? A lo mejor Prada es más barato aquí. Debería entrar un momento y...

—¿Rebecca?

Vuelvo a la realidad dando un respingo y veo que el grupo está veinte metros más abajo, y que todo el mundo me mira.

—¡Lo siento! —me excuso apartándome a regañadientes del escaparate—. Ya voy.

—Ya tendrá tiempo para comprar —afirma, alegre, Christoph.

—Sí, claro —digo soltando una risa relajada—. Lo siento.

—No se preocupe.

Tiene razón. Tendré mucho tiempo para ir de compras. Mucho. Vale, me voy a concentrar en la visita.

—Así pues, Rebecca —dice Christoph cuando me uno al grupo—, estaba diciéndoles a los demás que nos dirigimos hacia el este por la calle 57 hasta la Quinta Avenida, la arteria más famosa de Nueva York.

—¡Estupendo! ¡Suena de maravilla!

—Es la línea divisoria entre el este y el oeste de la ciudad —continúa—. A las personas interesadas en la historia seguramente les gustará saber que...

Asiento con la cabeza mientras habla e intento mostrar interés, pero, a medida que bajamos la calle, la cabeza me va de un lado a otro, como si estuviera en un partido de tenis. Christian Dior, Hermés, Chanel... Esta calle es apasionante. Ojalá pudiéramos ir un poco más despacio para poder ver las cosas como Dios manda. Sin embargo, Christoph continúa adelante cómo buen excursionista y todos le siguen alegres, sin reparar siquiera en las maravillosas vistas que tienen a su alrededor. ¿Es que no tienen ojos en la cara?

—... donde visitaremos dos monumentos muy famosos: el Rockefeller Center, que muchos de ustedes asociarán con el patinaje sobre hielo...

Giramos en una esquina y me da un vuelco el corazón: ¡Tiffany's! Está ahí, justo enfrente. ¡Tengo que entrar! Bueno, ¡esto es Nueva York! Cajitas azules, cintas doradas y esas preciosas cuentas plateadas... Me acerco al escaparate y miro embobada, qué espléndida presentación. ¡Ostras! Ese collar es alucinante. ¡Dios mío, qué reloj! Me pregunto cuánto...

—¡Alto todo el mundo! —resuena la voz de Christoph. Miro hacia allí y están todos lejísimos otra vez. ¿Por qué andarán tan deprisa?—. ¿Estás bien, Rebecca? —pregunta con forzada simpatía—. Vas a tener que intentar mantener nuestro ritmo, todavía falta mucho que ver.

—¡Lo siento! —me excuso corriendo hacia el grupo—. Sólo estaba echándole una ojeada a Tiffany's. —Sonrío a una mujer esperando un gesto de complicidad, pero me mira como si no me entendiera y se aprieta más la capucha a la cabeza.

—Como iba diciendo —oigo cuando comenzamos a andar otra vez—, el diseño urbanístico de Manhattan...

Aunque durante un momento intento concentrarme, no sirve de nada. No puedo seguir escuchando. ¿Qué pasa? ¡Estamos en la Quinta Avenida! Mire donde mire, sólo veo tiendas de ensueño: Gucci, el mayor Gap que he visto en mi vida y... ¡Qué pasada de escaparate! Acabamos de pasar por delante de Armani Exchange y ni siquiera han aminorado el paso...

Pero ¿qué le pasa a esta gente? ¿Son unos completos ignorantes o qué?

Caminamos un poco más y estoy intentando echar una ojeada a una tienda repleta de maravillosos sombreros cuando... Ay, que me muero... Saks Fifth Avenue. Ahí mismo, a sólo unos metros. Uno de los grandes almacenes más famosos del mundo... Plantas y plantas llenas de ropa, zapatos y bolsos... Gracias a Dios, Christoph ha entrado en razón y se ha detenido.

—Éste es uno de los monumentos más famosos de la ciudad. Infinidad de neoyorquinos visitan este magnífico lugar de culto una o más veces a la semana. Incluso hay quien viene todos los días. Sólo disponemos del tiempo para hacer una breve visita, pero aquellas personas que estén interesadas pueden volver cuando lo deseen.

—¿Es muy antiguo? —pregunta un hombre con acento escandinavo.

—El edificio se terminó de construir en mil ochocientos ochenta y ocho y fue diseñado por James Renwick —le informa Christoph.

«Venga, ¿a quién le importa el diseñador? —pienso con impaciencia cuando alguien pregunta algo sobre su arquitectura—. ¿A quién le preocupa su construcción? Lo verdaderamente importante es lo que hay dentro.»

—¿Quieren entrar? —pregunta finalmente Christoph.

—Por supuesto —digo contentísima, dirigiéndome a toda velocidad hacia la entrada.

Pero en el momento en que voy a empujar la puerta con la mano, me doy cuenta de que nadie me sigue. ¿Dónde habrán ido? Desconcertada, miro hacia atrás y el resto del grupo se dirige hacia una gran iglesia de piedra, en cuya entrada puede leerse: «Catedral de San Patricio.»

Glups.

Vaya hombre. Cuando hablaba de un magnífico lugar de culto se refería a...

Claro.

Con la mano en la puerta, me asalta la duda. Quizá debería entrar, culturizarme un poco y volver más tarde a Saks...

Pero ¿me ayudará a saber si quiero vivir en esta ciudad visitar una antigua y aburrida catedral?

Pongámoslo así: ¿cuántos millones de catedrales tenemos en el Reino Unido? ¿Y cuántas sucursales de Saks Fifth Avenue, eh?

—¿Va a entrar? —oigo una voz impaciente a mi espalda.

—Sí, claro —contesto tomando una determinación—. Por supuesto que sí.

Me abro camino a través de las pesadas puertas de madera y entro en la tienda, casi enferma al pensar en lo que puedo encontrar. No había estado tan nerviosa desde que Octagon volvió a abrir la planta de ropa de diseño y me invitaron a una recepción con champán para los titulares de la Tarjeta Cliente.

Entrar en una tienda por primera vez es indescriptible. Al abrir la puerta siempre se escucha ese bullicio; se siente esa esperanza, esa confianza en que será la madre de todas las tiendas y te concederá todo lo que siempre has deseado a unos precios mágicos. Pero esto es mil veces mejor, diez mil. Porque no se trata simplemente de una tienda con gran tradición. Es un sitio famoso en el mundo entero. Y estoy en él, ¡en el Saks Fifth Avenue de Nueva York! Mientras voy andando, despacio, forzándome a no correr, siento como si estuviera yendo a una cita con una estrella de Hollywood.

Paseo por la sección de perfumería, contemplando los elegantes paneles *art déco*, los altos y espaciosos techos, las plantas (que abundan por todas partes). Dios, es una de las tiendas más bonitas en las que he estado nunca. En la parte del fondo hay unos ascensores muy antiguos que me hacen sentir como si estuviera en una película de Cary Grant y en una mesita veo un montón de folletos informativos. Cojo uno para orientarme... No puede ser.

¡Hay diez pisos!

Miro la lista petrificada. Me siento como un niño intentando elegir un caramelo en una fábrica de chocolate. ¿Por dónde empiezo? ¿Cómo lo hago? ¿Por arriba? ¿Por abajo? ¡Dios mío! Todas las marcas se abalanzan sobre mí, llamándome: Anna Sui, Calvin Klein, Kate Spade, Kiehl's... Creo que voy a desmayarme.

—Perdone. —Una voz interrumpe mis pensamientos, me vuelvo y veo a una chica con una placa de Saks que me sonríe—. ¿Puedo ayudarla en algo?

—Esto... sí —afirmo mirando el folleto—. La verdad es que estoy intentando saber por dónde empezar.

—¿Qué está buscando? ¿Ropa? ¿Accesorios? ¿Zapatos?

—Sí —digo aturdida—. Las tres cosas. Todo. Esto... un bolso —digo al azar—. Necesito un bolso.

Hombre, no es del todo cierto, aunque... He traído bolsos, pero uno nuevo nunca viene mal. Además, me he dado cuenta de que todas las mujeres de Manhattan llevan unos muy elegantes, de diseño, así que es una buena manera de aclimatarme a la ciudad.

La chica me sonríe cordialmente.

—Los bolsos y accesorios están por ahí —me indica—. Lo mejor es que empiece aquí y vaya subiendo.

—Sí. Eso es lo que voy a hacer. Gracias.

Cómo me gusta comprar cuando estoy en el extranjero. Aunque siempre es toda una experiencia, hacerlo en otro país tiene una serie de ventajas:

1. Se pueden comprar cosas que no hay en el Reino Unido.

2. Puedes contarlo al volver a casa («Ah, sí, es de Nueva York»).

3. El dinero extranjero no sirve, así que se puede gastar todo lo que uno quiera.

Vale, ya sé que exagero... Sé perfectamente que los dólares son dinero de verdad, que tienen valor, pero uno no se los puede tomar en serio. Llevo un fajo en el bolso y me siento como si me tocara la banca en una partida de Monopoly. Ayer fui a comprar unas revistas a un quiosco y cuando pagué con un billete de veinte era como si estuviera jugando a las tiendecitas. Es una especie de extraña manifestación del desfase horario: cambias de moneda y de repente te parece que no estás gastando nada.

Así que cuando doy vueltas por la sección de bolsos, probando uno detrás de otro, no me fijo mucho en los precios. De vez en cuando miro una etiqueta y hago un débil esfuerzo por calcular cuánto cuesta en dinero de verdad, pero tengo que confesar que no me acuerdo de a cuánto está la libra. Y, aunque me acordase, nunca he sido muy buena en cálculo mental.

En fin, no importa. No tengo por qué preocuparme porque estoy en los Estados Unidos y todo el mundo sabe que aquí los precios son muy bajos. Es *vox populi*, ¿no? Así que me baso en la teoría de que todo es un chollo. Estos preciosos bolsos decorados a mano seguramente cuestan la mitad que en Gran Bretaña, si no es menos.

Finalmente, elijo un bonito bolso de Kate Spade color beige y lo llevo al mostrador. Vale quinientos dólares; parece una barbaridad pero un millón de liras también parece mucho dinero y sólo son cincuenta peniques o algo así.

Cuando la dependienta me da el recibo, dice algo así como que es un «regalo» y sonrío en franco acuerdo.

—¡Un completo regalo! En Inglaterra hubiera costado...

—¿Gina, vas arriba? —me interrumpe para volverse hacia una compañera—. Gina la acompañará al séptimo piso —dice, y me sonríe.

—Bueno —asiento un poco confusa—. Bien.

Gina me hace señas y, después de dudar un momento, la sigo, preguntándome qué habrá allí. A lo mejor tienen un salón en el que invitan a los clientes de Kate Spade a champán.

Pero, cuando nos acercamos a una sección llamada «Envoltorios para regalo», me doy cuenta de lo que está pasando. Cuando he dicho que era un «regalo» ha debido de pensar que...

—Aquí es. La caja con el logo de Saks es gratis, pero puede elegir entre una extensa gama de papel.

—Bien. Muchas gracias. Aunque en realidad no tenía pensado...

Pero ya se ha ido y las dos mujeres que hay detrás del mostrador me sonríen a modo de invitación.

Es una situación un poco violenta. ¿Qué hago?

—¿Qué papel le gusta? —pregunta la mayor de las dos—. También tenemos diferentes cintas y adornos.

¡A la mierda! Que lo envuelvan. Sólo cuesta siete dólares y medio, y será bonito tener algo que abrir cuando vuelva al hotel.

—Ese plateado, por favor, y una cinta violeta... y uno de esos racimos de fresas plateadas.

La mujer coge el papel y empieza a envolver el bolso con gran destreza y más cuidado del que yo he puesto en toda mi vida. Ahora me hace gracia. A lo mejor debería pedir siempre que me envolvieran las compras.

—¿Para quién es? —pregunta la señora abriendo una tarjeta y sacando un rotulador plateado.

—Esto... para Becky —digo tranquilamente. Unas chicas entran en la sala, oigo su conversación y aguzo el oído.

—... cincuenta por ciento de descuento...

—... venta de muestrarios...

—... vaqueros Earl...

—¿Y quién lo regala? —pregunta en tono agradable la mujer de los paquetes.

—Esto... Becky —contesto sin pensar. Me mira de forma extraña y de repente me doy cuenta de lo que he dicho—. De otra Becky —añado con torpeza.

—... venta de muestrarios...

—... Alexander McQueen, azul pálido, rebajado un ochenta por ciento...

—... venta de muestrarios...

—... venta de muestrarios...

No puedo soportarlo más.

—Perdonad —digo volviéndome—. No quiero inmiscuirme, pero ¿qué es venta de muestrarios?

La sala completa enmudece y todo el mundo me mira, incluso la mujer del rotulador plateado.

—¿No sabes lo que son? —pregunta finalmente la chica que lleva una cazadora de cuero, como si le hubiera dicho que no sé el alfabeto.

—Pues... no —admito, y noto que me estoy poniendo colorada—. No, no lo sé.

Abre el bolso, busca en él y saca una tarjeta.

—Es esto, cariño.

La cojo y, mientras la leo, se me pone la piel de gallina de la emoción.

VENTA DE MUESTRARIOS

Ropa de diseño rebajada un 50-70%
Ralph Lauren, Comme des Garçons, Gucci
Bolsos, zapatos, ropa interior, 40-60% descuento
Prada, Fendi, Lagerfeld

—¿Esto es cierto? —consigo articular—. O sea, ¿puedo ir yo?

—Sí, ¡claro que es cierto! Pero sólo dura un día.

—¿Un día? —Se me acelera el corazón—. ¿Sólo un día?

—Así es —afirma la chica, muy seria. Miro a las otras, que asienten con la cabeza.

—Suelen avisar con muy poco tiempo de antelación —me explica una de ellas.

—Lo hacen en cualquier sitio, lo montan de la noche a la mañana.

—Después desaparecen, se esfuman.

—Y hay que esperar a la próxima.

Las miro perpleja. Me siento como un explorador que acaba de descubrir una misteriosa tribu nómada.

—Si quieres pillar la de hoy —dice la chica de la cazadora dando un golpecito en la tarjeta y devolviéndome con ello a la realidad—, más vale que espabiles.

Creo que nunca en la vida he salido tan deprisa de una tienda. Apretando con fuerza la bolsa de Saks Fifth Avenue, paro un taxi, le leo la dirección de la tarjeta a toda prisa y me hundo en el asiento.

No tengo ni idea de adónde nos dirigimos ni de si pasamos cerca de algún monumento famoso, pero me da igual. Lo único que me importa es que venden ropa de diseño a mitad de precio.

Nos detenemos, le pago al taxista, le doy de propina un cincuenta por ciento sobre la tarifa para que no piense que soy una turista inglesa roñosa y, con el corazón en la boca, salgo del taxi. Tengo que reconocer que, a simple vista, la cosa no promete mucho. Estoy en una calle llena de tiendas poco atractivas y bloques de oficinas.

La tarjeta decía que la venta era en el cuatrocientos cinco pero, cuando llego a ese número, resulta que es otro edificio de oficinas. ¿Me habré equivocado de sitio? Sigo andando por la acera un poco más, pero ni rastro. Ni siquiera sé en qué distrito estoy.

De repente me siento desalentada y un poco tonta. Se suponía que hoy iba a ir a una agradable visita turística y ¿qué he hecho? He salido corriendo hacia un sitio extraño, en el que en cualquier momento me atracarán. «Seguramente toda esta historia es un chanchullo», pienso apesadumbrada. La verdad, tenía que haberme dado cuenta, ¡ropa de marca con un setenta por ciento de descuento! Demasiado bueno para...

¡Un momento!

Acaba de parar otro taxi y de él sale una chica que lleva un vestido Miu Miu. Mira un trozo de papel, camina rápidamente por la acera y desaparece dentro del número cuatrocientos cinco. Poco después aparecen otras dos chicas y también entran.

A lo mejor es ahí.

Abro las puertas de cristal, entro en un vestíbulo destartalado en el que hay unas sillas de plástico y, nerviosa, saludo con la cabeza al conserje que hay en el mostrador.

—Esto... perdone. Busco la...

—Piso doce —me informa con voz de aburrimiento—. Los ascensores están en la parte de atrás.

Voy corriendo hacia el fondo del vestíbulo, llamo a uno de los anticuados ascensores y pulso el piso doce. Lento y chirriante, el ascensor se va elevando y empiezo a oír una especie de murmullo apagado que va aumentando de volumen conforme voy acercándome. El ascensor se detiene, se abre la puerta y, ¡Dios mío! ¿Esto es la cola?

Hay una fila de chicas que llega hasta una puerta que hay al fondo del pasillo. Empujan hacia adelante y todas tienen la misma expresión de urgencia en los ojos. De cuando en cuando, sale alguien por la puerta con una bolsa y dejan entrar a tres. Cuando me pongo la última, se oye un timbre y una mujer abre una puerta unos metros detrás de mí.

—¡Otra entrada! —vocea—. ¡Vengan por aquí!

Delante de mí, toda una línea de cabezas se vuelve como un látigo. Se produce una inspiración de aire colectiva y después hay un maremoto de chicas que vienen en esta dirección. Corro a la puerta para evitar que me derriben y, de repente, me encuentro en medio de una habitación, temblando ligeramente, mientras todo el mundo se separa del grupo y se dirige hacia los colgadores.

Miro a mi alrededor intentando orientarme. Hay cientos de perchas con ropa, mesas llenas de bolsos, zapatos y bufandas, y chicas rebuscando entre ellos. Distingo prendas de punto de Ralph Lauren... fantásticos abrigos... un montón de bolsos de Prada... ¡Es como un sueño hecho realidad!

Las conversaciones que se oyen tienen un tono agudo y nervioso, y mientras lo contemplo todo, capto frases sueltas:

—¡Tengo que comprármelo! —dice una chica poniéndose un abrigo contra el pecho—. Lo necesito.

—Ya sé, voy a cargar en la hipoteca los cuatrocientos cincuenta dólares que me voy a gastar hoy —le dice otra chica a su amiga mientras salen cargadas de bolsas—. ¿Qué es eso en treinta años?

—¡Cien por cien cachemira! —exclama alguien—. ¿Has visto esto? ¡Sólo cuesta cincuenta dólares! Me voy a llevar tres.

Miro la brillante y bulliciosa habitación, a las chicas que se arremolinan, lo tocan todo, se prueban bufandas y se llenan las manos de prendas nuevas y relucientes, y de repente me invade un calorcillo, una revelación sobrecogedora. Ésta es mi gente. Es el mundo al que pertenezco. He encontrado mi patria.

Horas más tarde, llego al Four Seasons completamente extasiada. Voy cargada de bolsas y no os podéis hacer idea de la cantidad de gangas que he conseguido. Un precioso abrigo de piel de color crema, que me queda un poco ajustado pero estoy segura de que pronto perderé unos kilos (y, de todas formas, la piel se da); un encantador top de *chiffon* estampado, unos zapatos plateados y un monedero. Y todo por sólo quinientos dólares.

Además he conocido a una chica majísima, Jodie, y me ha dicho que hay un sitio web donde dan información sobre este tipo de ventas todos los días. ¡Todos los días! Imaginaos, las posibilidades son ilimitadas. Podría pasarme toda la vida yendo a ventas de muestrarios.

En teoría, claro.

Subo a la habitación y, cuando abro la puerta, veo que Luke está sentado a la mesa, leyendo unos periódicos.

—¡Hola! —saludo sin aliento, y dejo las bolsas encima de la enorme cama—. Necesito utilizar el portátil.

—Ah, bien —dice cogiéndolo de la mesa para dármelo. Me siento en la cama, lo abro, miro el trozo de papel que me ha dado Jodie y escribo la dirección.

—¿Qué tal ha ido el día?

—¡Fantástico! —exclamo tecleando con impaciencia—. Mira en la bolsa azul. Te he comprado unas camisas muy bonitas.

—¿Has empezado a familiarizarte con la ciudad?

—Creo que sí. Bueno, todavía es un poco pronto...

Frunzo el entrecejo mirando la pantalla. ¡Vamos!

—No te habrás agobiado, ¿verdad?

—Mmm... no mucho —contesto sin prestar mucha atención. ¡Ajá! De repente la pantalla se llena de imágenes. Veo una fila de bombones en la parte de arriba y unos logotipos que dicen: «Es divertido. Es la moda. En la ciudad de Nueva York. Página principal de Daily Candy.»

Hago clic en «suscribir» y empiezo a teclear rápidamente mi dirección de correo electrónico, mientras Luke se levanta y se acerca con cara de preocupación.

—Cuéntame. Ya sé que seguramente todo te parecerá extraño e intimidatorio. Es imposible habituarse en un solo día. Pero, como primera impresión, ¿crees que podrás acostumbrarte a Nueva York? ¿Te ves viviendo aquí?

Tecleo la última letra haciendo una floritura, pulso «enviar» y lo miro con cara pensativa.

—¿Sabes? Creo que podré.

HOWSKI AND FORLANO
ABOGADOS DE INMIGRACIÓN
56 St, 568 E
Nueva York

Sra. Rebecca Bloomwood
Burney Road, 4, 2.ª
Londres SW6 8FD

28 de septiembre de 2001

Estimada Sra. Bloomwood,

Gracias por habernos enviado debidamente cumplimentados los formularios de inmigración de Estados Unidos, pero nos han surgido unas dudas.

En la sección B69, la que se refiere a aptitudes especiales, ha escrito: «Soy muy buena en química, pregunten a quien quieran en Oxford.» Nos pusimos en contacto con el rector de la Universidad de Oxford y éste mostró no tener ningún conocimiento de su persona.

Al igual que el entrenador del equipo olímpico británico de salto de longitud.

Le enviamos unos nuevos formularios para que los vuelva a rellenar.

Atentamente,

Edgar Forlano

nueve

Los dos días siguientes son como un torbellino que me arrastra hacia los lugares de interés y los sonidos de Nueva York. ¿Y sabéis qué?, algunos son verdaderamente imponentes. Como Bloomingdale's, que tiene una fábrica de chocolate, o ese distrito en el que sólo hay tiendas de zapatos.

Todo es tan emocionante que casi me olvido de lo que he venido a hacer. El miércoles me despierto con una ligera sensación de miedo al dentista. Hoy tengo mi primera cita de negocios con un par de jefazos de la cadena de televisión *HLBC* y la mera idea me tiene asustada.

Luke se ha levantado temprano para ir a una reunión y estoy en la cama tomando café y mordisqueando un cruasán. Intento no ponerme nerviosa. Lo importante es no asustarse y mantenerse relajada y serena. Tal como ha estado diciéndome Luke, este encuentro no es una entrevista en sí, sino una toma de contacto. La ha descrito como «una comida para conocerse».

Sería fantástico si no fuera porque... ¿me apetece que me conozcan? En realidad, no estoy segura de que sea una buena idea. Si lo hacen, o sea, si son de esos que medio te leen la mente, mis oportunidades de conseguir trabajo se reducirán a cero.

Me paso toda la mañana en la habitación intentando leer el *Wall Street Journal* y viendo la CNN, pero me asusto más todavía. Estos presentadores de la televisión norteamericana van siempre tan impecables e inmaculados... Nunca se equivocan, no hacen chistes y saben de todo. Como quién es el secretario de comercio de Irak o las consecuencias del calentamiento de la tierra en Perú.

Y aquí estoy yo, creyendo que puedo hacerlo igual que ellos. Debo de estar loca.

Y eso no es todo: encima, hace mil años que no he tenido una entrevista en serio. En *Los Desayunos de Televisión* no me hicieron ninguna, sencillamente aterricé allí. Y en mi antiguo trabajo, la revista *Ahorro Seguro*, sólo tuve una amigable conversación con Philip, el redactor jefe, que ya me conocía de alguna rueda de prensa. Así que la simple idea de tener que impresionar a unos elementos que no conozco de nada me aterroriza.

—Sé tú misma —no deja de aconsejarme Luke. Pero, la verdad, me parece ridículo. Todo el mundo sabe que el objetivo no es mostrar quién eres en realidad, sino fingir que eres la persona que están buscando para el trabajo. Y a eso lo llaman «técnicas para buscar trabajo».

Cuando llego al restaurante en el que hemos quedado, parte de mí quiere salir huyendo, desistir de la idea e irse a comprar un par de relucientes zapatos. Pero no puedo, tengo que hacerlo.

Si siento que se me encoge el estómago y se me humedecen las manos es porque esto es muy importante... No puedo intentar convencerme de que no lo es, como hago con la mayoría de las cosas, porque es algo crucial en mi vida. Si no consigo un empleo en Nueva York, no podré quedarme a vivir y, si la jodo en la entrevista y corre la voz, estoy perdida, todo habrá acabado. ¡Dios mío, no me abandones!

«Vale, que no cunda el pánico —me digo a mí misma—. Puedo hacerlo. Y después, me recompensaré con un pequeño regalito.» Esta mañana he recibido un correo electrónico de Daily Candy y, al parecer, un emporio de la cosmética llamado Sephora y que está en el Soho, hace una promoción especial hoy, hasta las cuatro. Los clientes recibirán una bolsa de muestras de regalo y por una compra superior a cincuenta dólares, un rímel gratis.

Bueno, con sólo pensarlo, ya me siento mejor. Venga, chica, ¡a por ellos!

Me obligo a abrir la puerta y, sin esperarlo, me encuentro en un restaurante muy elegante, todo lacado en negro, mantelería blanca y peceras con pececillos de colores.

—Buenas tardes —me saluda el jefe de comedor, completamente vestido de negro.

—Hola. He quedado con...

Mierda. Me he olvidado por completo de los nombres de la gente con la que he quedado.

Buen comienzo, Becky, muy profesional.

—¿Podría esperar... un momento? —le pido poniéndome como un tomate y volviéndome para buscar en el bolso el trozo de papel. Eso es, Judd Westbrook y Kent Garland.

¿Kent es un nombre de verdad?

—Me llamo Rebecca Bloomwood —digo escondiendo el papel—. Estoy citada con Judd Westbrook y Kent Garland, de la *HLBC*.

—Ah, sí —dice mirando la lista y regalándome una sonrisa helada—. Ya han llegado.

Inspiro profundamente, le sigo hasta la mesa y allí están. Una rubia con un traje pantalón de color beige y un hombre de rasgos bien dibujados, vestido con inmaculado traje negro y una corbata verde salvia. Lucho contra el impulso de echar a correr y avanzo con una sonrisa que pretende aparentar seguridad, extendiendo la mano. Me miran y, por un momento, ninguno de los dos dice nada; algo me dice que he roto alguna norma de etiqueta vital... En Estados Unidos se dan la mano, ¿no? Se supone que no hay que dar besos, ni inclinarse.

Gracias a Dios, la rubia se levanta y me aprieta la mano afectuosamente.

—¡Becky! Contentísima de conocerte. Soy Kent Garland.

—Judd Westbrook —se presenta el hombre mirándome con ojos hundidos—. Estábamos ansiosos por conocerte.

—Igualmente. Y muchas gracias por las flores.

—De nada —dice Judd empujando mi silla—. Ha sido un placer.

—Un enorme placer —añade Kent.

Se produce un silencio expectante.

—Bueno, también es un fantástico placer para mí. Absolutamente fenomenal.

Hasta ahora todo va bien. Si seguimos diciéndonos lo encantados que estamos, estoy salvada. Dejo con cuidado el bolso en el suelo, junto con los ejemplares del *Financial Times* y el *Wall Street Journal*. Había pensado en traer también el *South China Morning Post*, pero he decidido que a lo mejor era pasarse un poco.

—¿Quiere tomar algo? —pregunta un camarero detrás de mí.

—Sí —afirmo, y miro nerviosa a la mesa para ver qué están tomando ellos. Kent y Judd tienen sendos vasos de whisky, llenos de lo que parece gin-tonic, así que me uniré a ellos—. Un gin-tonic, por favor.

La verdad es que lo necesitaba, para relajarme. Cuando abro el menú, me miran con ojos atentos, como quien espera que empiece el espectáculo.

—Hemos visto las cintas —dice Kent inclinándose hacia adelante— y estamos impresionados.

—¿Sí? —Me doy cuenta de que no debería sonar extrañada—. Sí —repito intentando que parezca que no presto mucha atención—. Sí, bueno, estoy muy orgullosa del programa, claro...

—Como ya sabes, Rebecca, producimos un programa llamado *El consumidor de hoy*. De momento no tenemos una sección de economía personal, pero nos gustaría introducir un espacio de asesoría como el que presentas en Gran Bretaña —mira a Kent y ésta asiente con la cabeza.

—Se nota que te apasiona el tema —dice ésta.

—Sí —respondo totalmente alucinada—. Bueno...

—Tu trabajo lo demuestra —asegura—. Al igual que el dominio que demuestras tener sobre el tema.

¿Dominio?

—¿Sabes? Eres única, Rebecca —me halaga Kent—. Una chica joven, accesible y encantadora, con un alto nivel de conocimiento y convicción en lo que dices...

—Eres un estímulo para las personas con problemas financieros —añade Judd.

—Lo que admiramos de ti es la paciencia que demuestras con todo el mundo.

—Tu empatía...

—Ese estilo fingidamente simple... —dice Kent mirándome a los ojos—. ¿Cómo lo consigues?

—Bueno... ya sabes. Me sale así, natural..., supongo.

El camarero deja la bebida en la mesa y la cojo agradecida.

—¡Salud! —exclamo levantando el vaso.

—Salud —repite Kent—. ¿Lista para pedir?

—Sí, claro —contesto mirando rápidamente el menú—. Mmm... Lubina, por favor, y ensalada. ¿Compartimos un poco de pan de ajo?

154

—Estoy a dieta sin trigo —señala educadamente Judd.

—Ah, bien. ¿Y tú, Kent?

—No como carbohidratos durante la semana. Pero pide tú, seguro que es delicioso.

—No, no importa —digo rápidamente—. Tomaré solamente la lubina.

Joder, cómo he podido ser tan tonta, los manhattanitas no comen pan de ajo.

—¿Y para beber? —pregunta el camarero.

—Esto... —Los miro—. No sé, ¿Sauvignon blanco? ¿Qué preferís?

—Por mí, bien —afirma Kent con sonrisa cordial, y respiro aliviada—. Y otra botella de Perrier para mí, por favor —añade señalando el vaso.

—Y para mí —dice Judd.

¿Agua? ¿Han pedido agua?

—Tomaré lo mismo —rectifico rápidamente—. No hace falta que traiga el vino. Era simplemente por decir algo. Ya sabéis...

—¡No, por favor! —exclama Kent—. Toma lo que quieras. Por favor, una botella de Sauvignon blanco para nuestra invitada —le pide al camarero con una sonrisa.

—La verdad... —me excuso sonrojándome.

—Rebecca —dice Kent levantando la mano y sonriendo—, ¡lo que te haga sentir como en casa!

Estupendo. Ahora va a pensar que soy una alcohólica. Pensará que no soy capaz de acudir a una comida «de conocerse» sin empinar el codo.

Bueno, qué más da. Ahora ya no tiene remedio. Vale, sólo tomaré una copa. Una y ya está.

Bueno, en realidad era lo que tenía planeado. Tomarme una copa y dejarlo estar.

Pero el problema es que, cada vez que me la acabo, viene un camarero y me la vuelve a llenar y, no sé por qué, me la bebo. Además, he pensado que sería un poco desagradecido pedir una botella de vino y dejarla entera.

Así que, al final, para cuando acabamos de comer, estoy un poco... Bueno, supongo que la palabra sería «borracha» o «pedo».

Pero no pasa nada, porque lo estamos pasando muy bien y estoy muy graciosa, seguramente porque me he relajado un poco. Les he contado un montón de historias graciosas sobre lo que pasa entre bastidores en *Los Desayunos de Televisión*, me han estado escuchando atentamente y han dicho que les parecía fascinante.

—Vosotros los británicos sois muy diferentes a nosotros —asegura Kent amablemente, cuando les cuento la vez que Dave, el cámara, vino tan borracho a trabajar que se cayó al suelo en mitad de una toma y sacó a Emma hurgándose en la nariz. Aquello sí que fue divertido, no puedo dejar de reírme cada vez que me acuerdo.

—Nos encanta vuestro sentido del humor —dice Judd mirándome fijamente, como si estuviera esperando que contara un chiste.

Rápido, piensa en algo divertido. Sentido del humor británico. ¿Monty Python? ¿*La vida de Brian*?

—*Romans go home* —me oigo decir soltando una carcajada; Judd y Kent se miran perplejos.

Por suerte, llega el café. Me sirven uno, té inglés para Kent y a Judd una extraña tisana que le había dado al camarero para que se la preparase.

—Me encanta el té —dice Kent sonriéndome—. Es tan relajante... Rebecca, en Gran Bretaña tenéis la costumbre de darle tres vueltas a la tetera en dirección de las agujas del reloj para ahuyentar los malos espíritus, ¿verdad? ¿O es en sentido contrario?

¿Dar vueltas a la tetera? En la vida he oído decir nada parecido.

—Esto..., deja que piense.

Me froto la cara intentando acordarme de la última vez que preparé el té en una tetera, pero la única imagen que me viene a la cabeza es la de Suze metiendo una bolsita en una taza mientras abre un KitKat con los dientes.

—Creo que es en sentido contrario —digo finalmente—. Porque, como reza el dicho: «El diablo acecha a todas horas, pero nunca se atrasa.»

¿Qué coño estoy diciendo? ¿Por qué he puesto acento escocés? Creo que he bebido demasiado.

—¡Sorprendente! —exclama Kent tomando un sorbo de té—. Me encantan todas esas curiosas costumbres británicas. ¿Sabes alguna más?

—Sí, claro. Un montón.

Déjalo Becky, por favor.

—Tenemos una costumbre muy antigua de... de... darle vueltas a los bizcochos.

—¿Sí? —se extraña Kent—. No lo había oído nunca.

—Sí —digo convencida—. Lo que se hace es coger el bizcocho —Le cojo un panecillo a uno de los camareros que pasa a mi lado—, y... se le da vueltas encima de la cabeza para... Y entonces... se canta una cancioncilla.

Empiezan a caerme migas encima de la cabeza y no consigo encontrar ninguna palabra que rime con bizcocho, así que dejo el panecillo en la mesa y tomo un sorbo de café.

—Suelen hacerlo en Cornualles —añado.

—¿En serio? —se interesa Judd—. Mi abuela es de allí. Ya le preguntaré.

—Bueno, sólo es en algunos sitios. En la parte que da al mar.

Se miran perplejos y, después, estallan en risas.

—Vuestro sentido del humor es tan refrescante... —dice Kent.

Por un momento no sé cómo reaccionar, pero luego también me echo a reír. Estupendo, nos entendemos a las mil maravillas. Entonces, a Kent se le ilumina la cara.

—Bueno, Rebecca, quería decirte que tenemos una oferta especial para ti. No sé si tienes planes para esta tarde. Pero tengo una invitación para ir a ...

Se calla un momento para crear tensión, sonríe, y la observo con súbito entusiasmo. Seguro que es para ir a una venta de muestrarios de Gucci.

—... al Congreso Anual de la Asociación de Financieros —acaba de decir con orgullo.

Durante unos segundos, me quedo sin habla.

—¿Ah, sí? —digo en un tono de voz más agudo de lo habitual—. ¿Es una broma, verdad? ¡No puede ser cierto!

¿Cómo voy a salir de ésta? ¿Cómo?

—Sí —afirma Kent satisfecha—. He pensado que te encantaría, así que, si no tienes nada que hacer...

«Sí que tengo cosas que hacer», me apetece replicar. Me voy a Sephora a por un rímel gratis.

—Intervendrán destacados ponentes —interviene Judd—, como Bert Frankel.

—¿En serio? ¿Bert Frankel?

No he oído hablar de él en mi vida.

—Aquí tengo la invitación —dice Kent buscando en el bolso.

—¡Qué pena! —me oigo decir—. Porque tenía pensado ir al... Guggenheim esta tarde.

¡Menos mal! Nadie se atreve a decir nada contra la cultura.

—¿Sí? —pregunta Kent un poco decepcionada—. ¿No puedes ir otro día?

—Me temo que no. Hay una exposición que tengo ganas de ver desde... que tenía seis años.

—¡No! —exclama Kent con los ojos como platos.

—Sí —afirmo echándome hacia delante muy seria—. Llevo queriendo venir a Nueva York y ver esa obra desde que vi una fotografía en un libro de pintura de mi abuela. Y ahora que estoy aquí... no puedo esperar más. Supongo que lo entendéis...

—Por supuesto —afirma Kent—. Sí, claro. Qué historia más bonita —intercambia miradas de admiración con Judd y les sonrío con modestia—. ¿A qué obra te refieres?

La miro sin dejar de sonreír. Rápido, piensa. El Guggenheim. ¿Pintura moderna? ¿Escultura?

Con la pintura tengo un cincuenta por ciento de posibilidades. Si pudiera utilizar el comodín de la llamada...

—Prefiero... no decirlo. Creo que los gustos artísticos son algo... muy personal.

—Sí, claro —se excusa Kent un tanto sorprendida—. No tenía intención de inmiscuirme, en absoluto.

—Kent —dice Judd mirando su reloj—, tenemos que irnos.

—Es verdad —contesta. Toma un sorbo de té y se levanta—. Lo siento, Rebecca. Tenemos una reunión a las dos y media. Ha sido un placer.

—Gracias. No os preocupéis.

Me levanto como puedo para salir con ellos del restaurante y, cuando paso al lado del cubo en el que está la botella de vino, tambaleándome ligeramente, me doy cuenta de que me la he bebido casi entera. ¡Qué vergüenza! Espero que no lo hayan notado.

Cuando salimos, Judd ya me ha pedido un taxi.

—Encantada de haberte conocido, Rebecca. Hablaremos con el vicepresidente de producción y... seguiremos en contacto. ¡Que disfrutes en el Guggenheim!

158

—Seguro que lo haré —digo estrechándoles la mano—. Y muchas gracias.

Espero a que se vayan, pero parece que están esperando a que lo haga yo, así que entro en el taxi dando un traspié, me inclino hacia delante y digo en voz alta: «Al Guggenheim, por favor.»

Sale zumbando y levanto la mano para despedirme de Judd y de Kent hasta que los pierdo de vista. Creo que todo ha salido de maravilla. Excepto cuando les he contado la anécdota de Rory y el perro lazarillo, o cuando he tropezado y me he caído de camino al servicio. Pero bueno, eso le puede pasar a cualquiera.

Espero hasta que hemos pasado un par de manzanas para asegurarme, y me inclino hacia el conductor otra vez.

—Perdone. He cambiado de idea. ¿Puede llevarme al Soho?

El conductor da la vuelta y me mira con mala cara.

—¿Quiere ir al Soho? ¿Qué pasa con el Guggenheim?

—Bueno, ya iré luego.

—¿Luego? Allí no se puede ir deprisa y corriendo. Es un museo excelente: Picasso, Kandinsky... No puede perdérselo.

—Iré, se lo prometo. ¿Podemos ir al Soho, por favor?

Por toda respuesta, el silencio.

—De acuerdo —acepta finalmente meneando la cabeza—. Vamos allá.

Gira en redondo y empezamos a avanzar en la dirección opuesta. Miro el reloj y son las dos y cuarenta. Perfecto, me sobra tiempo.

Me echo hacia atrás y por la ventanilla veo un trocito de cielo azul. Esto es fantástico, ¿verdad? Ir a toda velocidad en un taxi amarillo con el sol reflejándose en los rascacielos y una sonrisa feliz provocada por el vino. Realmente siento que me estoy adaptando a esta ciudad. Ya sé que sólo llevo tres días, pero, en serio, creo que ya pertenezco a este lugar. Hasta estoy aprendiendo el idioma y todo. Ayer, por ejemplo, dije «figúrate» sin darme cuenta, y una falda me pareció «fab». Nos detenemos en un paso de cebra y estoy mirando fuera con curiosidad para saber en qué calle nos encontramos cuando, de repente, me quedo petrificada por el horror.

Justo enfrente de nosotros, Judd y Kent están cruzando la calle, Kent va hablando animadamente y Judd asiente. ¡Dios mío! ¡Rápido, escóndete!

Con el corazón a toda velocidad, me hundo en el asiento e intento taparme con el *Wall Street Journal*, pero es demasiado tarde.

Kent me ha visto. Me mira boquiabierta y viene hacia mí corriendo. Da un golpecito en la ventanilla, intentando decir algo y haciendo gestos insistentemente.

—¡Rebecca! ¡Vas en dirección contraria! —grita al tiempo que bajo la ventanilla—. El Guggenheim está en la otra dirección.

—¿Ah, sí? —pregunto en tono de sorpresa—. Dios mío, ¿cómo habrá pasado?

—Dile al conductor que dé la vuelta. Estos taxistas de Nueva York no tienen ni idea —dice golpeando la ventanilla del conductor—. Al Gu-ggen-heim —dice como si estuviera hablando con un niño pequeño—. En la novena. Y deprisa, esta mujer ha estado esperando para verlo desde que tenía seis años.

—¿Quiere que vaya allí? —pregunta el taxista mirándome.

—Esto... sí —digo sin atreverme a mirarle a la cara—. Eso es lo que... le he dicho, ¿no? ¡Al Guggenheim!

El conductor maldice entre dientes, gira y le digo adiós con la mano a Kent, que está haciendo gestos como de «¿es tonto o qué?».

Volvemos a dirigirnos hacia el norte y, durante unos minutos, no me atrevo a decir nada. Veo que las calles van pasando, treinta y cuatro, treinta y cinco... Son casi las tres y nos estamos alejando cada vez más del Soho, de Sephora y de mi rímel gratis...

—Perdone —digo, y me aclaro la voz como disculpándome. La verdad es que...

—¿Qué? —pregunta el conductor con mirada amenazadora.

—Acabo de acordarme de que le prometí a mi tía que nos veríamos en...

—El Soho.

Cruza su mirada con la mía en el espejo retrovisor y asiento avergonzada. Cuando el taxista da la vuelta, me caigo en el asiento y me doy con la cabeza en la ventanilla.

—¡Oiga! —dice una voz incorpórea; doy un respingo—. ¡Tenga cuidado! ¡La seguridad es importante! ¡Abróchese el cinturón!

—Vale —acepto con humildad—. Lo siento. No volveré a hacerlo.

Me abrocho el cinturón de seguridad con torpeza y veo los ojos del conductor en el retrovisor.

—Es una grabación —dice con sorna—. Está hablando con un magnetófono.

Lo sabía.

• • •

Por fin llegamos a Sephora, en Broadway, le tiendo un gran fajo de dólares (una propina del cien por cien, que, en estas circunstancias, me parece bastante razonable). Cuando salgo, me mira fijamente.

—¿Ha estado bebiendo, señora?

—No —contesto indignada—. Bueno, sí. Pero sólo ha sido un poco de vino en la comida...

El taxista menea la cabeza y se va, y me dirijo tambaleante hacia la tienda. A decir verdad, me siento un poco mareada y, cuando abro la puerta, más todavía. ¡Dios mío! ¡Esto es mejor de lo que esperaba!

La música es atronadora, las chicas se arremolinan por todas partes bajo la luz de los focos y unos chicos muy modernos con jerséis de cuello alto y auriculares entregan bolsas de regalo. Miro a mi alrededor aturdida, no había visto tanto maquillaje en mi vida. Hileras e hileras de lápices de labios, esmaltes de uñas; en todos los colores del arco iris... Y hasta hay unas sillitas para sentarse y probarlo todo, con discos de algodón gratis. Este sitio es... el paraíso.

Cojo mi bolsa y la miro. En la parte delantera pone: «La promesa Sephora», «Los artículos de belleza nos unen y dotan a la vida de una dulce fragancia».

Tienen tanta razón... Es tan acertado y conmovedor que casi me hace llorar.

—¿Se encuentra bien, señorita? —Un chico con auriculares me está mirando con curiosidad y levanto la vista, todavía aturdida.

—Estaba leyendo la promesa Sephora. Es tan... tan bonita.

—Bien, vale —dice mirándome de forma sospechosa—. Que tenga un buen día.

Asiento y, a mitad camino, medio me tambaleo hacia una fila de frasquitos de esmaltes para uñas que llevan unas etiquetas en las que pone cosas como: Inteligencia cósmica o Sueños iluminadores. Mientras miro los expositores, me emociono. Estos frascos me están dando un mensaje. Me están diciendo que, si me pinto las uñas con el color adecuado, todo tendrá sentido y en mi vida no habrá más confusión.

¿Por qué no me habré dado cuenta de semejante verdad antes? ¿Por qué?

Cojo el Sueños iluminadores, lo pongo en la cesta y me dirijo hacia el fondo de la tienda, donde encuentro un estante en el que pone: «Porque tú lo vales.»

«Lo valgo», pienso confusamente. Me merezco unas velas perfumadas y un espejo de viaje, y este revitalizador de uñas concentrado, valga para lo que valga... Mientras estoy allí, llenando la cesta, oigo vagamente una especie de zumbido y, de repente, me doy cuenta de que es mi móvil.

—Hola —digo pegándomelo al oído—. ¿Quién es?

—Hola. Soy yo. —Es Luke—. Me han dicho que la comida ha ido muy bien.

—¿Sí? —pregunto sorprendida—. ¿Quién te lo ha dicho?

—Acabo de hablar con un tipo de la *HLBC*. Al parecer, les has impresionado. Han dicho que eres muy divertida.

—¡Guau! —exclamo balbuceando ligeramente y agarrándome al expositor para no perder el equilibrio—. ¿De verdad? ¿En serio?

—¡En serio! Han hablado de lo encantadora y culta que eres, incluso de que te han dejado en un taxi camino al Guggenheim.

—Sí —afirmo alargando el brazo para coger un bote de bálsamo para los labios sabor mandarina—, así es.

—Bueno, me ha extrañado un poco lo de tu incontenible sueño de la niñez. Kent estaba muy impresionada.

—Vaya. Bueno, eso está bien.

—Sí. Se me hace un poco raro que no dijeras nada del museo esta mañana, ni nunca, teniendo en cuenta que has estado deseando ir allí desde que tenías seis años.

Su voz revela cierta sorna y me espabilo. ¡Me ha llamado para quedarse conmigo!

—¿Que nunca he mencionado el Guggenheim? —pregunto inocentemente poniendo el bote en la cesta—. Qué raro.

—¿Verdad? Muy extraño... Así que ahora estás allí.

Mierda.

Me quedo en silencio durante un momento. No puedo confesarle que me he ido otra vez de compras. Sobre todo después de lo que se ha estado riendo de mi supuesta visita turística de ayer. Vale, ya sé que diez minutos de una visita de tres horas a la ciudad no es mucho, pero vi un poquito. Llegué hasta Saks, ¿no?

—Sí —afirmo desafiante—, aquí estoy.

Bueno, siempre puedo ir al salir de aquí.

162

—¡Estupendo! ¿Qué exposición estás viendo?

¡Calla ya!

—¿Qué? —digo de repente alzando la voz—. Lo siento, no me había dado cuenta. Luke, tengo que apagar el teléfono. El..., esto..., el vigilante me ha llamado la atención. Nos vemos luego.

—A las seis en el bar Royalton. Quiero que conozcas a mi nuevo socio, Michael. Estoy deseando que me cuentes todo lo que has hecho esta tarde.

diez

Guardo el teléfono un poco mosqueada. Bien, se va a enterar. Voy a ir al Guggenheim ahora mismo. Ya. En cuanto me compre el maquillaje y me den el regalo.

Lleno la cesta de cosméticos, me dirijo a la caja, firmo el recibo sin mirarlo siquiera y salgo a la calle. Vale, son las tres y media. Tengo tiempo de sobra para llegar allí y empaparme de cultura. Estupendo, de hecho me apetece.

Estoy esperando en el borde de la acera con la mano levantada para parar un taxi cuando veo una resplandeciente tienda que se llama Kate's Paperie. Instintivamente, dejo caer la mano y comienzo a acercarme hacia el escaparate, sólo para echarle un vistazo. Buenooo... ¡Tienen papel de regalo imitación mármol! ¡Y recortables! ¡Y una preciosa cinta bordada con cuentas!

Ya sé, entraré un momento, cinco minutos solamente, y después iré al museo. Abro la puerta y me doy una vuelta, maravillada ante el impresionante despliegue de envoltorios decorados con flores secas, rafia y lazos, álbumes de fotos, cajas con delicado papel de escribir... ¡Dios mío, qué postales!

¿Veis?, lo que os decía. Este tipo de cosas son las que hacen que Nueva York sea tan maravillosa. No tienen las típicas y aburridas postales con un «Feliz cumpleaños»; son auténticas creaciones hechas a mano, salpicadas de hermosas flores e ingeniosos colages que forman frases como «Felicidades por haber adoptado gemelos», o «Siento que lo hayáis dejado».

Deambulo por la tienda, hipnotizada por su maravillosa colección. He de comprarme alguna. Como este fantástico castillo des-

165

plegable cuyas banderas llevan la inscripción: «Me encantan las reformas de tu casa.» No es que conozca a nadie que las haya hecho, pero siempre puedo guardarla para cuando mi madre empapele el recibidor. Y qué me decís de ésta, forrada con una imitación de césped: «Para un fabuloso entrenador de tenis, muchas gracias.» Porque, cuando vaya a clases el próximo verano, tendré que darle las gracias al profesor, ¿no?

Cojo unas cuantas más y me dirijo hacia el expositor de las invitaciones, que son incluso mejores. En vez de decir cosas del tipo «Fiesta en...», pone: «Nos vemos en el club para almorzar», o «Vente a comer una pizza».

Creo que también me conviene llevarme alguna. No hacerlo sería no tener visión de futuro. Seguro que, un día u otro, Suze y yo montamos la fiesta de la pizza, y en Inglaterra jamás encontraremos invitaciones como éstas. Son tan bonitas..., con brillantes triángulos de pizza en los bordes. Pongo diez cajitas de invitaciones en la cesta, junto con las postales y unas cuantas hojas de papel de regalo con dibujos de caramelos (no he podido resistirme), y me acerco a la caja. Mientras la dependienta les pasa el escáner, vuelvo a mirar a mi alrededor preguntándome si me habré perdido algo y, cuando me dice el total, la miro sorprendida. ¿Tanto? ¡Si sólo son postales!

Por un momento, pienso si las necesito de verdad, si realmente me hace falta una postal en la que pone: «Feliz *Hanukkah*, jefe.»

Pero bueno, algún día me serán útiles. Y si voy a vivir en Nueva York, tendré que acostumbrarme a enviar postales muy caras a todas horas. Así que es un paso más para sentirme integrada.

Además, de qué sirve tener una ampliación del crédito de la tarjeta si no la uso. Siempre puedo ponerlo en mi presupuesto como «gastos de empresa».

Mientras firmo el recibo, distingo detrás de uno de los expositores a una chica vestida con pantalones vaqueros y sombrero que me resulta extrañamente familiar... La miro con curiosidad y caigo en la cuenta.

—¡Hola! —la saludo con una gran sonrisa—. ¿No nos vimos ayer en la venta de muestrarios? ¿Encontraste alguna ganga?

Pero, en vez de contestarme, se da la vuelta rápidamente y, cuando sale corriendo de la tienda, tropieza con alguien y murmura «lo siento». Para mi gran asombro, tiene acento inglés. Pues pasar de un compatriota en suelo extraño no es una actitud muy amistosa que digamos. No me extraña que la gente diga que los británicos son fríos.

Ahora sí que me voy al Guggenheim. Cuando salgo de Kate's Paperie, no sé en qué dirección tengo que coger el taxi y me detengo un momento, preguntándome hacia dónde estará el norte. Veo un resplandor al otro lado de la calle y arrugo el entrecejo, preguntándome si va a llover. Pero el cielo está despejado y nadie parece haberse dado cuenta del destello. Puede que sea una de esas cosas que pasan en Nueva York, como el vapor que sale del asfalto.

Da igual. Concentración, museo.

—Perdone —le digo a una mujer que pasa a mi lado—, ¿por dónde se va al Guggenheim?

—Bajando la calle —responde mientras me indica con el dedo.

—Ah, bien —digo un poco confundida—. Gracias.

No puede ser verdad. Creía que estaba lejísimos, por Central Park o algo así. ¿Cómo va a estar bajando la calle? Debe de ser extranjera. Le preguntaré a otra persona.

Pero van todos tan deprisa que nadie me hace caso.

—¡Eh! —grito casi agarrando del brazo a un hombre trajeado—. ¿Para ir al Guggenheim?...

—Está ahí mismo —contesta haciendo una señal con la cabeza y saliendo a toda velocidad.

¿De qué narices habla todo el mundo? Estoy segura de que Kent dijo que estaba hacia arriba, cerca de... de...

Un momento.

Me quedo paralizada.

¡Está ahí! Delante de mí hay un cartel que dice «GUGGENHEIM SOHO». Real como la vida misma.

¿Qué pasa? ¿Han cambiado de sitio el museo? ¿Hay dos?

Cuando me acerco a la puerta me doy cuenta de que parece bastante pequeño. A lo mejor no es el principal. Puede que sea una filial en el Soho. ¡Sí! Si Londres tiene la Tate Gallery y la Tate Modern, ¿por qué no puede tener Nueva York el Guggenheim y el Guggenheim Soho?

«Guggenheim Soho», qué bien suena.

Abro la puerta con cuidado: es blanco y espacioso, hay piezas de arte moderno encima de pedestales, sitios para sentarse y gente dando vueltas y murmurando.

Todos los museos deberían ser así. Pequeños y bonitos, para que uno no se sienta agotado nada más entrar. Éste se puede recorrer en media hora. Además, todo parece muy interesante, como esos cubos rojos dentro de esa vitrina de cristal, o ese grabado abstracto que hay en la pared.

Mientras lo observo admirada, se acerca una pareja. Empiezan a murmurar y a alabar la obra. De repente, la chica dice:

—¿Cuánto valdrá?

Estoy a punto de volverme sonriendo amablemente para decirle «Eso es lo que siempre me pregunto» cuando, para mi asombro, el chico lo coge, le da la vuelta y veo que lleva una etiqueta con el precio.

¡Precios en un museo! Este sitio es perfecto. Por fin alguien inteligente está de acuerdo conmigo en que la gente no sólo quiere ver el arte, sino que también quiere saber lo que cuesta. Voy a escribirles una carta a los del Victoria and Albert Museum para contárselo.

Ahora que me fijo, todo lo que está expuesto lleva un cartoncito. Los cubos de la vitrina lo llevan, y la silla, y... el estuche de lapiceros.

Qué extraño que haya lapiceros en un museo. Bueno, a lo mejor forma parte de una instalación artística, como la cama de aquella Tracy no sé qué. Me acerco para verlos de cerca y todos llevan algo escrito. Seguramente alguna profunda reflexión sobre el arte o la vida... Me inclino y leo: «Tienda del Museo Guggenheim.»

¿Qué?

Esto es...

Levanto la cabeza y miro a mi alrededor desconcertada.

¿Estoy en una tienda?

Empiezo a darme cuenta de cosas que no había visto antes, como un par de cajas registradoras al otro lado de la habitación, y alguien que lleva un par de bolsas de compra.

Dios mío.

Qué tonta que soy. ¿Cómo es posible que no me haya dado cuenta de dónde estaba? Esto cada vez tiene menos sentido: ¿una simple tienda sin museo adjunto?

—Perdona —le digo a un chico de pelo rubio que lleva una placa con su nombre—. Sólo por curiosidad, ¿es esto una tienda?

—Sí, señora —contesta educadamente—. Es la tienda del Museo Guggenheim.

—¿Y dónde está el museo de verdad?

—Subiendo por el parque.

—Vale, gracias —digo mirándolo extrañada—. A ver si lo entiendo, ¿se puede venir aquí y comprar montones de cosas sin que a nadie le importe si has estado o no en el museo? O sea, ¿no hay que enseñar la entrada ni nada?

—No, señora.

—¿Así que no hay que ver las obras de arte? ¿Se puede simplemente comprar? —pregunto elevando la voz, cada vez más contenta—. Esta ciudad cada vez me gusta más. ¡Es perfecta! Bueno, quería decir que por supuesto me encantaría ver las obras de arte, mucho. Sólo estaba..., ya sabes, preguntando —me apresuro a añadir cuando veo que el chico pone cara rara.

—Si quiere ir al museo, puedo llamarle un taxi. ¿Quiere verlo?

—Esto...

Vamos a pensar un momento, no tomemos decisiones precipitadas.

—Esto..., no estoy segura —digo prudentemente—. Déjame pensarlo un momento.

—Por supuesto —asiente el chico sin dejar de mirarme cuando me siento en una silla blanca y me pongo a cavilar.

Bueno, así están las cosas. Evidentemente, puedo ir. Puedo tomar un taxi, salir zumbando hacia donde quiera que esté y pasarme toda la tarde viendo obras de arte.

O puedo comprarme un libro sobre el museo y pasar el resto de la tarde comprando.

La cuestión es: ¿hay que ver una obra de arte de cerca para apreciarla? Pues claro que no. Y, en cierto modo, hojear un libro es mejor que darse una larga caminata por un montón de galerías, porque seguro que abarco más materias con mayor rapidez y aprendo mucho más.

Además, lo que tienen en esta tienda es arte, ¿no? A fin de cuentas, ya he asimilado algo de cultura. Pues eso.

En lugar de ir con prisas, decido quedarme al menos otros diez minutos echando una ojeada a los libros y empapándome del ambiente cultural. Luego, compro un libro enorme para regalárselo a Luke, una taza muy bonita para Suze, unos lápices y un calendario para mi madre.

¡Fantástico! Ahora ya puedo ir de compras. Cuando salgo, me siento tan liberada y feliz como si me hubiesen dado un día de fiesta en el colegio. Echo a andar en dirección a Broadway, me meto por una de las calles laterales y paso por delante de unos puestos en los que venden bolsos de imitación y cosas para el pelo de muchos colores, y hay un tipo que toca la guitarra (no muy bien, por cierto). De pronto me encuentro paseando por una hermosa calle adoquinada y, después, por otra. A ambos lados hay grandes y viejos edificios de ladrillo rojo con escaleras de incendios que suben y bajan, y árboles en las aceras, y de repente siento que el ambiente es más relajado. Creo que podré acostumbrarme a vivir aquí. Sin duda alguna.

¡Cielo santo! ¡Qué tiendas! A cada cual más atractiva. Una de ellas está llena de vestidos de terciopelo colgados en muebles antiguos. Otra tiene las paredes pintadas con nubes, estanterías llenas de suaves vestidos de noche —de los que hacen frufrú cuando te mueves— y fruteros llenos de caramelos por todas partes. Hay una decorada en blanco y negro, con toques *art déco*, como si la hubieran sacado de una película de Fred Astaire. Y ésta otra...

Me detengo y contemplo boquiabierta un maniquí que sólo lleva una falda de plástico transparente, con un pez de colores nadando en el bolsillo. Es la cosa más alucinante que he visto en mi vida.

¿Sabéis?, siempre he querido llevar algo verdaderamente vanguardista. Sería fantástico tener algo realmente a la última y decirle a todo el mundo que lo compré en el Soho. Aunque... ¿estoy todavía en el sur de Houston Street? Puede que esto sea el norte de Little Italy. O el norte de Houston Street. ¿El sur de Little Italy? Confieso que estoy un poco perdida, pero no quiero mirar el plano para que nadie piense que soy una turista.

De todas formas, me da igual donde esté. Voy a entrar.

Abro la pesada puerta y entro en la tienda. Está completamente vacía. Huele a incienso y suena una extraña y retumbante música. Me acerco a un colgador intentando actuar con desenvoltura y empiezo a tocar la ropa. Ostras, esto es ultramoderno. Hay unos pantalones que miden unos tres metros, una camisa blanca con una caperuza de plástico y una falda hecha con pana y periódicos muy original, pero ¿qué pasa si llueve?

—Hola —me saluda un chico al acercárseme. Lleva camiseta negra y unos ajustados pantalones plateados, excepto en la entrepierna, que es de tela vaquera y muy..., bueno, prominente.

—¡Hey! —respondo tratando de sonar lo más enrollada posible y sin mirarle el paquete.

—¿Qué tal te va?

—Bien, gracias.

Cojo una falda blanca, pero la vuelvo a dejar en cuanto me doy cuenta de que lleva pegado un brillante pene de color rojo en la parte delantera.

—¿Quieres probarte algo?

Vamos, Becky, no seas ñoña, pruébate algo.

—Pues... sí, esto —digo cogiendo un jersey morado de cuello abierto—. Éste, por favor. —Y lo sigo hasta la parte trasera, hasta un probador hecho con chapas de zinc.

Cuando saco el jersey de la percha me doy cuenta de que tiene dos cuellos. Se parece a uno que mi abuela le regaló a mi padre en Navidades.

—Perdona —lo llamo sacando la cabeza fuera del probador—. Este jersey tiene... dos cuellos —le comento soltando una risita, y me mira sorprendido, como si fuera tonta.

—Es así. Es la moda.

—No, ya —respondo rápidamente, y vuelvo a meterme dentro.

No me atrevo a preguntarle en cuál de los dos cuellos se supone que hay que meter la cabeza, así que me lo pongo por el primero que encuentro y me veo horrible. Lo intento por el otro y lo mismo.

—¿Va todo bien? —pregunta, y siento que la sangre me sube a las mejillas. No puedo decirle que no sé cómo ponérmelo.

—Sí, gracias —contesto con voz ahogada.

—¿Quieres mirarte aquí fuera?

—Bueno —digo soltando un gallo.

Dios mío, tengo la cara como un tomate y el pelo de punta de tanto meter la cabeza por los cuellos. Abro la puerta no muy convencida y me miro en un gran espejo que hay enfrente. Jamás me había visto con un aspecto tan estúpido.

—Es una labor de punto fantástica —afirma cruzando los brazos y mirándome—. Única.

—Esto..., sin duda. Es muy interesante —añado tirando torpemente de la manga e intentando no fijarme en que da la impresión de que me falta una cabeza.

—Te queda de miedo. Estás absolutamente fabulosa.

Suena tan convencido que vuelvo a mirarme y, ¿sabéis?, puede que tenga razón. Puede que no me quede tan mal.

—Madonna lo tiene en tres colores diferentes —me informa, y baja la voz—. Pero, entre tú y yo, no sabe quitárselo.

Lo miro muerta de curiosidad.

—¿Madonna tiene este jersey? ¿Este mismo?

—Sí, claro. Pero a ti te queda mucho mejor —admite inclinándose hacia una columna de espejos y mirándose las uñas—. ¿Te lo quedas?

¡Cómo me gusta esta ciudad! ¿En qué otro lugar se consiguen invitaciones decoradas con trocitos de pizza, te dan rímel gratis y compras el mismo jersey que lleva Madonna en una sola tarde? Cuando llego al Royalton llevo una enorme sonrisa dibujada en la cara. No había tenido tanto éxito en un día de compras desde... Bueno, desde ayer.

Dejo todas las bolsas en el guardarropa y me dirijo al pequeño bar circular en el que he quedado con Luke y su nuevo socio, Michael Ellis.

Últimamente he oído hablar mucho de él. Tiene una gran agencia de publicidad en Washington, y es buen amigo del presidente. ¿O era el vicepresidente? Bueno, no sé. Resumiendo, es un pez gordo y alguien muy importante para el nuevo negocio de Luke, así que voy a esmerarme en caerle bien.

«¡Joder! Pues sí que es moderno este sitio», pienso al entrar. Todo en cuero y cromo y el personal vestido con austeros trajes negros y cortes de pelo en la misma línea. Me acerco a la barra, poco iluminada, y veo a Luke sentado en una mesa. Para mi sorpresa, está solo.

—¡Hola! ¿Qué tal? —lo saludo dándole un beso—. ¿Dónde está tu amigo?

—Llamando por teléfono —contesta haciéndole una seña al camarero—. Otro gimlet, por favor —pide mirándome de manera burlona mientras me siento—. ¿Qué tal el Guggenheim, cariño?

—¡Muy bien! —contesto con una sonrisa triunfante. ¡Ajajá!, he hecho los deberes en el taxi—. Me han gustado mucho las series de formas acrílicas basadas en simples figuras euclidianas.

—¿Ah, sí? —pregunta un tanto sorprendido.

—Sí, claro. La forma en que absorben y reflejan la luz... Fascinante. Por cierto, te he traído un regalo —le digo poniéndole en el regazo un libro titulado *Arte y artistas abstractos*, e intentando no parecer demasiado pedante. Tomo un sorbo de la bebida que me han puesto delante.

—Así que has estado de verdad —exclama hojeando el libro.

—Sí, claro. Claro que he estado.

Vale, ya sé que no se debe mentir a los novios, pero es una verdad a medias. He estado en el sentido amplio de la palabra.

—Este libro es muy interesante. ¿Has visto la famosa escultura de Brancusi?

—Esto... —Echo una mirada por encima de su hombro para intentar averiguar de qué me está hablando—. Lo cierto es que me he centrado más en esto..., las figuras euclidianas, y por supuesto en..., mmm..., la incomparable...

—Aquí está Michael —me interrumpe Luke. Cierra el libro y vuelve a meterlo en la bolsa. ¡Menos mal! Levanto la vista muy interesada en el aspecto del famoso Michael Ellis y casi me atraganto con la bebida.

¡No! ¡Es él! ¡Es el hombre calvo del gimnasio! La última vez que lo vi casi me muero a sus pies...

—Hola —saluda Luke poniéndose de pie—. Becky, te presento a Michael Ellis, mi nuevo socio.

—Hola otra vez —digo sonriendo e intentando parecer serena—. ¿Qué tal estás?

Debería existir una ley que prohibiera que te presentaran a gente a la que has conocido en el gimnasio. Es demasiado embarazoso.

—Ya hemos tenido el placer de conocernos —asegura Michael estrechándome la mano a la vez que me guiña un ojo y se sienta frente a mí—. Becky y yo estuvimos haciendo ejercicio ayer juntos, aunque no te he visto en el gimnasio esta mañana.

—¿Esta mañana? —pregunta Luke mirándome desconcertado mientras se sienta—. ¿No me habías dicho que hoy estaba cerrado?

Mierda.

—Bueno, esto..., sí. —Tomo un buen trago de mi copa y me aclaro la garganta—. Cuando he dicho que estaba cerrado, lo que quería decir es que... —Mi voz se va apagando poco a poco, hasta que se hace el silencio.

Vaya, hombre, y yo que quería causarle buena impresión.

—¿En qué estaré pensando? —exclama Michael de repente—. Debo de estar volviéndome loco. El gimnasio estaba cerrado esta mañana. Por reparaciones, creo. Algo así. —Me sonríe abiertamente y me pongo como un tomate.

—En fin —suelto para cambiar de tema—. Estás en un negocio con Luke. Estupendo. ¿Qué tal va todo?

Sólo pregunto por educación y para desviar la atención del famoso gimnasio. Espero que los dos empiecen a contarme un montón de cosas, poder asentir con la cabeza de vez en cuando y disfrutar de mi copa, pero, para mi asombro, ninguno de los dos dice ni mu.

—Buena pregunta —afirma Luke al cabo de un rato mirando a Michael—. ¿Qué ha dicho Clark?

—Hemos tenido una larga conversación, aunque no del todo satisfactoria.

Miro a una cara y luego a la otra, un poco desconcertada.

—¿Pasa algo?

—Eso siempre depende —asegura Michael, y empieza a contarle a Luke su conversación con el tal Clark. Intento seguir lo que dicen, pero empiezo a sentirme un poco mareada. ¿Cuánto he bebido hoy? No quiero ni pensarlo. Me recuesto en el respaldo de cuero con los ojos cerrados y oigo sus voces a lo lejos.

... algún tipo de paranoia...

... creo que pueden cambiar de planes...

... gastos indirectos... reducción de costes... Alicia Billington dirigiendo la oficina de Londres...

—¿Alicia? —pregunto incorporándome con dificultad—. ¿Va a dirigir la oficina de Londres?

—Casi seguro —contesta Luke interrumpiendo una frase—. ¿Por qué?

—Pero...

—¿Pero qué? —pregunta Michael mirándome interesado—. ¿Por qué no iba a dirigirla? Tiene talento, es ambiciosa.

—No, por ninguna razón en particular —respondo débilmente.

No puedo decir «porque es una imbécil».

174

—Por cierto, ¿sabías que se ha prometido con Ed Collins, de Hill Hanson? —comenta Luke.

—¿En serio? —pregunto atónita—. Creía que tenía un lío con ¿cómo se llama?

—¿Con quién? —inquiere Michael.

—Esto... con ése. —Tomo un trago de gimlet para aclararme la voz—. Si se iban a comer en secreto y todo.

¿Cómo caramba se llama? Dios, estoy completamente pedo.

—A Becky le gusta estar al día de los cotilleos de la oficina —explica Luke riéndose—. Desafortunadamente, no se puede confiar mucho en su exactitud.

Lo miro enfadada. ¿Qué está insinuando? ¿Que soy una especie de chismorrera?

—No hay nada de malo en los chismes —apunta Michael con una gran sonrisa—. Hacen que las cosas sigan funcionando.

—Y que lo digas —afirmo con empatía—. No podría estar más de acuerdo. Siempre le digo a Luke que debería interesarse más por la gente que trabaja con él. Es como cuando doy consejos en televisión. No hay que fijarse simplemente en las cifras, hay que hablar con la gente. ¡Como con Enid de Northampton! —empiezo a contarle a Michael, porque no sabe quién es—. En teoría estaba dispuesta a jubilarse, tenía una pensión y todo lo demás, pero en realidad...

—No estaba ¿preparada? —sugiere Michael.

—Exacto. Disfrutaba mucho en su trabajo y era el tonto de su marido el que quería que se jubilase. Sólo tenía cincuenta y cinco años. —Hago un gesto con la copa—. ¿No dicen que la vida empieza a esa edad?

—No estoy muy seguro —objeta Michael sonriendo—. Pero debería hacerlo. Me gustaría ver tu programa algún día, ¿lo echan aquí?

—No —contesto con pesar—. Pero dentro de poco estaré haciendo algo parecido en la televisión norteamericana y podrás verlo.

—Tengo muchas ganas —afirma mirando el reloj y apurando el vaso—. Me temo que debo irme. Ya hablaremos más tarde, Luke. Encantado de conocerte, Becky. Si algún día necesito consejos financieros, ya sé a quién acudir.

Cuando sale del bar, me recuesto otra vez en el mullido asiento y me vuelvo para mirar a Luke. No queda ni rastro de su relajada actitud. Tiene la mirada perdida y rompe en pedacitos una caja de cerillas.

—Michael parece muy majo, muy agradable.

—Sí —admite distante—. Lo es.

Tomo un sorbo de gimlet y lo miro fijamente. Tiene la misma expresión que tenía el mes pasado, cuando uno de sus empleados la cagó con un comunicado de prensa y salieron a la luz unos datos confidenciales. Rebobino la conversación que he escuchado a medias y su expresión empieza a preocuparme.

—Luke —digo finalmente—. ¿Qué pasa? ¿Hay algún problema con el negocio?

—No —contesta sin inmutarse.

—¿Y qué ha querido decir Michael con «eso siempre depende» y con lo de «cambiar de plan»?

Me inclino hacia delante e intento cogerle la mano, pero no me deja. Mientras lo miro, empiezo a darme cuenta del murmullo de voces y la música de fondo de este oscuro bar. En la mesa de al lado, una mujer abre un paquete de Tiffany's y suelta un gritito, algo que en otro momento hubiera hecho que tirara la servilleta al suelo para acercarme furtivamente y ver qué le han regalado. Pero estoy demasiado preocupada por Luke. Un camarero se acerca a nosotros pero niego con la cabeza.

—Venga, Luke. Dime, ¿tienes algún problema?

—No —contesta bruscamente llevándose el vaso a los labios—. No pasa nada. Todo va bien. Vámonos.

176

once

Al día siguiente me despierto con un espantoso dolor de cabeza. Después del Royalton fuimos a cenar por ahí, seguí bebiendo y ni siquiera me acuerdo de cómo llegamos al hotel. Afortunadamente, hoy no tengo ninguna entrevista. Me gustaría quedarme todo el día en la cama con Luke.

Pero ya se ha levantado y está sentado al lado de la ventana, hablando por teléfono en tono muy grave.

—De acuerdo, Michael. Hablaré con Greg hoy mismo. Sabe Dios, no tengo ni idea. —Escucha un momento—. Sí, puede que sea eso. Pero no voy a permitir que el acuerdo se venga abajo otra vez. —Se produce una nueva pausa—. Ya, pero eso nos retrasaría. ¿Seis meses? Vale, entiendo lo que quieres decir. OK, lo haré. Hasta luego.

Cuelga el auricular y se queda quieto, mirando por la ventana. Intento recordar si metí en la maleta algún Nurofen.

—¿Qué pasa, Luke?

—¡Estás despierta! —dice volviéndose y sonriéndome—. ¿Has dormido bien?

—¿Qué ocurre? —vuelvo a preguntarle—. ¿Algo va mal?

—No, todo bien —contesta bruscamente volviéndose hacia la ventana.

—Es mentira —replico—. Luke, no estoy ciega, ni sorda. Sé que pasa algo.

—Es un problemilla pasajero —me explica—. No te preocupes. —Vuelve a coger el teléfono—. ¿Te pido el desayuno? ¿Qué quieres tomar?

177

—¡Ya basta! —grito contrariada—. Luke, ¡no soy una... una extraña! ¡Vamos a vivir juntos! ¡Por el amor de Dios! ¡Estoy contigo! Dime qué está pasando.

Se produce un silencio y por un espantoso instante pienso que me va a decir que me ocupe de mis propios asuntos, pero se pasa la mano por el pelo, respira profundamente y me mira.

—Vale. La verdad es que uno de nuestros patrocinadores se está poniendo algo nervioso.

—¡Ah! —exclamo poniendo mala cara—. ¿Y por qué?

—Porque se ha extendido el puto rumor de que voy a perder el Banco de Londres.

—¿En serio? —Siento que un escalofrío me recorre la espalda. Incluso yo sé lo importante que es el Banco de Londres para Brandon Communications. Fue uno de los primeros clientes de Luke y sigue suponiendo casi una cuarta parte de los ingresos anuales de la empresa—. ¿Por qué haría alguien algo así?

—¡Quién cojones sabe! —Sigue tocándose el pelo—. Por supuesto, el Banco de Londres lo ha negado, es normal, pero el hecho de estar lejos de allí no ayuda mucho que digamos.

—¿Vas a volver a Inglaterra?

—No. Creo que eso sería dar el paso equivocado. Las cosas ya están lo suficientemente revueltas por aquí. Si desaparezco de repente... —Menea la cabeza y lo miro inquieta.

—¿Y qué pasará si el patrocinador se retira?

—Ya buscaremos otro.

—¿Y si no lo encuentras? ¿Deberás renunciar a Nueva York?

Se vuelve hacia mí con ese perdido y aterrador semblante que me hacía huir de él en las ruedas de prensa.

—Ni pensarlo.

—Pero ya tienes un floreciente negocio en Londres —insisto—. No hace falta que inicies otro aquí. Podrías...

Me callo al ver la expresión de su cara.

—Vale —digo nerviosa—. Estoy segura de que al final todo se arreglará.

Durante un rato nos quedamos los dos callados; luego parece volver en sí y me mira.

—Me temo que hoy voy a tener que estrechar unas cuantas manos —me informa—. No voy a poder ir a comer contigo y con mi madre.

178

Mierda, me había olvidado completamente. Es hoy.

—¿No puede cambiar la fecha?

—Por desgracia, no —afirma esbozando una expresión de disgusto—. Tiene una agenda muy ocupada y, como me reprochó, no la avisé con mucha antelación.

—Así que... ¿quieres que vaya yo sola? —pregunto intentando no parecer intimidada ante semejante perspectiva. Asiente con la cabeza.

—Quiere ir a la sauna y le he sugerido que vayáis las dos.

—Ah, muy bien —acepto prudentemente—. Puede ser divertido.

—Así tendréis oportunidad de conoceros. Espero que os llevéis bien.

—¡Claro que sí! Lo vamos a pasar estupendamente —exclamo con firmeza saltando de la cama y poniéndole los brazos alrededor del cuello. Su cara todavía refleja tensión y le paso la mano por la frente para borrarle las arrugas—. No te preocupes, la gente hará cola para patrocinarte.

Medio sonríe y me da un beso en la mano.

—Esperemos que así sea.

Mientras estoy sentada en la recepción esperando a que llegue la madre de Luke, siento una mezcla de nerviosismo y curiosidad. La película de la familia de Luke es un poco rara... Su padre y su madrastra lo educaron en el Reino Unido, con sus dos hermanastras, y él los llama papá y mamá. Después está su verdadera madre, que abandonó a su padre cuando él era pequeño, se casó con un norteamericano rico y se olvidó de Luke. Más tarde dejó a su segundo marido, se casó con otro todavía más rico y luego... ¿había otro?

Da igual. Luke casi no vio a su madre cuando era niño, sólo recibía muchos regalos cuando estaba en el colegio y una visita cada tres años. Y, en lugar de estar resentido, la adora. Al menos nunca dice nada malo de ella. Tiene un enorme retrato suyo en su despacho, mucho más grande que el de su padre y su madrastra el día de su boda. A veces me pregunto qué pensarán ellos de eso, aunque no creo que lo sepan.

—¿Rebecca? —Una voz interrumpe mis pensamientos. Me vuelvo asustada. Delante de mí, una mujer alta y elegante, vestida con traje de color pálido y luciendo unas largas piernas rematadas por unos zapatos de cocodrilo, me está mirando. Es, en carne y hueso, el retrato lleno de *glamour* del despacho de Luke. Está igual que en la fotografía: pómulos prominentes y pelo moreno estilo Jackie Kennedy, sólo que su piel parece más tensa y sus ojos artificiosamente grandes. De hecho, seguro que tiene problemas para cerrarlos.

—¡Hola! —saludo levantándome con torpeza y extendiendo la mano—. Encantada de conocerla.

—Elinor Sherman —dice arrastrando las palabras en una mezcla de inglés británico y norteamericano. Su mano es fría y huesuda, y lleva dos enormes anillos de diamantes que se me clavan en la piel—. Es un placer conocerte.

—Luke siente mucho no haber podido venir —le informo mientras le ofrezco el regalo que me ha dado para ella. Cuando lo abre, se me ponen los ojos como platos. ¡Es un pañuelo de Hermés!

—Muy bonito —dice, sin concederle ninguna importancia y metiéndolo de nuevo en el estuche—. Tengo el coche esperando, ¿nos vamos?

¡Caray! Coche con chófer. Y un bolso de piel de cocodrilo de Kelly. ¿Serán verdaderas las esmeraldas de los pendientes?

Mientras nos alejamos, no puedo evitar mirarla de reojo. Ahora que la veo de cerca, me doy cuenta de que es mayor de lo que pensaba, andará por los cincuenta y tantos, y aunque se la ve espléndida, parece que hubieran dejado la *glamourosa* fotografía al sol, hubiese perdido el color y después la hubieran retocado con maquillaje. Lleva toneladas de rímel en las pestañas, el pelo le brilla por la laca y lleva tan pintadas las uñas que parecen porcelana de color rojo. Tiene un aspecto demasiado «elaborado»; una imagen que yo no podré tener nunca, por muchos esteticistas que se empeñen en conseguirlo.

A mí me parece que hoy voy bien, con estilo. En el *Vogue* venía un artículo a doble página que decía que los colores que más se llevan ahora mismo son el blanco y el negro, así que he conjuntado una falda de tubo negra con una camisa blanca que encontré en una venta de muestrarios el otro día, y me he puesto unos zapatos negros con unos fantásticos tacones altos. Esta mañana me veía estupenda, pero ahora que Elinor me está pasando revista, me percato de que tengo una uña ligeramente rota y una pequeña mancha en uno de los zapatos y... ¡Cielo santo!, ¿me cuelga un hilo de la falda? ¿Qué hago? ¿Lo arranco rápidamente?

Bajo la mano con naturalidad para esconderlo. A lo mejor no se ha dado cuenta. Al fin y al cabo no se ve tanto.

Elinor busca en silencio en su bolso y me da unas tijeritas de plata con asas de concha.

—Gracias —susurro un poco violenta. Corto el ofensivo hilo y se las devuelvo, sintiéndome como una colegiala—. Siempre me pasa lo mismo —añado con una risita nerviosa—, me miro en el espejo por la mañana y creo que estoy bien, pero en cuanto salgo de casa...

Estupendo, ahora empiezo a farfullar. Tranquila, Becky.

—Los ingleses no se preocupan mucho por la apariencia, salvo la de los caballos, claro.

La comisura de sus labios se mueve un par de milímetros para esbozar una sonrisa, pero el resto de su cara se mantiene hierática, y me echo a reír adulatoriamente.

—Muy bueno. A mi compañera de piso le encantan los caballos. Pero usted es inglesa, ¿no? ¡Y tiene un aspecto inmaculado!

Estoy muy contenta de haber conseguido hacerle un cumplido, pero su sonrisa desaparece bruscamente. Me mira con severidad y, de repente, entiendo de dónde ha sacado Luke su aterradora e impasible expresión.

—Me he nacionalizado norteamericana.

—Sí, claro. Bueno, supongo que ya lleva aquí algún tiempo. Pero quiero decir, en el fondo, ¿no sigue siendo... no diría que es...? A fin de cuentas, Luke es tan británico.

—He vivido en Nueva York la mayor parte de mi vida adulta —declara fríamente—. Hace mucho que perdí toda conexión con Gran Bretaña. Ese sitio lleva veinte años caducado.

—Sí, es verdad —asiento fervientemente. ¡Qué situación más difícil! Me siento como si me estuvieran observando con microscopio. ¿Por qué no habrá venido Luke o por qué no habrá querido cambiar la cita? ¿No quiere verla?

—¿Quién te tiñe el pelo? —pregunta de repente.

—Es así —afirmo nerviosamente, tocándomelo.

—A. Sí... —repite como un eco—. No me suena. ¿En qué salón trabaja?

Me quedo muda unos segundos.

—Esto..., bueno —musito finalmente—. La verdad es que no... no creo que lo conozca. Es un sitio muy pequeño.

—Creo que deberías cambiar de peluquero. Te ha dado un tono muy poco sutil.

—Tiene razón —aseguro rápidamente—. Sin duda.

—A Guinevere von Landlenburg le encanta Julien, en Bond Street. ¿Conoces a Guinevere von Landlenburg?

Titubeo como si estuviera repasando la agenda mentalmente, como si estuviera pensando en todas las Guinevere que conozco.

—Pues no —digo finalmente—. No creo.

—Tiene una casa en South Hampton. —Saca una polvera y comprueba su aspecto—. Pasamos unos días allí el año pasado, con los de Bonneville.

Me quedo helada. ¡Los de Bonneville! ¡El apellido de Sacha, la antigua novia de Luke!

Luke no me había dicho que eran amigos de la familia.

Bueno, paso de agobiarme porque Elinor tenga tan poco tacto como para mencionar a la familia de Sacha; al menos no la ha nombrado a ella.

—Sacha es tan completa... —comenta cerrando la polvera—. ¿La has visto alguna vez hacer esquí acuático?

—No.

—¿Y jugar al polo?

—Pues no —contesto apesadumbrada—. No he tenido el placer.

De repente, Elinor se pone a golpear imperiosamente en el cristal que nos separa del conductor.

—Has tomado la curva demasiado deprisa. No volveré a repetirlo. No me gusta que me zarandeen. Bueno, Rebecca —dice echándose hacia atrás y mirándome de forma poco amistosa—. ¿Cuáles son tus aficiones?

—Pues... —abro la boca y vuelvo a cerrarla. Me he quedado en blanco. Vamos, seguro que me gusta hacer algo. ¿Qué hago los fines de semana? ¿Qué hago para relajarme?—. Bueno...

Esto es ridículo. Seguro que en mi vida hay otras cosas aparte de las compras.

—Por supuesto, me gusta pasar el rato con los amigos —empiezo a decir vacilante—. Y también el estudio de la moda a través de... las revistas.

—¿Haces deporte? —pregunta con frialdad en la mirada—. ¿Vas de caza?

—Pues no. Pero acabo de empezar a practicar esgrima —suelto en un repentino ataque de inspiración. Es una verdad a medias, al menos tengo el equipo, ¿no?—. Y empecé a tocar el piano a los seis años.

Eso sí que es verdad. No hay necesidad de mencionar que lo dejé cuando tenía nueve.

—¡No me digas! —exclama con una sonrisa glacial—. A Sacha también le gusta la música. Dio un recital de sonatas de Beethoven el año pasado, en Londres. ¿Fuiste a verlo?

Maldita Sacha, maldito esquí acuático y malditas sonatas.

—No —respondo en tono desafiante—. Pero da la casualidad de que yo también di uno. De... de sonatas de Wagner.

—¿Sonatas de Wagner? —repite con recelo.

—Sí. —me aclaro la voz intentando pensar en cómo salir del tema de las habilidades personales—. Debe de estar muy orgullosa de Luke, ¿verdad?

Espero que este comentario desencadene una alegre charlita de unos diez minutos. Pero se limita a mirarme en silencio, como si hubiese dicho una estupidez.

—Por su empresa, y todo lo demás —continuo con tozudez—. ¡Ha tenido tanto éxito! Y parece estar decidido a triunfar en Nueva York. En América.

Me sonríe con condescendencia.

—Nadie es nada hasta que triunfa en América —afirma mirando por la ventanilla—. Ya hemos llegado.

Gracias a Dios.

Hay que reconocer que el salón de belleza es de ensueño. La recepción es de estilo griego, llena de columnas, música suave y un agradable perfume de aceites esenciales flotando en el aire. Nos acercamos al mostrador, donde una elegante mujer vestida de lino negro llama a Elinor «señora Sherman» en tono reverente. Hablan un momento en voz baja y la mujer me mira de vez en cuando mientras asiente con la cabeza. Intento hacer como que no estoy escuchando y miro el precio de los aceites para el baño. Luego, Elinor se vuelve y me acompaña a una sala en la que hay una jarra de té con menta y un cartel en el que se pide a los clientes que respeten el silencio del salón y hablen en voz baja.

Nos sentamos durante un momento en silencio y, poco después, se acerca una chica con un uniforme blanco para recogerme y llevarme a la sala de tratamientos, en la que me están esperando un albornoz y unas zapatillas, envueltos en celofán, con un membrete en relieve.

Mientras me cambio, la chica se ocupa de arreglar el estante de los productos y pienso con placer en las sorpresas que me esperan. Por mucho que he intentado convencerla de lo contrario, Elinor ha insistido en pagarme el tratamiento y, según parece, ha elegido una «sesión de belleza integral», que vete a saber lo que quiere decir. Espero que incluya un relajante masaje de aromaterapia, pero cuando me tumbo en la camilla, veo un bote de cera calentándose.

Siento una desagradable sacudida en el estómago. Nunca me ha gustado que me depilen las piernas. Y no es porque tenga miedo a que me duela, sino que...

Bueno, vale, es por miedo a que me duela.

—¿Este tratamiento incluye la depilación? —pregunto como quien no quiere la cosa.

—Le han reservado una sesión completa de depilación —contesta la esteticista, un tanto sorprendida—. Integral: piernas, brazos, cejas y brasileña.

¿Brazos? ¿Cejas? Siento que se me forma un nudo en la garganta. No he estado tan asustada desde que me pusieron las vacunas para ir a Tailandia.

—¿Brasileña? —pregunto con voz ronca—. ¿Qué es eso?

—Es la depilación de la línea del bikini. Una depilación total.

La miro y mi cerebro trabaja a toda velocidad. No se referirá a...

—Túmbese en la camilla, por favor.

—Un momento —pido intentando parecer tranquila—. Cuando dice «total», se refiere a...

—¡Ajá! —exclama sonriendo—. Si quiere, puedo ponerle un pequeño tatuaje de cristal en la zona. Los corazoncitos tienen mucho éxito. O, si lo prefiere, puedo ponerle las iniciales de alguien especial.

No, esto no puede ser cierto.

—Si pudiera recostarse en la camilla y relajarse...

¿Relajarme?

184

Se da la vuelta para coger el bote de cera fundida y siento que me invade el pánico. De repente entiendo perfectamente cómo se sentía Dustin Hoffman en aquel sillón de dentista.

—No quiero que me lo haga —me oigo decir deslizándome fuera de la camilla—. Gracias, pero no.

—¿El tatuaje?

—Nada de nada.

—¿Nada?

La esteticista se me acerca con el bote de cera en la mano y, aterrada, me parapeto detrás de la camilla, atándome el albornoz como arma de defensa.

—¡La señora Sherman ya ha pagado el tratamiento completo!

—No me importa lo que haya pagado —le espeto echándome hacia atrás—. Puede depilarme las piernas, pero no los brazos. Y, por supuesto, tampoco lo otro. Lo del corazón de cristal.

La esteticista parece preocupada.

—La señora Sherman es una de nuestras clientas habituales y encargó especialmente para usted este servicio.

—No se enterará —afirmo desesperada—. No se lo diré. Al fin y al cabo, no lo va a comprobar, ¿verdad? No le va a preguntar a su hijo si su novia lleva tatuadas sus iniciales en... —No soy capaz de decir la palabra «zona»—. Vamos, venga, ¿crees que lo va a hacer?

Me callo y se produce un tenso silencio que sólo interrumpe el sonido de una flauta.

De repente empieza a reírse. La miro a los ojos y yo también me echo a reír, aunque de forma un poco histérica.

—Tiene razón —afirma sentándose y secándose los ojos—. No se enterará.

—¿Qué te parece si hacemos un pacto? Me haces las piernas y las cejas, y el resto nos lo callamos.

—En lugar de eso, puedo darte un masaje —me ofrece—. Para aprovechar el tiempo.

—¡Trato hecho! —exclamo aliviada—. ¡Perfecto!

Sintiéndome ligeramente agotada, me tumbo en la camilla y la esteticista me cubre con una toalla.

—¿La señora Sherman tiene un hijo? —pregunta retirándome el pelo hacia atrás.

—Sí —contesto un tanto desconcertada—. ¿No lo ha mencionado nunca?

—No que yo recuerde, y eso que lleva muchos años viniendo. No sé por qué, pero pensaba que no tenía ninguno.

—Ah, bueno —digo tumbándome e intentando que no se note lo sorprendida que estoy.

Cuando, hora y media más tarde, salgo de allí, me siento como nueva. Tengo las cejas arregladas, las piernas muy suaves y me envuelve el brillo que se adquiere tras un maravilloso masaje de aromaterapia.

Elinor me está esperando en la recepción y, mientras me acerco a ella, me repasa de arriba abajo. Por un horrible momento pienso que me va a pedir que me quite la chaqueta para comprobar la suavidad de mis brazos, pero lo único que dice es: «Ahora llevas mucho mejor las cejas». Se da la vuelta, sale y echo a correr detrás de ella.

—¿Dónde vamos a comer? —pregunto cuando llegamos al coche.

—Nina Heywood ha preparado una sencilla comida para recaudar fondos contra el hambre —contesta mirándose una de sus inmaculadas uñas—. ¿Conoces a los Heywood o a los Van Gelder?

Por supuesto, no tengo ni idea de quiénes son.

—No, pero conozco a los Webster.

—¿Los Webster? —pregunta arqueando las cejas—. ¿Los Webster de Newport?

—Los Webster de Oxhott. Janice y Martin —le explico con mirada inocente—. ¿Los conoce?

—No —contesta con hielo en la mirada—. No creo.

El resto del camino lo hacemos en silencio. Al cabo de un rato, el coche se detiene, salimos y entramos en el más espléndido y enorme recibidor que he visto en mi vida, en el que hay un portero de uniforme y espejos por todas partes. Subimos unos tropecientos pisos en un ascensor dorado en el que trabaja un hombre con gorra de visera, y llegamos al apartamento. ¡Dios mío! ¡No había visto nada igual!

Es inmenso, los suelos son de mármol y veo una escalera doble y un enorme piano encima de una tarima. Las paredes, revestidas con seda de color pálido, están decoradas con cuadros de marcos dorados y por toda la habitación hay pedestales de los que caen en cascada arreglos florales como no había visto nunca. Un grupo de mujeres, delgadas como alfileres y vestidas con ropa muy cara, hablan animadamente entre ellas. Hay camareras que ofrecen champán y una chica, que lleva un vestido largo y suelto, toca el arpa.

¿Esto es una sencilla comida de beneficencia?

Nuestra anfitriona, la señora Heywood, es una mujer menuda vestida de color rosa. Está a punto de estrecharme la mano cuando la distrae la llegada de una mujer que lleva un enjoyado turbante. Elinor me presenta a la señora Parker, al señor Wunsch y a la señorita Kutomi y, después, desaparece. Intento seguir la conversación lo mejor que puedo, aunque todo el mundo parece pensar que soy una buena amiga del príncipe Guillermo.

—Dígame —pregunta muy interesada la señora Parker—. ¿Qué tal está el pobre joven después de su... gran pérdida?

—Ese chico tiene una nobleza natural —apunta el señor Wunsch—. Los jóvenes de hoy en día deberían aprender de él. Dígame, ¿va a seguir la carrera militar?

—No... no me ha comentado nada —contesto impotente—. ¿Me perdonan, por favor?

Me escapo hacia el cuarto de baño. Es tan amplio y suntuoso como el resto del apartamento, con estantes llenos de caros jabones y frascos de perfume, y un cómodo sillón en el que sentarse. Ojalá pudiera quedarme aquí todo el día. Pero no me atrevo a entretenerme demasiado, no sea que Elinor venga a buscarme. Así que, con un último toque de Eternity, me obligo a levantarme e ir hacia la multitud. Las camareras van de un lado a otro murmurando: «La comida está servida.»

Cuando todo el mundo se dirige hacia una enorme puerta doble, busco a Elinor con la mirada, pero no consigo verla. En una silla cercana a mí hay una anciana vestida con encajes negros que intenta levantarse ayudada por unos bastones.

—Deje que la ayude —me ofrezco, y me acerco rápidamente cuando le falla el apoyo—. ¿Quiere que le sostenga la copa de champán?

—Gracias, querida —dice la mujer sonriéndome mientras la cojo del brazo, y caminamos lentamente hacia el palaciego comedor. Los invitados retiran las sillas y se sientan alrededor de mesas circulares, y los camareros se afanan en llevar los panecillos.

—Margaret —dice la señora Heywood acercándose y extendiendo las manos hacia la anciana—. Ya está, deje que le encuentre su silla...

—Esta jovencita me ha ayudado —cuenta la anciana mientras se sienta, y sonrío con modestia a la señora Heywood.

—Gracias, querida —dice sin prestarme atención—. ¿Puede coger también mi copa, por favor? ¿Y traer agua a nuestra mesa?

—Sí, claro —contesto sonriendo—. Enseguida.

—Yo tomaré un gin-tonic —añade un anciano que se sienta al lado, volviéndose hacia mí.

—¡Marchando!

Lo que demuestra que mi madre tiene razón: la forma de ganar amigos es echar una mano. Me siento muy especial al poder ayudar a la anfitriona. Es casi como si estuviésemos dando la fiesta juntas.

No estoy muy segura de dónde está la cocina, pero todos los camareros se dirigen hacia el fondo del comedor. Los sigo a través de unas puertas dobles y me encuentro en la clase de cocina por la que mi madre se moriría: toda en granito y mármol, un frigorífico que parece una nave espacial y un horno para pizzas empotrado en la pared. Hay camareros vestidos con camisas blancas que entran y salen con bandejas y dos jefes de cocina con chisporroteantes sartenes en las manos, de pie frente a una isleta central en la que están los fogones. Alguien grita: «¿Dónde coño están las servilletas?».

Encuentro una botella de tónica y un vaso, los pongo en una bandeja y empiezo a mirar a mi alrededor buscando la ginebra. Cuando me inclino para abrir un armario, un hombre de pelo muy corto y decolorado me da un golpecito en el hombro.

—¡Eh! ¿Qué estás haciendo?

—Ah, hola —saludo levantándome—. Estoy buscando la ginebra. Hay una persona que quiere un gin-tonic.

—No tenemos tiempo para eso —me grita—. ¿Te das cuenta del poco personal del que disponemos? ¡Hay que llevar la comida a las mesas!

¿Poco personal? Le miro desconcertada, me miro la falda negra, caigo en la cuenta y me echo a reír.

—No, no soy una... Quiero decir, soy una...

¿Cómo decírselo sin que se ofenda? Estoy segura de que ser camarero debe de resultar muy gratificante. Aunque seguro que en sus ratos libres trabaja como actor.

188

Mientras titubeo, me pone una bandeja de pescado ahumado en las manos.

—Lleva esto. ¡Ya!

—Pero si no...

—¡Ahora mismo! ¡Lleva la comida a las mesas!

Me voy a toda prisa, un tanto asustada. Ya sé, me alejaré un poco, dejaré la bandeja en cualquier sitio y volveré a mi silla.

Me dirijo cautelosamente hasta el comedor y empiezo a rondar por las mesas en busca de algún sitio en el que dejar la bandeja, pero no parece haber mesitas auxiliares, ni siquiera sillas vacías. No puedo dejarla en el suelo, y sería poco elegante apartar a los invitados y plantarla en una mesa.

Esto empieza a mosquearme. La bandeja pesa mogollón y me duelen los brazos. Paso al lado del señor Wunsch y le sonrío, pero ni se fija en mí. Parece como si de repente me hubiera vuelto invisible.

Esto es ridículo. Tiene que haber un sitio donde pueda dejarla.

—¿Quieres servir la comida de una vez? —bufa una voz detrás de mí, y doy un respingo.

—Vale —respondo un poco nerviosa—. Ahora mismo.

Por todos los santos. Seguramente lo más fácil es que lo haga. Al menos podré sentarme cuando acabe. Con paso vacilante, me acerco a la mesa más cercana.

—Esto..., ¿quieren pescado ahumado? Creo que esto es salmón y esto trucha.

—¡Rebecca!

La elegante cabeza peinada que tengo delante se da la vuelta y doy un respingo. Elinor me está mirando con mirada asesina.

—¡Hola! —saludo, presa de los nervios—. ¿Quiere un poco de pescado?

—¿Qué estás haciendo? —pregunta, furiosa, en voz baja.

—Bueno... —Trago saliva—. Simplemente estaba..., ya sabe, echando una mano.

—Tomaré un poco de salmón ahumado, gracias —me pide una señora que lleva una chaqueta dorada—. ¿Tiene alguna vinagreta que no engorde?

—Pues... Bueno, la verdad es que yo no...

—¡Rebecca! —La voz de Elinor es aguda a pesar de que mantiene la boca casi cerrada—. ¡Deja eso y siéntate!

—Sí, sí, claro —digo mirando la bandeja—. Aunque, ya que estoy, acabo de servirla, ¿no?

—¡Déjala! ¡Ahora mismo!

—De acuerdo. —Miro impotente a mi alrededor y veo que se me acerca un camarero con una bandeja vacía. Antes de que pueda abrir la boca, le coloco el salmón ahumado. Me tiemblan las piernas. Me acerco a toda prisa a una silla vacía y me aliso el pelo.

Cuando me siento y me pongo la servilleta en las rodillas, toda la mesa se queda en silencio. Intento sonreír amistosamente, pero nadie me corresponde. Entonces, una anciana que lleva unas seis vueltas de enormes perlas y un audífono se inclina hacia Elinor y le susurra en una voz tan alta que todos podemos oírlo:

—¿Tu hijo sale con una camarera?

PRESUPUESTO DE BECKY BLOOMWOOOD
EN NUEVA YORK

PRESUPUESTO DIARIO (SUGERENCIA)
Comida   50 $
Ir de tiendas   ~~50 $~~   100 $
Gastos varios   ~~50 $~~   ~~60 $~~   100 $

Total   250 $

PRESUPUESTO DIARIO (REVISADO)
TERCER DÍA
Comida   50 $
Ir de tiendas   100 $
Gastos varios   365 $
Otros gastos   229 $
Chollo en una venta de muestrarios   567 $
Otro chollo en una venta de muestrarios   128 $
Gasto en contingencia inevitable   49 $
Gasto ineludible por cuestión laboral (zapatos)

PRESUPUESTO DE BECKY BLOOMWOOD
EN NUEVA YORK

PRESUPUESTO DIARIO (SUGERENCIA)

Comida			50 $
Ir de tiendas		50 $	100 $
Gastos varios	50 $	60 $	100 $
Total			250 $

PRESUPUESTO DIARIO (REVISADO)
TERCER DÍA

Comida	50 $
Ir de tiendas	100 $
Gastos varios	365 $
Otros gastos	299 $
Chollo en una venta de muestrarios	50 $
Otro chollo en una venta de muestrarios	128 $
Gasto en contingencia inevitable	49 $
Gasto ineludible por cuestión laboral (zapatos)	

doce

Mmm... No sé si le he caído muy bien a Elinor. Cuando volvíamos en el coche no habló mucho. O estaba muy impresionada o...

Cuando Luke me preguntó qué tal había ido todo, minimicé el incidente de la bandeja y el del salón de belleza y me centré en lo mucho que le había gustado a su madre el regalo.

Y bueno, es posible que me inventara alguna cosilla, como la parte en la que ella dice «Mi Luke es el mejor hijo del mundo» secándose los ojos con un pañuelo. Pero no podía decirle cuál había sido su verdadera reacción. No me atreví a contarle que, casi sin mirarlo, lo volvió a meter en la caja como si se tratara de un par de calcetines de rebajas. Y me siento muy satisfecha de haberlo adornado un poco, porque nunca le había visto tan contento. Incluso la llamó para decirle que se alegraba mucho de que le hubiera gustado, aunque ella no le devolvió la llamada.

Lo cierto es que estos dos últimos días he tenido cosas más importantes en que pensar que Elinor. De repente he empezado a recibir llamadas telefónicas de personas que quieren conocerme, algo que Luke describe como el «efecto bola de nieve» y que tanto tiempo he estado esperando. Ayer tuve tres entrevistas con diferentes grupos de ejecutivos de televisión y en este mismo momento estoy desayunando con Greg Walters, de Blue River Productions. Es el que me envió la cesta de frutas y estaba desesperado por conseguir una cita conmigo. Hasta ahora, la reunión va de maravilla. Llevo unos pantalones que me compré ayer en Banana Republic y mi nuevo jersey de diseño, que creo que realmente le ha impresionado.

—Estás de moda —no para de decir entre mordisco y mordisco de cruasán—. ¿Te das cuenta?

—Bueno...

—No —dice levantando una mano—, no seas tímida. Estás de moda. Todo el mundo habla de ti. La gente se pelea por verte. —Toma un sorbo de café y clava sus ojos en los míos—. Seré sincero: quiero que tengas tu propio programa.

Le miro, incapaz de contener la alegría.

—¿En serio? ¿Mi propio programa? ¿Para hacer qué?

—Lo que quieras. Te buscaremos un formato de los que tienen el éxito asegurado. —Toma un trago de café—. Eres comentarista política, ¿no?

—Bueno, no exactamente. Hablo de economía personal. Ya sabes, hipotecas y cosas así.

—Muy bien. Economía. Algo como una mezcla de Wall Sreet, *Absolutamente Fabulosas* y Oprah. Eso lo puedes hacer, ¿no?

—Sí, claro.

No tengo ni idea de lo que me está contando, pero le sonrío y doy un mordisco al cruasán.

—Tengo que irme —suelta acabándose el café de un trago—. Pero mañana te llamo y organizo una reunión con nuestro director de Promoción, ¿vale?

—OK —acepto tratando de parecer acostumbrada a estas cosas—. Me parece estupendo.

Cuando se va, no puedo reprimir una enorme sonrisa de satisfacción. ¡Mi propio programa! Las cosas van cada vez mejor. Todas las personas con las que hablo parecen estar dispuestas a darme un trabajo, me pagan comidas... Ayer me dijeron que podría triunfar en Hollywood sin problemas. ¡Hollywood!

Imaginaos que consigo tener mi propio programa en Hollywood. Viviré en una de esas impresionantes casas de Beverly Hills e iré a fiestas con todas las estrellas de cine. Puede que Luke abra una sucursal en Los Ángeles y empiece a representar a gente como... como Minnie Driver. Sí, ya sé que no es una institución del mundo de las finanzas, pero Luke puede ampliar su negocio al mundo del cine. ¡Sí! Será mi mejor amiga e iremos juntas a comprar y cosas así, puede que pasemos las vacaciones en...

—¡Hola! —me saluda una voz alegre. Levanto la vista y veo a Michael Ellis, que aparta una silla en la mesa de al lado.

194

—¡Ah, hola! —digo sacando mi mente de una encantadora playa soleada en Malibú—. Siéntate conmigo —le invito señalando la silla de al lado.

—¿No te molesto? —pregunta al sentarse.

—No. Acabo de tener una reunión, pero ya se ha terminado. ¿Has venido con Luke? Últimamente casi no lo veo.

—Está hablando con los de JD Slade. Peces gordos.

Se nos acerca un camarero, retira el plato de Greg y Michael pide un capuchino. Cuando el camarero se va, Michael se fija en el agujero de mi jersey.

—¿Has visto que las polillas te han hecho un gran agujero en el jersey? Yo lo llevaría a que me lo arreglaran...

¡Ja, ja! Muy gracioso.

—Es lo último —le explico amablemente—. Madonna tiene uno igual.

—Ah, Madonna.

Le sirven el capuchino y toma un sorbo.

—¿Qué tal van las cosas? —pregunto bajando un poco la voz—. Luke me ha dicho que uno de los patrocinadores se estaba poniendo nervioso.

—Así es —asiente con gravedad—, no sé qué está pasando.

—Pero ¿por qué necesitáis patrocinadores? Luke tiene montones de dinero...

—¡Nunca inviertas tu propio dinero! Es la primera regla de los negocios. Además, Luke tiene grandes planes, y los grandes planes suelen necesitar mucho capital. Ese hombre tuyo parece decidido, obsesionado con triunfar aquí.

—Ya —digo mirando al cielo—. No hace otra cosa que trabajar.

—El trabajo está bien —afirma Michael frunciendo el entrecejo—. La obsesión no tanto. —Se queda en silencio durante un momento y luego me mira sonriendo—. Parece que a ti te van muy bien las cosas.

—La verdad es que sí —afirmo, incapaz de mantener la calma—. De hecho, ¡van estupendamente! He tenido un montón de reuniones, y todo el mundo quiere darme trabajo. Acabo de estar con Greg Walters, de Blue River Productions, y me ha dicho que me va a conseguir mi propio programa. ¡Ayer incluso me hablaron de Hollywood!

—¡Estupendo! Me alegro. —Toma un sorbo de café y me mira pensativo—. ¿Puedo decirte una cosa?

—¿Qué?

—No te creas todo lo que dice la gente de televisión.

Le miro con desconfianza.

—¿Qué quieres decir?

—Les gusta fanfarronear —asegura dándole vueltas al café—. Les hace sentirse bien. Además, se creen todo lo que dicen. Pero, cuando se trata de dinero... —Se calla y me mira—. No me gustaría que te llevaras una decepción.

—No me la llevaré —replico indignada—. Greg Walters ha dicho que toda la ciudad se pelea por tenerme.

—Estoy seguro de que lo ha dicho. Y espero de veras que sea así. Lo único que quería decirte es...

Deja de hablar cuando un portero uniformado se acerca a nuestra mesa.

—Señorita Bloomwood, tengo un mensaje para usted.

—¡Ah! —exclamo sorprendida.

Abro el sobre que me entrega y saco una hojita de papel. Es un mensaje de Kent Garland, de la HLBC.

—¡Bien! —grito triunfante—. Parece que los de la HLBC no hablaban por hablar. Parece que quieren negociar conmigo. —Le doy el papel a Michael con ganas de añadir: «¿Lo ves?»

—«Por favor, llame al ayudante de Kent para organizar una prueba de cámara» —lee en voz alta—. Bueno, parece que me he equivocado. Me alegro mucho. —Levanta la taza de café hacia mí—. Por una exitosa prueba. ¿Puedo aconsejarte algo?

—¡Sí!

—El jersey —dice con cara burlona y meneando la cabeza.

Bueno. ¿Qué me voy a poner mañana? ¡Socorro! ¡Es el momento más importante de mi vida, una prueba para la televisión norteamericana! He de llevar algo con mucho estilo, favorecedor, fotogénico, inmaculado... Y no tengo nada, ¡nada!

Busco entre toda mi ropa por millonésima vez y me dejo caer en la cama, agotada. No es posible que me haya venido sin un solo conjunto que pueda llevar ante la cámara.

Bueno, no me queda más remedio, tendré que ir de compras.

Cojo el bolso y compruebo que llevo el monedero. Estoy a punto de ponerme el abrigo cuando suena el teléfono.

—Diga —contesto esperando que sea Luke.

—¡Bex! —oigo la voz de Suze, débil y distante.

—¡Suze! —exclamo emocionada—. ¡Hola!

—¿Qué tal te va?

—¡Muy bien! He tenido montones de entrevistas y todo el mundo se muestra muy positivo. ¡Es fantástico!

—¡Bex, suena genial!

—¿Y tú qué tal? —pregunto frunciendo al entrecejo al notar el tono de su voz—. ¿Va todo bien?

—Sí, sí. De maravilla, excepto... —Vacila—. He pensado que deberías saber que esta mañana ha telefoneado un hombre diciendo que debías dinero en una tienda. La Rosa, en Hampstead.

—Ostras, ¿otra vez?

—Sí. Me ha preguntado que cuándo saldrías de la unidad de piernas ortopédicas.

—¡Ah! —exclamo al cabo de un rato—. ¿Qué le has contestado?

—Bex, ¿por qué pensaba que te estaban haciendo una pierna artificial?

—No sé —digo evasiva—. A lo mejor ha oído algo. O a lo mejor le escribí una cartita...

—Bex —me interrumpe con voz temblorosa—, me dijiste que te ocuparías de todas las facturas. ¡Me lo prometiste!

—¡Y lo he hecho! —Cojo el cepillo y empiezo a peinarme.

—¿Diciéndoles que el paracaídas no se te había abierto a tiempo? En serio, Bex.

—Mira, tranquila. Lo arreglaré en cuanto llegue a casa.

—Me ha dicho que se vería obligado a tomar medidas extraordinarias. Que lo sentía mucho, que había sido muy indulgente, pero...

—Siempre dicen lo mismo —aseguro en tono tranquilizador—. No tienes por qué preocuparte. Voy a ganar mucho dinero, ¡me voy a forrar! Podré pagar lo que debo y no pasará nada de nada.

Se produce un silencio y me imagino a Suze sentada en el suelo del cuarto de estar dándole vueltas a un mechón de pelo con los dedos.

—¿De verdad? —dice finalmente—. ¿Va a salir todo bien?

—Sí, mañana me hacen una prueba y hay un tipo que quiere que tenga mi propio programa, incluso me han hablado de Hollywood.

—¡Hollywood! —exclama—. ¡Caray, es fantástico!

—Sí. —Sonrío ante mi imagen en el espejo—. ¿A que es estupendo? ¡Estoy de moda! Es lo que ha dicho el tipo de Blue River Productions.

—¿Y qué te vas a poner para la prueba?

—Estaba a punto de ir a Barneys y elegir un modelito.

—¿A Barneys? —pregunta horrorizada—. Bex, ¡me prometiste que no ibas a pasarte! ¡Me aseguraste que ibas a ajustarte a un presupuesto!

—Y lo he hecho. Me he ceñido a él. Lo tengo todo anotado. De todas formas, éstos son gastos de empresa. Estoy invirtiendo en mi carrera.

—Pero...

—Suze, no se puede ganar dinero sin antes gastar un poco. Todo el mundo lo sabe. Tú también tienes que invertir dinero en material, ¿no?

Se queda callada.

—Supongo que sí —acepta dubitativa.

—Al fin y al cabo, ¿para qué sirven las tarjetas de crédito si no?

—Oh, Bex... —suspira—. Tiene gracia, es lo mismo que ha dicho la chica del impuesto municipal.

—¿Quién? —pregunto mirando mi imagen y buscando el perfilador de ojos.

—La chica que ha venido esta mañana —contesta distraídamente—. Llevaba un portapapeles y me ha hecho un montón de preguntas sobre mí, el apartamento, cuánto me pagabas de alquiler... Hemos tenido una conversación muy agradable. Le he hablado de tu viaje a Estados Unidos, de Luke, de tu trabajo en la televisión...

—Estupendo —afirmo sin prestarle atención—. Me parece muy bien. Mira, tengo que irme. Pero, de verdad, no te preocupes. Si me llama alguien, no hagas ni caso, ¿vale?

—Vale, de acuerdo. Buena suerte mañana.

—¡Gracias! —digo, y cuelgo el teléfono. ¡Ja, ja, ja! ¡A Barneys!

Desde que llegué he entrado unas cuantas veces, pero siempre con prisas. Hoy va a ser diferente. Puedo estar todo el tiempo que quiera y recorrer tranquilamente sus ocho plantas sólo para mirar ropa.

¡Dios mío, qué ropa! Es lo más bonito que he visto en mi vida. Mire donde mire, veo formas, colores y diseños que quiero coger, tocar y acariciar.

Bueno, no puedo pasarme el día encandilada. Tengo que poner manos a la obra y escoger un modelo para mañana. A lo mejor una chaqueta, para dar sensación de seriedad, pero ha de ser «la chaqueta». Ni demasiado cuadrada, ni demasiado tiesa... Con una línea bonita y bien definida. Y puede que una falda. O a lo mejor esos pantalones. Me sentarían estupendamente si tuviera los zapatos adecuados.

Paseo tranquilamente por todas las secciones tomando nota de lo que voy viendo y vuelvo a bajar a la primera planta para estudiar con calma todas las posibilidades. Una chaqueta Calvin Klein con una falda...

—Perdone.

Una voz me interrumpe en el momento en el que estoy cogiendo un top sin mangas, y me doy la vuelta sorprendida. Una mujer vestida con un traje pantalón negro me sonríe.

—¿Quiere que la ayude?

—Pues bueno, gracias. Si quieres sujetarme esto —le pido dándole la ropa, y su sonrisa se desvanece ligeramente.

—Cuando he dicho ayuda, me refería a que hoy estamos haciendo una promoción única en nuestro departamento de Asesores Personales y nos gustaría introducir el concepto a todos nuestros clientes. Así que, si le interesa una sesión introductoria, nos queda alguna plaza libre.

—Ah, muy bien —me intereso—. ¿En qué consiste exactamente la...?

—Nuestros experimentados y capacitados asesores personales la ayudarán a encontrar exactamente lo que está buscando —asegura la mujer con simpatía—, las prendas que más se ajustan a su estilo, a centrarse en los diseños que le sientan bien, y la guiarán en el sobrecogedor laberinto de la moda. —Deja escapar una risita, me da a mí que ya ha soltado el mismo rollo varias veces.

—Ya —digo pensativa—. Lo que pasa es que no estoy segura de si necesito que me aconsejen. Muchas gracias, pero...

—Es un servicio gratuito. Hoy también invitamos a café, té o una copa de champán.

¿Champán? ¿Gratis?

—Mmm... Bueno, suena muy bien. Acepto.

Mientras la sigo hasta la tercera planta, pienso que en realidad puede ser muy interesante. Estos consejeros profesionales deben de conocer bien su trabajo y tendrán un punto de vista muy distinto del mío, me mostrarán una parte de mí que nunca he conocido.

Llegamos a una sala con amplios probadores y la mujer me invita a entrar con una sonrisa.

—Su asesora personal será Erin, que acaba de incorporarse a nuestro equipo, aunque de vez en cuando contará también con el consejo de una asesora veterana de Barneys. ¿Le parece bien?

—Excelente —apruebo quitándome el abrigo.

—Qué quiere tomar, ¿café, té o champán?

—Champán, gracias.

—Muy bien —dice con una sonrisa—. Ésta es Erin.

Levanto la vista muy interesada y veo a una chica alta y delgada que se acerca al probador. Tiene el pelo rubio y liso, y una boca pequeña y como aplastada. De hecho da la impresión de que las puertas de un ascensor se le hubieran cerrado en la cara y no se hubiera recuperado.

—¡Hola! —saluda, y le miro la boca sin ningún disimulo—. Soy Erin, y voy a ayudarla a encontrar el modelo que más satisfaga sus necesidades.

—¡Estupendo! ¿Cuándo empezamos?

No entiendo cómo ha podido conseguir este trabajo. Desde luego, no habrá sido por su gusto para los zapatos.

—¿Qué está buscando? —pregunta mirándome pensativa.

—Mañana tengo una prueba en televisión y quiero ir elegante y atrevida a la vez que accesible. Puede que con algún toque gracioso.

—Un toque gracioso —repite escribiendo en su libretita—. Muy bien. ¿Había pensado en algún traje? ¿Una chaqueta?

—Bueno... —Me lanzo a una explicación exacta de lo que estoy buscando. Me escucha con atención y me doy cuenta de que una mujer con gafas de concha se acerca de vez en cuando a la puerta del probador para oír lo que digo.

—Bien —afirma cuando he acabado—. Sin duda conoce el tema. —Se da un golpecito en los dientes con el boli—. Creo que tenemos una preciosa chaqueta entallada de Moschino, con rosas en el cuello...

—¡Ya sé cuál dices! —exclamo encantada—. Yo también había pensado en ella.

—Con... Hay una falda nueva en la colección de Barneys.

—¿La negra? ¿La que lleva los botones aquí? Sí, yo también me he fijado en ella, pero es un poco corta, ¿no? Creo que es mejor la que llega hasta la rodilla. Ya sabes, la que lleva un ribete en el dobladillo.

—¡Ya veremos! —dice Erin con una agradable sonrisa—. Vamos a sacar unas cuantas cosas para hacernos una idea.

Cuando se va a por la ropa, me siento y tomo un sorbo de champán. Esto no está nada mal. Es mucho mejor que ir buscando por la tienda yo sola. En el probador de al lado alguien está hablando, y de repente oigo una voz de mujer que grita enfadada: «¡Se va a enterar el muy cabrón!»

—Y se enterará, Marcia —replica una voz tranquila y alentadora, que creo es de la mujer con gafas de concha—. Ya lo verás, pero no lo hagas con un traje pantalón rojo cereza.

—Ya está. —Erin ha vuelto al probador empujando un perchero de ropa. Le echo un rápido vistazo y me fijo en que hay unas cuantas cosas que ya había elegido yo. Pero ¿dónde está la falda hasta la rodilla? ¿Y qué ha pasado con el precioso traje pantalón de color berenjena con el cuello de terciopelo?

—Aquí tiene la chaqueta para que se la pruebe. Y la falda.

Cojo la ropa y miro la falda sin mucha convicción. Sé que es muy corta, pero bueno, ella es la experta. Me cambio rápidamente y me pongo delante del espejo, al lado de Erin.

—¡La chaqueta es preciosa! Y me queda muy bien, me encanta el corte.

No quiero decir nada sobre la falda. No quiero herir sus sentimientos, pero no pega nada.

—Vamos a ver —dice Erin ladeando la cabeza y mirándome con los ojos entrecerrados—. Creo que, después de todo, una falda hasta las rodillas le quedará mejor.

—¿Como la que te he dicho antes? —pregunto aliviada—. Está en el séptimo piso, cerca de...

—Puede —dice sonriendo—. Pero también he pensado en otras.

—¿La de Dolce & Gabbana que hay en el segundo? Ya la he visto. ¿O la de DKNY?

—¿DKNY? —pregunta arrugando el entrecejo—. No creo que...

—Es nueva. Debieron de llegar ayer. Es muy bonita, deberías verla. —Me doy la vuelta y miro su conjunto—. ¿Sabes?, creo que la de color malva te quedaría muy bien con el jersey de cuello alto que llevas. Y la podrías combinar con unas de esas botas nuevas de Stephane Kelian con tacones de aguja. ¿Sabes cuáles digo?

—Sí, ya sé —contesta un poco tensa—. Las de piel de cocodrilo, o de ante.

La miro sorprendida.

—No, ésas no. La nueva colección, la que lleva la costura en la parte de atrás. Son fantásticas. Creo que irían muy bien con una falda hasta la rodilla.

—Muchas gracias —me interrumpe bruscamente—. Lo tendré en cuenta.

¿Por qué se pone así? Sólo le estoy dando alguna pista. Pensaba que le gustaría el interés que demuestro por su tienda.

Aunque, todo hay que decirlo, no parece conocerla muy bien.

—¡Hola! —saluda una voz desde la puerta, y veo a la mujer de las gafas de concha apoyada en el marco, mirándome con mucho interés—. ¿Va todo bien?

—Estupendo, gracias —contesto sonriéndole.

—Así que —empieza a decir la mujer mirando a Erin— vas a ir a buscar la falda hasta las rodillas para nuestra clienta, ¿verdad?

—Sí —afirma, y fuerza una sonrisa—. Voy a por ella.

Desaparece y no puedo resistir la tentación de ir al perchero a ver qué más me ha traído para que me pruebe. La mujer de las gafas me mira un momento, después se acerca y me extiende la mano.

—Christina Rowan. Estoy al cargo del departamento de Asesores Personales.

—¡Hola! —saludo mientras miro una falda Jill Stuart de color azul pálido—. Becky Bloomwood.

—Por tu acento deduzco que eres inglesa, ¿verdad?

—De Londres, pero me voy a venir a vivir a Nueva York.

—¡No me digas! —se sorprende y sonríe cordialmente—. ¿A qué te dedicas, Becky? ¿Trabajas en el mundo de la moda?

—No, no. En el sector de la economía.

—¿Economía? ¿De verdad?

202

—Doy consejos en televisión. Ya sabe, pensiones y cosas así —digo cogiendo unos pantalones de cachemira—. Qué bonitos son, ¿verdad? Mucho más que los de Ralph Lauren, ¡y más baratos!

—Sí, son preciosos. Bueno, me encanta tener una clienta tan entusiasta. —Se saca una tarjeta del bolsillo—. Ven a visitarnos cuando vuelvas.

—Lo haré, muchas gracias.

Para cuando acabo en Barneys son las cuatro de la tarde. Paro un taxi y vuelvo al Four Seasons. Al abrir la puerta de la habitación y mirar mi imagen en el espejo del tocador, sigo destellando alegría; una especie de entusiasmo histérico por lo que acabo de hacer, por lo que acabo de comprarme.

Sé que la intención era sólo un conjunto para la prueba, pero he acabado... Bueno, supongo que me he dejado llevar. La lista final de lo que he comprado es:

1. Una chaqueta de Moschino,
2. Una falda hasta las rodillas de Barneys,
3. Ropa interior de Calvin Klein,
4. Un par de medias y...
5. Un vestido de cóctel de Vera Wang.

Bueno, antes de que digáis nada, ya sé que lo del vestido de cóctel no estaba previsto. Sé que cuando Erin me preguntó que si quería ver algún vestido de noche tendría que haberle dicho simplemente que no.

Pero es que ese vestido de Vera Wang morado oscuro sin espalda y con tirantes brillantes era tan de estrella de cine que toda la planta vino a vérmelo puesto. Y cuando descorrí la cortina, todos lanzaron grititos de asombro.

Me miré hechizada, extasiada por mi aspecto, por la persona que podía ser. Tenía que comprármelo. Parecía Grace Kelly, Gwyneth Paltrow... Era otra persona, deslumbrante, alguien que puede firmar un cheque de unos cuantos miles de dólares despreocupadamente, como si se tratara de una compra sin importancia.

Miles de dólares.

Aunque, para una diseñadora como Vera Wang, el precio es...

Bueno, es muy...

¡Dios mío!, me siento un poco mareada. No quiero ni pensar en lo que vale. No quiero acordarme de todos esos ceros. La cuestión es que podré ponérmelo mucho tiempo. Sí, años y años. Además, si quiero ser una estrella de la televisión, necesito ropa elegante. Tendré que asistir a eventos muy importantes y no puedo acudir con ropa de Marks & Spencer, ¿no? Pues eso.

Lo único que importa es que tengo un crédito de diez mil libras; no me lo hubieran dado si pensaran que no lo podía pagar, ¿no?

Oigo un ruido en la puerta y me pongo de pie. Con el corazón latiéndome a toda velocidad, voy al armario en el que he estado escondiendo todas mis compras, abro la puerta, meto la bolsa de Barneys dentro, la cierro y me vuelvo sonriendo justo en el momento en que Luke entra en la habitación hablando por el móvil.

—Por supuesto que lo tengo controlado, joder —brama en el teléfono—. ¿Quién cojones se creen que son? —Se calla y permanece en silencio unos segundos—. Sí, ya sé —continúa con voz más calmada—. Vale, eso haré. Nos vemos mañana, Michael. Gracias.

Guarda el teléfono y me mira como si se hubiese olvidado de quién soy.

—¡Hola! —saluda dejando el maletín en una silla.

—Hola... —contesto sonriendo y apartándome del armario—, desconocido.

—Sí, ya sé... —acepta frotándose la cara en un gesto cansino—. Lo siento. La verdad es que todo está empezando a ser una pesadilla. Me han dicho que tenías una prueba. Me alegro mucho.

Va al minibar, se sirve un whisky y se lo toma de un trago. Luego, se sirve otro y bebe un poco mientras le contemplo preocupada. Tiene la cara pálida y tensa, y ojeras.

—¿Va todo... bien? —pregunto con cuidado.

—De momento, va. Es todo lo que puedo decir. —Se acerca a la ventana, fija la mirada en la brillante línea del cielo de Manhattan y me muerdo el labio nerviosa.

—Luke, ¿no podría ir otra persona a todas esas reuniones? ¿No podría venir alguien en avión y ocuparse de parte del trabajo? Como... Alicia.

El mero hecho de pronunciar su nombre me molesta, pero la verdad es que empiezo a preocuparme por él. Para mi desconsuelo, Luke menea la cabeza.

—A estas alturas, ya no puedo traer a nadie. Hasta ahora lo he estado haciendo todo yo y me va a tocar acabarlo. No tenía ni idea de que estuvieran tan inquietos. No podía imaginarme que fueran tan...

Se sienta en un sillón y toma un trago.

—Quiero decir, joder, hacen un montón de preguntas. Sabía que los norteamericanos eran minuciosos, pero... —Menea la cabeza, incrédulo—. Quieren saberlo todo. Cada cliente, cada cliente potencial, todo el mundo que ha trabajado para la empresa, cada jodido informe que he enviado. «¿Hay alguna posibilidad de que nos pongan un pleito por esto?» «¿Quién era su recepcionista en 1993?» «¿Qué coche tiene?» «¿Qué cojones de pasta de dientes utiliza?»

Se calla, acaba la copa y le miro consternada.

—Qué horrorosos —suelto, y se dibuja una leve sonrisa en su cara.

—No, no lo son. Simplemente son conservadores, inversores de la vieja escuela, y algo les está poniendo nerviosos. No sé qué es, pero necesito tranquilizarlos y mantener la cosa en marcha.

Su voz tiembla ligeramente y, cuando le miro la mano, me doy cuenta de que aprieta el vaso con fuerza. Nunca lo había visto así. Normalmente da la impresión de tenerlo todo controlado, siempre seguro de sí mismo.

—Luke, creo que te conviene salir. Hoy no tienes ninguna reunión, ¿verdad?

—No —contesta levantando la vista—. Pero voy a repasar unos papeles. Mañana tengo una reunión importante con todos los inversores y debo ir preparado.

—Ya estás preparado. Lo que necesitas es relajarte. Si trabajas toda la noche, lo único que conseguirás es estar cansado, tenso y hecho pedazos. —Me acerco a él, le quito el vaso de las manos y empiezo a darle un masaje—. Venga, Luke, necesitas salir un poco. Estoy segura de que Michael diría lo mismo.

—La verdad es que me ha aconsejado que me tranquilice —admite después de una larga pausa.

—¡Pues hazlo! Venga, un rato de diversión no le hace daño a nadie... Vamos a vestirnos y a ir a algún sitio bonito, a bailar y a beber cócteles. —Le beso en la nuca suavemente—. ¿Para qué narices hemos venido a Nueva York si no vamos a disfrutarla?

205

Se produce un silencio, y por un momento pienso que va a decir que no tiene tiempo, pero de repente se vuelve y, gracias a Dios, veo el tenue brillo de una sonrisa.

—Tienes razón. Venga, vamos.

Acaba siendo la noche más mágica, glamourosa y brillante de mi vida. Me pongo mi traje de Vera Wang, Luke su traje más elegante, y nos vamos a un fabuloso restaurante en el que la gente come langosta y hay un grupo de jazz de los de toda la vida, como en las películas. Luke pide vino Bellinis, brindamos y, cuando se relaja, me habla un poco de su negocio. De hecho, se confía a mí como nunca antes lo había hecho.

—Esta ciudad exige mucha atención —asegura meneando la cabeza—. Como... cuando estás esquiando al borde de un precipicio. Un error y, ¡zas!, al agujero.

—¿Y si no cometes ningún error?

—Entonces ganas. Lo tienes todo.

—Tú lo vas a conseguir —digo con seguridad—. Mañana te los vas a meter a todos en el bolsillo.

—Y tú te los vas a ganar en la prueba —afirma en el momento en que el camarero aparece con los primeros platos, unas impresionantes esculturas hechas con marisco. Nos sirve vino y Luke levanta la copa para brindar—. Por ti, Becky. Por el gran éxito que vas a tener.

—No, tú eres el que va a tener un gran éxito —replico sintiendo una oleada de placer—. Los dos vamos a tenerlo.

Puede que el Bellinis se me haya subido a la cabeza pero, de repente, me siento como cuando estaba en Barneys. No soy la Becky de siempre, soy alguien nuevo y resplandeciente. Subrepticiamente, me miro en un espejo cercano, y me encanta. ¡Miradme!, toda elegante y arreglada, en un restaurante de Nueva York, con un vestido de miles de dólares, mi maravilloso y exitoso novio, y una prueba mañana para la televisión norteamericana.

Me siento ebria de alegría. He soñado toda la vida con este lujoso y brillante mundo: limusinas y flores; cejas depiladas y ropa de diseño de Barneys y el bolso lleno de tarjetas de ejecutivos de la televisión. Ésta es mi gente, el lugar al que pertenezco. Mi antigua vida parece estar a cientos, miles de kilómetros, como un punto en

206

el horizonte. Papá, mamá, Suze..., mi desordenado cuarto en Fulham... *Eastenders* comiendo una pizza... Seamos realistas, ésa no era yo.

Acabamos quedándonos un montón de horas. Bailamos al ritmo de la orquesta de jazz, tomamos sorbete de maracuyá y hablamos de todo menos de trabajo. Volvemos al hotel riéndonos y tropezando al caminar, y la mano de Luke empieza a deslizarse hábilmente bajo mi vestido.

—Señorita Bloomwood —dice el recepcionista cuando pasamos por delante—, tiene usted un mensaje de Susan Cleath-Stuart, de Londres. Que la llamase en cuanto llegase. Parecía urgente.

—¡Dios mío! —exclamo—. Seguro que me llama para echarme la bronca por lo mucho que me he gastado en mi vestido nuevo. «¿Cuánto? ¡Bex, no deberías...!»

—Es un vestido muy bonito —opina Luke acariciándome arriba y abajo—. Aunque un poco grande. Podrías perder un poquito aquí... y un poquito allá...

—¿Quiere el número? —pregunta el recepcionista ofreciéndome un trozo de papel.

—No, gracias —contesto diciendo adiós con la mano—. Ya la llamaré mañana.

—Y, por favor —añade Luke—, no nos pase ninguna llamada hasta que le avise.

—Muy bien —dice el recepcionista con un guiño—. Buenas noches, señor. Buenas noches, señora.

Subimos en el ascensor, sonriéndonos tontamente en los espejos y, cuando llegamos a la habitación, me doy cuenta de que estoy bastante borracha. Lo único que me consuela es que Luke también está como una cuba.

—Ésta —digo cuando la puerta se cierra detrás de nosotros— ha sido la noche más maravillosa de mi vida. La mejor.

—Todavía no ha acabado —asegura Luke acercándoseme con un pícaro brillo en los ojos—. Creo que tengo que recompensarla de alguna manera por todas sus perspicaces observaciones, señorita Bloomwood. Tenías razón, el trabajo... —empieza a bajarme los tirantes del vestido muy suavemente—, sin reposo... —murmura pegado a mi piel—, hace de Luke un soso...

Nos tumbamos en la cama con sus labios sobre los míos, y todo me da vueltas por el alcohol y la alegría. Cuando empieza a quitarse la camisa consigo ver por un momento mi reflejo en el espejo. Me veo ebria y feliz, y una voz interior me dice: «Recuerda este momento, Becky. Ahora tu vida es perfecta.»

El resto de la noche se pierde en una neblina de placer. Lo último que recuerdo es que Luke me besa los párpados y me dice que duerma bien, y que me quiere. Eso fue lo último.

Entonces, como un accidente de coche, sucedió.

¿SON LO QUE PARECEN?
¡LA GURÚ DE LAS FINANZAS, ARRUINADA!

Se sienta en el sofá de *Los Desayunos de Televisión* y da consejos a millones de espectadores en cuestiones económicas. Pero el *Daily World* revela en exclusiva que la hipócrita Becky Bloomwood está al borde de un desastre financiero. Becky, cuyo lema es «Cuida de tu dinero y tu dinero cuidará de ti», se ve asediada por deudas que suman miles de libras, razón por la cual el propio director de su banco la ha calificado de «vergüenza».

CITACIÓN

La boutique La Rosa ha presentado una denuncia contra la arruinada Becky, y su compañera de piso, Susan Cleath-Stuart (foto de la derecha), admite que su amiga se retrasa a menudo en el pago del alquiler. Mientras tanto, la irresponsable señorita Bloomwood se dedica a codearse impúdicamente con la *jet set* neoyorquina en compañía de su novio, el empresario Luke Brandon (foto inferior derecha). «Becky está con Luke por su dinero», nos comentó nuestra fuente de información en Brandon Communications. Al mismo tiempo, Susan Cleath-Stuart admitió que le gustaría que Becky se fuera de casa. «No me vendría mal un poco más de espacio —declaró—. Si no, tendré que alquilar una oficina.»

ADICTA A LAS COMPRAS

En su *suite* del elegante hotel Four Seasons, la díscola joven de veintiséis años de edad nos reveló que no tenía ni idea de cuánto costaba su alojamiento. Nuestra reportera fue testigo de cómo derrochó más de cien libras en postales y, después, siguió despilfarrando a lo loco. En tan sólo unas horas, compró ropa de lujo y regalos por valor de más de mil libras.

ESCANDALIZADOS

Los seguidores del programa *Los Desayunos de Televisión* se indignaron al conocer la verdad sobre la supuesta experta en temas económicos. «Estoy desolada», comentó Irene Watson, de Sevenoaks. «Llamé a Becky hace unas semanas para pedirle consejo sobre unas operaciones bancarias. Ahora desearía no haber escuchado ni una sola de sus palabras y, desde luego, buscaré el asesoramiento de otra persona.» Madre de dos hijos, Irene añadió: «Estoy escandalizada y muy enfadada con los productores de *Los Desayunos de Televisión*.»

continúa en la página 4

210

trece

Cuando me despierto, evidentemente todavía no sé nada. Me levanto medio adormilada y Luke me ofrece una taza de té.

—¿Por qué no escuchas los mensajes? —pregunta dándome un beso para dirigirse hacia la ducha. Después de unos cuantos sorbos, descuelgo el teléfono y aprieto el asterisco.

«Tiene treinta y tres mensajes», oigo al otro lado de la línea, y me quedo alucinada.

Lo primero que pienso es: «A lo mejor son ofertas de trabajo. Puede que sea gente de Hollywood. ¡Sí!» Llena de entusiasmo, sigo las instrucciones para escucharlos. El primero es de Suze, y parece bastante hecha polvo.

«Bex, por favor, llámame. En cuanto oigas esto. Es... muy urgente. Adiós.»

La voz me pregunta que si quiero escuchar el resto de mensajes y, por un momento, dudo. La voz de Suze sonaba muy desesperada y recuerdo, con cierto sentimiento de culpabilidad, que también llamó anoche. Marco su número y, para mi sorpresa, salta el contestador.

—¡Hola!, soy yo —digo cuando acabo de oír el mensaje—. Bueno, no estás. Espero que fuera lo que fuera, se haya arreglado.

—¡Bex! —El grito de Suze me rompe el tímpano—. ¡Dios mío! Bex, ¿dónde te habías metido?

—Salí —digo desconcertada—. Y después he estado durmiendo. ¿Va todo...?

—Bex, ¡yo no he dicho todas esas cosas! —me interrumpe muy afligida—. ¡Tienes que creerme! ¡Nunca diría algo así! Lo han... tergiversado todo. Se lo he contado a tu madre. No tenía ni idea de que...

—¿A mi madre? —pregunto sorprendida—. Suze, cálmate. ¿De qué me estás hablando?

Se produce un silencio.

—¡Dios mío! ¿No lo has visto?

—¿El qué?

—El *Daily World*. Creía que... que te llegaban todos los periódicos británicos.

—Así es —afirmo frotándome la cara—. Pero todavía están fuera, en la puerta. ¿Dicen... dicen algo de mí?

—No —contesta demasiado deprisa—. Bueno, es una cosa pequeñita. No merece la pena ni mirarla. Yo no me molestaría. De hecho, tíralo. Échalo a la papelera sin abrirlo.

—Hay algo desagradable, ¿verdad? —pregunto con aprensión—. ¿Se me ven las piernas muy gordas o algo así?

—No, no es nada, de verdad. Nada. Qué, ¿has estado ya en el Rockefeller Center? Me han dicho que es muy guay. ¿Has visto los juguetes de F.A.O. Schwarz? ¿Y el...?

—Suze, déjalo ya. Voy a cogerlo. Te llamo luego.

—Vale, Bex. Pero recuerda que ya casi nadie lee el *Daily World*. Sólo unas tres personas, y mañana lo utilizarán para envolver *fish and chips*. Además, todo el mundo sabe que los periódicos sólo dicen mentiras.

—Vale, vale —digo intentando sonar relajada—. Me acordaré. No te preocupes, esas tonterías no me alteran en absoluto.

Pero, cuando cuelgo el teléfono, me tiemblan ligeramente las manos. ¿Qué coño pueden haber dicho de mí? Voy corriendo a la puerta, cojo el montón de periódicos y los llevo hasta la cama. Abro el *Daily World* y empiezo a hojearlo, página a página. No encuentro nada. Vuelvo a empezar y miro con más detenimiento en los pequeños anuncios, pero la verdad es que no me mencionan. Me tumbo en los almohadones, desconcertada. ¿De qué demonios me estaba hablando? ¿Por qué estaba tan...?

Entonces me fijo en la doble página central, que ha debido de caerse en la cama cuando cogía el periódico. La levanto con mucho cuidado, la abro y siento como si alguien me diera un puñetazo en el estómago.

Hay una foto, que no reconozco y que no es nada favorecedora, en la que estoy paseando por una calle. Me sobresalto al ver que es de Nueva York y que llevo un montón de bolsas en las manos. También hay una foto de Luke, rodeada con un círculo, y otra más pequeña de Suze. El titular reza...

¡Dios mío! No puedo ni decirlo. No puedo repetir lo que pone. Es... es demasiado fuerte.

Es un artículo muy largo que ocupa las dos páginas. Mientras lo leo, el corazón me empieza a latir con fuerza y me entran escalofríos. ¡Es asqueroso! ¡Tan... íntimo! A la mitad, ya no puedo seguir. Cierro el periódico y siento ganas de vomitar.

Después, con manos temblorosas, lo abro de nuevo. Tengo que saber exactamente lo que han dicho. Tengo que leer cada una de esas horribles y humillantes líneas.

Cuando he acabado, me siento mareada. No puedo creer que esto esté pasando. Han impreso este periódico millones de veces. Es demasiado tarde para pararlo. En el Reino Unido lleva muchas horas en la calle. Mis padres lo habrán leído. Todo el mundo que conozco lo habrá visto. No hay nada que pueda hacer.

El teléfono suena de forma estridente y doy un salto asustada. Vuelve a sonar, lo miro con horror. No puedo contestar. No puedo hablar con nadie, ni siquiera con Suze.

El teléfono suena por cuarta vez, y Luke sale del cuarto de baño con una toalla alrededor de la cintura y el pelo peinado hacia atrás.

—¿No vas a cogerlo? —pregunta con tono cortante, y descuelga el auricular—. Dígame. Sí, con Luke Brandon.

Siento un estremecimiento de puro miedo y aprieto el edredón contra mí.

—Muy bien —oigo decir a Luke—. Vale, te veo allí.

Cuelga y anota algo en un trozo de papel.

—¿Quién era? —pregunto intentando mantener firme la voz.

—Una secretaria de JD Slade —contesta dejando el bolígrafo—. Cambio de cita.

Empieza a vestirse y permanezco callada, sujetando con fuerza la página del *Daily World*. Me gustaría enseñársela, pero no puedo. No quiero que lea esas cosas horribles de mí, aunque tampoco puedo dejar que se lo cuente otra persona.

No puedo quedarme aquí sentada todo el día sin decir nada. Cierro los ojos, respiro hondo y digo:

—Luke, hay un artículo sobre mí en el periódico.

—Estupendo —aprueba distraídamente, mientras se anuda la corbata—. Sabía que te harían algo de publicidad. ¿En cuál?

213

—No es agradable —le informo, y me paso la lengua por los resecos labios—. Es... espantoso.

Me mira con más atención y se fija en la expresión de mi cara.

—Venga, Becky. No puede ser tan malo. Enséñamelo. ¿Qué dice?

Extiende la mano, pero no me muevo.

—Es... horrible. Además hay una foto enorme...

—¿Ibas mal peinada? —se burla cogiendo su chaqueta—. Becky, la publicidad no es cien por cien perfecta. Siempre encontrarás algo de qué quejarte, ya sea el pelo, algo que hayas dicho o...

—¡Luke! —exclamo desesperadamente—. No es eso. ¡Mira!...

Le entrego el artículo. Lo coge alegremente. Pero, conforme lo va leyendo, su sonrisa empieza a desvanecerse.

—¿Qué cojones...? ¿Ése soy yo? —Me mira un momento y trago saliva sin atreverme a decir nada. Después, lee el texto a toda prisa mientras yo le observo nerviosa.

—¿Es verdad? —dice finalmente—. ¿Hay algo que sea cierto?

—No —tartamudeo—. Al menos no... no del todo. Parte es...

—¿Debes dinero?

Le miro a los ojos y siento que la cara se me pone de color carmesí.

—Un... un poco. Pero, bueno, no tanto como pone. Es decir, no sé nada de ninguna denuncia.

—¡El miércoles por la tarde! —exclama golpeando el periódico—. ¡Por el amor de Dios! ¡Pero si estabas en el Guggenheim! Busca la entrada, les demostraremos que no estabas allí y tendrán que retractarse.

—La verdad es que... —Me mira y siento una punzada de pánico—. No fui al museo. Me fui... de compras.

—¿Qué? —Me mira y después vuelve a leer en silencio.

Cuando acaba, se queda mirando al vacío con cara inexpresiva.

—Es increíble —afirma en voz tan baja que casi no puedo oírle.

Parece tan desalentado como yo, y por primera vez en esta mañana, siento que los ojos se me llenan de lágrimas.

—Es... espantoso, ¿verdad? —musito—. Han debido de seguirme. Han debido de estar cerca de mí todo el tiempo, vigilándome, espiándome... —Lo miro esperando una respuesta, pero sigue con la mirada perdida—. Luke, ¿no vas a decir nada? ¿Te das cuenta de que...?

214

—Becky, ¿te das cuenta tú? —me interrumpe. Se vuelve hacia mí y, al contemplar su expresión, me quedo lívida—. ¿Te das cuenta del daño que esto me puede hacer a mí?

—Lo siento mucho. Ya sé que no te gusta salir en los periódicos.

—¡No se trata de eso! —Se calla y, después, continúa algo más calmado—: ¿Te das cuenta de lo que voy a parecer? ¡Precisamente hoy!

—No... no...

—Dentro de una hora tengo que ir a una reunión y convencer a un banco neoyorquino, conservador y retrógrado, de que controlo totalmente mis negocios y mi vida personal. Ya lo habrán leído. Voy a hacer el ridículo.

—¡Pero si lo controlas todo! —digo alarmada—. Seguro que comprenderán, seguro que no...

—Escucha —dice mirándome fijamente—. ¿Sabes la imagen que tienen de mí en esta ciudad? Por alguna inexplicable razón, creen que estoy perdiendo terreno.

—¿Perdiendo terreno? —repito horrorizada.

—Eso es lo que he oído —dice inspirando con fuerza—. Estos últimos días, lo único que he estado haciendo es romperme el culo para convencer a todo el mundo de que están equivocados, que todo está bajo control, que conozco bien el mundo de los medios de comunicación. Y ahora...

Le da un golpe brusco al periódico y me estremezco.

—Puede que... no lo hayan leído.

—Becky, en esta ciudad todo el mundo lee todo. Es su trabajo. Es...

Se calla al oír el teléfono y, después de un momento, lo descuelga.

—Hola, Michael. Ah, ¿ya lo has visto? Sí, ya sé. En mal momento. Vale. Nos vemos ahora mismo —cuelga el auricular y coge su maletín sin siquiera mirarme.

Estoy helada, noto escalofríos por todo el cuerpo, me siento fatal. ¿Qué he hecho? Lo he echado todo a perder. Algunas frases del artículo pasan por mi mente y me entran náuseas. Irresponsable, hipócrita... Tienen razón. Todos tienen razón.

Cuando levanto la vista, Luke está cerrando su maletín.

—Tengo que irme. Nos vemos luego. —En la puerta, vacila un momento y se gira con aire de estar confundido—. No lo entiendo.

Si no estabas en el Guggenheim, ¿de dónde sacaste el libro que me regalaste?

—De la tienda del museo, en Broadway. Lo siento mucho, no...

Me callo y doy lugar a un espantoso silencio. Oigo los latidos de mi corazón y el pulso de la sangre en las orejas. No sé qué decir, cómo reparar mi error.

Luke me mira inexpresivo, dice adiós con la cabeza, se da la vuelta y acciona la manecilla de la puerta.

Cuando la cierra, me quedo sentada en silencio durante un rato, con la mirada perdida. No puedo entender lo que está pasando. Hace unas horas estábamos brindando con Bellinis, llevaba puesto el vestido de Vera Wang, bailábamos con la música de Cole Porter y me sentía ebria de placer. Y ahora...

El teléfono empieza a sonar, pero no me muevo. Cuando oigo el octavo timbrazo, me levanto y lo cojo.

—¿Diga?

—Hola —escucho una voz—. ¿Becky Bloomwood?

—Sí —contesto con cautela.

—Becky, soy Fiona Taggart, del *Daily Herald*. Me alegro de haberte localizado. Estamos muy interesados en publicar una segunda parte de ese artículo sobre ti y tu... problemilla.

—No quiero hablar de ello —masculló.

—Entonces, ¿lo niegas?

—Sin comentarios —contesto, y cuelgo bruscamente, con manos temblorosas. Vuelve a sonar.

—¡Sin comentarios! ¿Vale? —grito—. ¡Sin comentarios!

—Becky, querida.

—¿Mamá? —Al oír su voz me deshago en lágrimas—. Mamá, lo siento mucho. Es horrible. Lo he echado todo a perder. No sabía que... No me daba cuenta de que...

—Becky —oigo su voz, familiar y reconfortante, al otro lado de la línea—. Cariño, no tienes por qué sentirlo. Son los cerdos de los periodistas los que tendrían que disculparse por inventar todas esas historias y por poner palabras en boca de las personas. La pobre Suzie ha llamado muy enfadada. Le dio a la periodista tres galletas y un KitKat, y así se lo ha agradecido. ¡Con un montón de mentiras descabelladas! ¡Hacerle creer que era del Ayuntamiento! ¡Deberían llevarla a juicio!

—Mamá... —Cierro los ojos porque casi no puedo decirlo—: No son mentiras. No se lo han inventado todo. —Se hace un silencio y oigo cómo respira preocupada al otro lado de la línea—. Tengo... unas cuantas deudas.

—Bueno —dice después de un momento, y noto que intenta hacer acopio de argumentos positivos—. ¡Y qué! Si las tienes, no es de su incumbencia. —Se calla y oigo una voz en segundo plano—. ¡Exactamente! —Es mi padre—. Si la economía norteamericana puede deber miles de millones y seguir adelante, también tú puedes hacerlo. Mira la Cúpula del Milenio, por ejemplo.

¡Cómo me gustan mis padres! Si les dijera que he cometido un asesinato, enseguida encontrarían una razón para justificarlo y asegurarían que la víctima tenía los días contados.

—Supongo. Pero Luke tiene hoy una reunión muy importante y todos los inversores lo habrán leído.

—¡Y qué! Ninguna publicidad es mala. Mantén la frente bien alta. Esmérate en causar buena impresión. Suzie nos ha dicho que hoy tenías una prueba, ¿es verdad?

—Sí, todavía no sé a qué hora.

—Pues, entonces, mantén la compostura. Date un baño, tómate una taza de té y ponle tres terrones de azúcar. Y un brandy. Y si te llama algún periodista, dile que se vaya a paseo.

—¿Ha ido a molestaros alguno?

—Esta mañana ha venido un tipo a hacer unas preguntas —comenta mi madre—, pero tu padre se le ha acercado con las tijeras de podar en la mano.

Muy a mi pesar, suelto una risita.

—Tengo que dejarte mamá. Ya te llamaré luego. Y... gracias.

Cuando cuelgo el teléfono, me siento un millón de veces mejor. Mi madre tiene razón. Tengo que ser positiva, ir a la prueba y hacerlo lo mejor que pueda. Luke ha reaccionado de manera exagerada. Seguramente volverá de mejor humor.

Llamo a recepción y les digo que sólo me pasen las llamadas de la HLBC. Después lleno la bañera, vacío en ella un bote entero de aceite de baño tonificante de Sephora y disfruto durante media hora entre rosas, geranios y malvas. Mientras me seco, pongo la MTV y bailo con una canción de Robbie Williams. Una vez que tengo puesto el vestido de Barneys «déjalos pasmados», me siento muy positiva, aunque un poco temblorosa. Puedo hacerlo. Sí, puedo.

Todavía no me han llamado para decirme a qué hora tengo que ir, así que cojo el teléfono y llamo a recepción.

—Hola. Quería comprobar si han telefoneado de la HLBC esta mañana.

—Me temo que no —contesta una chica amablemente.

—¿Está segura? ¿No han dejado un mensaje?

—No, señora.

—Bien, gracias.

Cuelgo y pienso durante unos instantes. Bueno, está bien, los llamaré. Tengo que saber a qué hora es la cita. Y Kent me dijo que la llamara cuando quisiera, para lo que fuera; que no lo dudara.

Saco su tarjeta del bolso y marco cuidadosamente el número.

—Hola —contesta una animada voz—. Oficina de Kent Garland. Soy Megan, su ayudante, ¿en qué puedo ayudarla?

—Hola, soy Rebecca Bloomwood. ¿Puedo hablar con Kent?

—Lo siento, pero está reunida. ¿Quiere dejarle un mensaje?

—Bueno, llamaba para saber a qué hora tengo la prueba hoy. —Con sólo decirlo siento que tengo más confianza en mí misma. ¿A quién le preocupa el cutre *Daily World*? Voy a salir en la televisión norteamericana. Voy a ser muy famosa.

—Entiendo. ¿Puede esperar un momento, por favor?

Me pone en espera y oigo una versión de *Creedence Clearwater Revival*. Cuando se acaba, una voz me informa de lo importante que es mi llamada para la HLBC Corporation y vuelve a empezar la canción. De repente, se pone Megan otra vez.

—Hola, Becky. Me temo que Kent va a tener que posponer la prueba. La llamará para cambiar la fecha.

—¿Cómo? —digo mirando perpleja mi maquillada imagen en el espejo—. ¿Posponerla? ¿Pero por qué? ¿No sabe cuándo será?

—No estoy segura. Últimamente está muy ocupada con el nuevo programa, *El consumidor de hoy.*

—Pero para eso era la prueba, para ese programa. —Respiro e intento parecer despreocupada—. ¿No sabes qué día podrá concertar una nueva cita?

—La verdad es que no. Su agenda está llena de momento, y después tiene dos semanas de vacaciones.

—¡Escucha! —exclamo haciendo esfuerzos para mantener la calma—. Quiero hablar con ella personalmente. Es muy importante. ¿Puedes llamarla, por favor? Sólo será un segundo.

218

Se hace el silencio y suspira.

—Voy a ver si la localizo.

Empieza a sonar la cancioncilla otra vez y luego oigo la voz de Kent.

—Hola, Becky, ¿qué tal estás?

—Hola —digo tratando de parecer relajada—. Estoy bien. Sólo quería saber qué pasa con la prueba.

—Ya —contesta con delicadeza—. Para ser sincera, he de decirte que han surgido un par de cuestiones en las que tenemos que pensar. Así que voy a posponerla hasta que estemos un poco más decididos.

¿Cuestiones? ¿De qué me está hablando? De qué...

De repente me quedó paralizada por el horror. ¡Dios mío, no!

Ha visto el *Daily World*, ¿verdad? De eso está hablando. Agarro el auricular con fuerza, con el corazón latiéndome a toda velocidad y deseando desesperadamente explicárselo todo; queriendo decirle que parece mucho peor de lo que realmente es, que la mitad no es ni siquiera verdad, que eso no significa que no sea buena en lo que hago.

Pero no soy capaz de hacerlo. Ni siquiera puedo mencionarlo.

—Seguiremos en contacto —asegura Kent—. Siento mucho lo de hoy, iba a decirle a Megan que te llamara.

—No te preocupes —afirmo intentando sonar alegre y natural—. ¿Cuándo crees que podremos concertar otra cita?

—No lo sé. Lo siento, Becky. Tengo que irme corriendo, tenemos un problema en el plató. Gracias por llamar y que disfrutes del resto de tu viaje.

El teléfono se queda mudo y lo cuelgo despacio.

Al final no voy a hacer la prueba; después de todo, no me quieren.

Y me había comprado un modelito nuevo y todo.

¡Dios mío!

Siento que mi respiración se acelera, estoy a punto de romper a llorar.

Entonces me acuerdo de mi madre y me obligo a levantar el mentón. No me voy a venir abajo. Voy a ser fuerte y positiva. Los de la HLBC no son los únicos en el mundo, hay más donde elegir. Hay mucha gente que quiere trabajar conmigo. Montones. Como... como Greg Walters. Dijo que quería que conociese a su director de Promoción. Quizá podamos arreglar algo para hoy mismo. Sí, es posible que cuando acabe el día tenga mi propio programa de televisión.

Busco su número rápidamente, lo marco muy nerviosa y, para mi gran alegría, consigo comunicar directamente con él. Esto está mucho mejor, sin secretarias de por medio.

—Hola, Greg. Soy Becky Bloomwood.

—¡Becky! Me alegro de oírte —dice un poco inquieto—. ¿Qué tal estás?

—Esto..., bien. Fue muy agradable conocerte ayer —le alabo, consciente de que la voz me traiciona y demuestra mis nervios—. Tus ideas me parecieron muy interesantes.

—Bueno, eso es estupendo. ¿Estás disfrutando del viaje?

—Sí, mucho. Ayer me dijiste que a lo mejor podía tener una reunión con tu director...

—Por supuesto. Estoy seguro de que a Dave le encantará conocerte. Los dos pensamos que tienes un gran potencial.

Siento un gran alivio. Gracias, Dios mío, gracias.

—Así que, la próxima vez que vengas, llámame y organizaremos alguna cosa.

Miro el teléfono, desazonada. ¿La próxima vez? Pero pueden pasar meses, puede que no vuelva nunca. ¿No quiere...?

—¿Me prometes que lo harás?

—Bien —afirmo intentando refrenar mi creciente consternación—. Sí, será estupendo.

—Puede que nos veamos la próxima vez que vaya a Londres.

—Vale —digo alegremente—. Eso espero. Bueno, nos vemos pronto. Encantada de haberte conocido.

—Lo mismo digo, Becky.

Todavía mantengo la sonrisa postiza cuando el teléfono se queda en silencio. Esta vez no puedo hacer nada para impedir que los ojos se me llenen de lágrimas y éstas empiecen a caerme lentamente por la cara, llevándose el maquillaje.

Permanezco sentada y sola en la habitación del hotel durante mucho tiempo. Llega la hora de comer, pero no tengo apetito. Lo único positivo que hago es escuchar los mensajes del contestador y borrarlos todos menos el de mi madre, que escucho una y otra vez. Debe de ser el que dejó nada más leer el *Daily World*.

220

«Hay un cierto revuelo por un estúpido artículo del periódico —dice—. No le hagas caso, Becky. Recuerda que esa foto estará mañana en miles de cestas para perros.»

Por alguna razón, me hace reír cada vez que lo escucho. Así que sigo sentada, medio llorando, medio riendo mientras en mi falda se forma un charquito de lágrimas que no me molesto en limpiar.

Quiero irme a casa. Durante lo que me parece una eternidad, sigo sentada en el suelo, balanceándome adelante y atrás, y dejando que mis pensamientos den vueltas y vueltas. Repaso las mismas cosas una y otra vez. ¿Cómo he podido ser tan tonta? ¿Qué voy a hacer ahora? ¿Podré mirar a la cara a la gente?

Me siento como si desde mi llegada a Nueva York hubiera estado en una delirante montaña rusa, en una atracción de Disneylandia, sólo que, en vez de ir volando por el aire, lo he hecho por tiendas, hoteles, entrevistas y comidas, rodeada de luces, oropeles, y voces que me decían que iba a ser muy famosa.

No me daba cuenta de que no era real. Me lo había tragado todo.

Cuando al cabo de mucho rato oigo que se abre la puerta, me estremezco aliviada. Tengo una urgencia desesperada por arrojarme a los brazos de Luke, echarme a llorar y oír que me dice que no pasa nada. Pero, cuando entra, siento que todo el cuerpo se me contrae de miedo. Su expresión es tensa y forzada, parece que le hubieran esculpido la cara en piedra.

—Hola —digo al cabo de un rato—. ¿Dónde has estado?

—Comiendo con Michael —contesta de manera cortante—. Después de la reunión.

Se quita la chaqueta y la pone cuidadosamente en una percha mientras le observo asustada.

—¿Ha... —casi no me atrevo a preguntar— ido bien la reunión?

—No especialmente bien, no.

El estómago me da una sacudida. ¿Qué quiere decir? No puede ser que...

—¿Ya no hay negocio? —consigo preguntar finalmente.

—Buena pregunta. Los de JD Slade dicen que necesitan más tiempo.

—¿Para qué? —inquiero mojándome los labios.

—Tienen reservas —contesta sin alterarse—. No han especificado cuáles eran.

Se quita la corbata con brusquedad y empieza a desabotonarse la camisa. Ni siquiera me está mirando. Parece como si no pudiera hacerlo.

—¿Crees...? —Trago saliva—. ¿Crees que han leído el artículo?

—Sí, me temo que sí. —En su voz hay un matiz que me hace estremecer—. Sí, estoy seguro.

Está intentando torpemente desabrocharse los últimos botones y, de repente, muy enfadado, los arranca.

—Luke —digo impotente—. Lo... lo siento mucho. No sé qué puedo hacer. —Respiro hondo—. Haré cualquier cosa.

—No hay nada que puedas hacer —afirma cansinamente.

Se dirige hacia el cuarto de baño y, al cabo de un momento, oigo el ruido de la ducha. No me muevo. No puedo ni pensar. Estoy paralizada, como si me encontrase al borde de una cornisa intentando no resbalar.

Después sale y, sin hacerme ningún caso, se pone unos vaqueros negros y un jersey negro de cuello alto. Se sirve una copa y se queda en silencio. Desde la ventana puedo ver todo Manhattan. Está oscureciendo y en la lejanía empiezan a brillar luces en las ventanas. Pero el mundo se ha reducido a esta habitación, a estas cuatro paredes. De repente me doy cuenta de que no he salido en todo el día.

—Yo tampoco he hecho la prueba —digo finalmente.

—¿Ah, no? —comenta sin ningún interés y, muy a pesar mío, siento una ligera punzada de resentimiento.

—¿Ni siquiera quieres saber por qué? —pregunto tirando del fleco de un cojín.

Al cabo de unos segundos, pregunta con gran esfuerzo:

—¿Por qué?

—Porque ya no le intereso a nadie —digo echándome el pelo hacia atrás—. No eres el único que ha tenido un mal día. He echado por tierra todas mis oportunidades. Nadie quiere saber nada de mí.

Me invade un sentimiento de humillación cuando recuerdo todos los mensajes telefónicos que he tenido que oír esta mañana, en los que amablemente cancelaban reuniones y comidas.

—Y sé que es por mi culpa —continúo—. Lo sé. Pero aun así... —Mi voz empieza a temblar traicioneramente y tomo aire—. Las cosas tampoco me van bien. —Levanto la vista, pero Luke no se ha movido ni un centímetro—. Podrías... podrías mostrar un poco de conmiseración.

222

—Mostrar un poco de conmiseración —repite sin alterarse.

—Ya sé que me lo he buscado yo...

—Cierto. Lo has hecho. —Su voz explota en rabia contenida y por fin vuelve la cara hacia mí—. ¡Nadie te obligó a gastar todo ese dinero! Sé que te gusta comprar, pero ¡por el amor de Dios!, gastar de ese modo... Es una irresponsabilidad. ¿No podías parar o qué?

—No lo sé... —contesto con voz trémula—. Puede que así fuera, pero es que no me imaginaba que iba a acabar siendo... una cuestión de vida o muerte. No sabía que me estaban siguiendo. ¡No lo hacía a propósito! —Horrorizada, siento que una lágrima empieza a caerme por la mejilla—. Sabes que no le he hecho daño a nadie, que no he matado a nadie. Puede que haya sido un poco ingenua...

—¡Un poco ingenua! Menudo eufemismo...

—Muy bien, ¡lo he sido! Pero no he cometido ningún crimen.

—¿No crees que desaprovechar las oportunidades es un crimen? —pregunta furioso—. Porque, en lo que a mí respecta... —Mueve la cabeza—. Joder, Becky. Lo teníamos todo. Podíamos haber conquistado Nueva York. —Aprieta los puños—. Y ahora, míranos. Todo porque estás obsesionada con las compras.

—¿Obsesionada? —grito, incapaz de aguantar más su mirada acusadora—. ¿Y tú?

—¿A qué te refieres? —pregunta desdeñoso.

—¡A ti te obsesiona el trabajo, triunfar en esta ciudad! Lo primero en lo que pensaste cuando viste el artículo no fue en mí, ni en cómo pudiera sentirme, sino en qué forma podía influir en tu negocio. —Mi voz se eleva temblorosa—. Lo único que te importa es el éxito, yo siempre he estado en segundo plano. Ni siquiera me hablaste de Nueva York hasta que ya lo tenías todo decidido. Simplemente esperabas que aceptara e hiciera lo que tú querías. No me extraña que Alicia dijera que me pegaba a ti.

—No lo has hecho —afirma nervioso.

—Sí que lo he hecho. Así es como me ves, ¿no? Como alguien insignificante que tiene que... encajar en tu magnífico y grandioso plan. Y he sido tan tonta que no he dicho esta boca es mía.

—Mira, no tengo tiempo para estas cosas —dice poniéndose de pie.

—¡Nunca tienes tiempo! —sollozo—. Suze me dedica más tiempo que tú. No tuviste tiempo para venir a la boda de Tom, y nuestras vacaciones acabaron siendo una reunión de negocios. Tampoco lo has tenido para ir a ver a mis padres...

—Ya sabes que estoy muy ocupado —grita, y me deja atónita—. Así que no puedo perderlo contando chismes sin sentido contigo y con Suze. —Menea la cabeza contrariado—. ¿Te has enterado alguna vez de lo mucho que trabajo? ¿Tienes idea de lo importante que era este negocio?

—¿Por qué? —me oigo gritar—. ¿Por qué es tan jodidamente importante triunfar en Nueva York? ¿Para impresionar a la imbécil de tu madre? Porque, si eso es lo que intentas, olvídalo. Nunca lo conseguirás. ¡Nunca! Ni siquiera se ha molestado en verte. ¡Si le compraste un pañuelo de Hermés y ni siquiera cambió sus planes para estar cinco minutos contigo!

Dejo de hablar, jadeante, y nos quedamos en completo silencio.

Mierda, no tenía que haberlo dicho.

Le miro y veo que me contempla lívido, lleno de rabia.

—¿Qué has llamado a mi madre? —pregunta lentamente.

—No... no era mi intención. —Trago saliva en un intento de controlar mi voz—. Creo que no hay que exagerar, eso es todo. Sólo hice unas cuantas compras...

—Unas cuantas compras —repite en tono mordaz—. Unas cuantas compras... —Me mira detenidamente y, para mi espanto, se dirige al gran armario de madera de cedro en el que he estado escondiendo todas mis cosas, lo abre en silencio y los dos nos quedamos mirando las bolsas, que se apilan hasta el techo.

Cuando las veo, quiero que me trague la tierra. Todas esas cosas que me parecían vitales mientras las compraba, con las que tanto me entusiasmé, me parecen ahora una montaña de bolsas de basura. Ni siquiera sé lo que hay dentro de ellas. Sólo son cosas. Montones y montones de cosas.

Sin decir nada, cierra la puerta y me siento completamente avergonzada.

—Ya... —empiezo con un hilillo de voz apenas más alto que un susurro—. Ya lo sé. Pero lo pagaré todo.

Incapaz de mirarlo a los ojos, me doy la vuelta y, de repente, siento la necesidad de salir de la habitación. Tengo que huir de Luke, de mi imagen en el espejo, de este horrendo día.

—Nos... nos vemos luego —tartamudeo, y sin volver la cara, me dirijo hacia la puerta.

• • •

El bar de abajo, tenuemente iluminado, me parece tranquilizador y anónimo. Me siento en una suntuosa silla de cuero, débil y temblorosa, como si hubiese cogido una gripe. Cuando viene el camarero pido un zumo de naranja. En el momento en que empieza a alejarse, cambio de idea y pido un brandy. Me lo sirve en copa grande, templado y reconfortante. Tomo unos cuantos sorbos, levanto la vista y entreveo una sombra en la mesa de enfrente. Es Michael Ellis. Se me cae el alma a los pies. No me apetece nada hablar con él.

—Hola, ¿puedo...? —dice haciendo un gesto hacia la silla que hay frente a mí, y asiento débilmente con la cabeza. Se sienta y me mira con amabilidad mientras me acabo la copa. Durante un rato, nos quedamos en silencio.

—Podría mostrarme educado y no mencionarlo —empieza luego— o decir la verdad. Esta mañana lo he sentido mucho por ti. Los periódicos británicos son despiadados. Nadie merece que le traten de esa forma.

—Gracias.

Michael pide dos brandys sin preguntarme.

—Lo único que puedo decirte es que la gente no es estúpida —asegura cuando el camarero se ha alejado—. Nadie te lo va a tener en cuenta.

—Ya lo han hecho —digo sin levantar la vista de la mesa—. Han suspendido mi prueba para la HLBC.

—Vaya, lo siento.

—Nadie quiere saber nada de mí. Todos dicen que han decidido tomar otra dirección o que no creen que encaje en el mercado norteamericano. Ya sabes, en una palabra: «Esfúmate.»

Tenía tantas ganas de decirle esas cosas a Luke... Contarle todas mis penas, y que me diera un gran abrazo sin ningún tipo de reparos. Que me dijera que ellos se lo perdían, como hubieran hecho mis padres o Suze. Pero, en vez de eso, ha conseguido que me sienta peor conmigo misma. Tiene razón, lo he echado todo a perder. Tenía unas oportunidades por las que otras personas hubieran matado, y las he desperdiciado.

Michael asiente gravemente con la cabeza.

—Esas cosas pasan. Me temo que esa panda de idiotas son como un rebaño de ovejas. Cuando una se asusta, todas lo hacen.

—Lo he estropeado todo —digo sintiendo un nudo en la garganta—. Iba a conseguir ese maravilloso trabajo y Luke iba a tener un gran éxito. Todo iba a ser perfecto, y lo he tirado por la borda. Toda la culpa es mía.

Horrorizada, siento que se me saltan las lágrimas sin que pueda detenerlas y doy un gran sollozo. Qué vergüenza.

—Lo siento —susurro—. Soy un completo desastre.

Escondo la cara entre las manos y espero que Michael se vaya discretamente y me deje sola. Sin embargo, siento una mano encima de la mía y me ofrece un pañuelo. Me limpio la cara y finalmente levanto la cabeza.

—Gracias. Lo siento.

—No pasa nada —dice con calma—. Yo estaría igual.

—Quizá.

—¡Deberías verme cuando pierdo un contrato! Lloro como una Magdalena. Mi secretaria tiene que ir a por pañuelos de papel cada media hora. —Lo dice tan serio que no puedo reprimir una sonrisa—. Bébete el brandy y vamos a aclarar unas cuantas cosas. ¿Le pediste al *Daily World* que te sacara fotos con un teleobjetivo?

—No.

—¿Los llamaste para ofrecerles una exclusiva sobre tus hábitos personales y sugerirles una serie de titulares ofensivos?

—No —contesto sin poder evitar una risita.

—Así pues —dice mirándome socarronamente—, la culpa es tuya por...

—He sido una ingenua. Tendría que haberme dado cuenta. Tendría que... haberlo visto venir. He sido una tonta.

—Has tenido mala suerte. Puede que hayas sido un poco alocada, pero no tienes que cargar con todo.

De su bolsillo sale un sonido electrónico y saca un móvil.

—Perdona un momento —dice dándose la vuelta—. ¿Sí?

Mientras habla bajito por el teléfono doblo un posavasos una y otra vez. Quiero preguntarle algo, pero no estoy muy segura de querer oír la respuesta.

—Lo siento —se excusa guardando el móvil, y fijándose en el destrozado posavasos, pregunta—: ¿Te sientes mejor?

—Michael... —empiezo a decir respirando hondo—. ¿He tenido la culpa de que el negocio no saliera bien? ¿Ha tenido algo que ver el artículo del *Daily World*?

—¿Quieres que sea sincero? —me pregunta con mirada penetrante.

—Sí —afirmo, y siento pánico.

—La verdad es que no ha ayudado nada en las negociaciones. Esta mañana han hecho unas cuantas observaciones y unos chistes muy «graciosos»... He tenido que contárselo a Luke y se lo ha tomado bastante bien.

Lo miro sintiendo un escalofrío.

—Eso no es lo que me ha dicho a mí.

Se encoge de hombros.

—No creo que tuviera muchas ganas de repetir ninguno de esos comentarios.

—Así que tengo la culpa.

—¡Ah, no! —dice meneando la cabeza—. Yo no he dicho eso. —Se recuesta en la silla—. Si el negocio hubiera tenido fuerza de verdad, habría sobrevivido a un poco de publicidad adversa. Creo que los de JD Slade han utilizado tu pequeño escándalo como excusa. Tienen razones de más peso, pero se las guardan.

—¿Qué?

—Quién sabe. El rumor del Banco de Londres, diferencia de opiniones en la forma de hacer negocios... Por alguna razón, parecen haber perdido confianza en todo el proyecto.

Lo miro y me acuerdo de lo que Luke me dijo.

—¿De verdad piensa la gente que Luke está perdiendo terreno?

—Luke es una persona con mucho talento, pero parece que algo se le ha cruzado en este negocio. Está demasiado empeñado en conseguirlo. Esta mañana le he dicho que tenía que establecer prioridades. Obviamente, algo pasa con el Banco de Londres. Debería hablar con ellos, tranquilizarlos. La verdad es que, si los pierde, estará metido en un buen lío. En mi opinión, debería coger un avión a Londres esta misma tarde.

—¿Y qué quiere hacer él?

—Está organizando reuniones con todos los bancos de Nueva York que conozco. Este chico parece estar obsesionado con triunfar en América.

—Creo que quiere demostrar algo —mascullo, y casi añado: «A su madre.»

—Bueno, Becky —dice mirándome con cariño—. ¿Qué vas a hacer? ¿Intentar conseguir más entrevistas?

—No —contesto al cabo de un rato—. Para ser sincera, no creo que merezca la pena.

—¿Te vas a quedar aquí con Luke?

—Tampoco tiene mucho sentido. —Tomo un buen trago e intento sonreír—. ¿Sabes qué? Me voy a casa.

catorce

Salgo del taxi, dejo la maleta en la acera y miro abatida el cielo gris de Inglaterra. Parece mentira que todo haya acabado.

Hasta el último momento tuve la secreta y desesperada ilusión de que alguien cambiara de opinión y me ofreciera un trabajo, o que Luke me pidiera que me quedara. Cada vez que sonaba el teléfono sentía un espasmo y abrigaba la esperanza de que se produjera el milagro, pero se produjo, por supuesto que no.

Cuando le he dicho adiós a Luke ha sido como si estuviese representando un papel. Quería arrojarme encima de él llorando, abofetearle, algo. Pero no he podido. Tenía que mostrar algo de dignidad. Así que la forma en que he llamado a la compañía aérea, he hecho las maletas, he pedido un taxi y me he ido parecía un viaje de negocios.

Al despedirme, no he sido capaz de besarle en los labios, así que le he besado en las mejillas y me he dado la vuelta antes de que ninguno de los dos pudiera decir nada.

Ahora, doce horas más tarde, me siento agotada. He estado despierta durante todo este vuelo nocturno, agarrotada por la amargura y la desilusión. Hace tan sólo unos días volaba hacia allí pensando que iba a empezar una nueva y fantástica vida, y ahora vuelvo con un pie detrás del otro. Y no sólo eso: absolutamente todo el mundo que conozco se ha enterado. En el aeropuerto había un par de chicas que, cuando me han reconocido, han empezado a murmurar y a reírse mientras esperaba las maletas.

Sé que yo hubiera hecho lo mismo, pero en ese momento me he sentido tan humillada que casi rompo a llorar.

Arrastro las bolsas con desánimo por las escaleras y entro en el apartamento. Durante un instante me quedo de pie, mirando los abrigos, las cartas que he recibido y las llaves en el bol. El recibidor de siempre, la vida de siempre. De vuelta a la casilla número uno. Veo mi demacrado reflejo en el espejo y aparto la mirada rápidamente.

—¡Hola! —grito—. ¿Hay alguien en casa? ¡He vuelto!

Al cabo de unos segundos, Suze sale de su habitación en bata.

—¡Bex! No te esperaba tan pronto. ¿Estás bien? —Se acerca abrochándosela y se fija en mi preocupada expresión—. ¡Oh, Bex! —exclama mordiéndose el labio—. No sé qué decir.

—No te preocupes. Estoy bien. De verdad.

—Bex...

—En serio, estoy bien —afirmo, y me vuelvo antes de que su consternada cara haga que se me salten las lágrimas. Me pongo a revolver en el bolso—. Bueno, te he traído lo que me pediste de Clinique y esa cosa especial para la cara, para tu madre. —Le doy los frascos y empiezo a hurgar otra vez—. Tengo algo más para ti por algún lado.

—Bex, no te preocupes por eso ahora. Ven y siéntate. —Aprieta los frascos contra su pecho y me mira vacilante—. ¿Quieres una copa?

—No —contesto obligándome a sonreír—. Estoy bien, Suze. He decidido que lo mejor es seguir adelante y no pensar en lo que ha pasado. Preferiría que no hablásemos de ello.

—¿De verdad? Bueno, si estás segura de que eso es lo que quieres...

—Así es. —Respiro hondo—. En serio, estoy muy bien. ¿Y tú?

—Bien, bien —contesta mirándome con cara de preocupación—. Bex, estás pálida. ¿Has comido algo?

—Lo que dan en el avión, ya sabes.

Me quito el abrigo y, con manos temblorosas, lo pongo en un colgador.

—¿Ha ido bien el vuelo?

—Estupendo —digo con forzada alegría—. Han puesto la última película de Billy Crystal.

—¡Qué bien! —exclama mirándome indecisa, como si fuera una enferma psicótica a la que hubiera que tratar con cuidado—. ¿Era buena? ¡Es un actor que me encanta!

230

—Sí, mucho, muy buena. Estaba disfrutando mucho... —Trago saliva—. Hasta que a la mitad se me han estropeado los auriculares.

—Vaya.

—Estaban en un momento crucial. El resto del avión no paraba de reírse, pero yo no podía oír nada. —Mi voz empieza a quebrarse traicioneramente—. Así que... le he dicho a la azafata que si podía darme otros, pero no me ha entendido y se ha enfadado mucho porque estaba sirviendo la bebida. Después no he querido volver a decirle nada. No sé cómo acaba la película, pero, aparte de eso, es muy buena. —De repente, doy un gran sollozo—. Bueno, siempre podremos verla en vídeo, ¿no?

—¡Bex! —Su cara se llena de pena y deja caer al suelo los frascos de Clinique—. ¡Ven aquí!

Me envuelve en un abrazo y escondo la cara en su hombro.

—¡Todo es horrible! —Lloro—. Ha sido tan humillante... Luke se enfadó muchísimo, y cancelaron la prueba, y de repente parecía que... que tenía una enfermedad contagiosa o algo parecido. Y ahora nadie quiere saber nada de mí y, después de todos los preparativos, no me voy a ir a vivir a Nueva York.

Levanto la cara mientras me seco los ojos y veo que Suze tiene el rostro desencajado.

—Me siento tan mal, Bex.

—¿Tú? ¿Por qué?

—Porque tengo la culpa de todo. Fui una imbécil. Dejé que entrara esa chica del periódico y seguramente estuvo fisgoneándolo todo mientras le preparaba una estúpida taza de café. ¿Por qué se me ocurriría ofrecérselo? Todo es por mi culpa.

—Nada de eso.

—¿Me perdonarás algún día?

—¿Que si te perdonaré? —La miro temblorosa—. Suze, soy yo la que tendría que pedírtelo. Has estado intentando controlar lo que gastaba. Quisiste avisarme, pero ni siquiera me molesté en devolverte la llamada. He sido una tonta, una insensata.

—No, no es verdad.

—¡Sí! —Sollozo de nuevo—. No sé lo que me pasó en Nueva York. Me volví loca. Con todas las tiendas, las entrevistas... Era todo tan emocionante... Iba a ser una estrella y a ganar un montón de dinero, y después todo se desvaneció.

—¡Oh, Bex! —exclama casi llorando—. Me siento fatal.

—Tú no tienes la culpa de nada. —Cojo un pañuelo de papel y me sueno la nariz—. Si alguien la tiene, es el *Daily World*.

—¡Los odio! —afirma con fiereza—. ¡Deberían colgarlos y azotarlos! Eso es lo que dijo Tarkie.

—¡Ah! Así que lo ha leído.

—Para ser sincera, Bex, creo que se ha enterado casi todo el mundo —afirma a regañadientes.

Siento una dolorosa punzada cuando me imagino a Janice y a Martin; a Tom y a Lucy; a todos mis compañeros de clase y profesores, y a todas las personas que he conocido en mi vida, enterándose de mis más humillantes secretos.

—¡Venga! Deja todo eso. Vamos a tomar una taza de té.

—Vale. Buena idea. —La sigo hasta la cocina y me apoyo en el radiador caliente para estar más cómoda.

—¿Y cómo están las cosas con Luke? —pregunta mientras pone agua a calentar.

—No muy bien —contesto apretando los brazos con fuerza—. En realidad no están de ninguna manera.

—¿En serio? —dice mirándome consternada—. ¿Qué ha pasado?

—Bueno, tuvimos una bronca.

—¿Por el artículo?

—Algo así. Me dijo que le había arruinado el negocio y que estaba obsesionada con las compras. Y yo le dije que a él le obsesionaba el trabajo y que... que su madre era una imbécil.

—¿Eso le dijiste?

Está tan sorprendida que suelto una risita nerviosa.

—Es que lo es. Es horrible. Ni siquiera lo quiere. Pero él no se da cuenta. Está empeñado en hacer el mejor negocio del mundo para impresionarla. No puede pensar en otra cosa.

—¿Y qué pasó después? —pregunta ofreciéndome la taza.

Me muerdo el labio al acordarme de la última y dolorosa conversación que mantuvimos mientras esperaba al taxi que me iba a llevar al aeropuerto, las educadas y forzadas voces, la forma en que hicimos lo posible por no mirarnos a los ojos.

—Antes de irme le dije que no creía que él tuviera tiempo para una verdadera relación.

—¿Ah, sí? —dice con los ojos como platos—. ¿Habéis cortado?

—Yo no quería... —prácticamente susurro—. Deseaba que me dijera que sí tenía tiempo. Pero no dijo nada, fue horrible.

—¡Oh, Bex! ¡Lo siento!

—No importa —afirmo intentando parecer optimista—. Seguramente es lo mejor. —Tomo un sorbo de té y cierro los ojos—. ¡Qué bueno está! —Me quedo en silencio un rato, dejando que el vapor me caliente la cara y relajándome. Tomo unos cuantos sorbos más y abro los ojos—. En Estados Unidos no saben hacer té. Un día fui a un sitio y me dieron una taza llena de agua caliente y un sobrecito. Además, la taza era transparente.

—¡Agh! —exclama con cara de asco. Coge la lata de las galletas y saca dos de chocolate—. Norteamérica, ¿para qué la queremos? Todo el mundo sabe que sus programas de televisión son pura basura. Estás mejor aquí.

—Puede que sea cierto —digo mientras miro el interior de la taza. Después respiro hondo y levanto la vista—. ¿Sabes?, he estado pensando mucho en el avión. He decidido que éste va a ser un momento crucial en mi vida. Voy a dedicarme a mi carrera, a acabar el libro, a centrarme de verdad y...

—Enseñarles.

—Exactamente.

Es increíble lo que un poco de tranquilidad hogareña puede hacer por el espíritu. Después de media hora y tres tazas de té, me siento un millón de veces mejor. Incluso me divierte hablarle de Nueva York y de las cosas que he hecho allí. Cuando le cuento lo del salón de belleza y dónde me querían poner el tatuaje de cristal, le entra tanta risa que casi se ahoga.

—¡Eh! —De repente me acuerdo de algo—. ¿Te has acabado los KitKats?

—No —asegura secándose los ojos—. Cuando no estás tú desaparecen más despacio. Bueno, ¿qué dijo la madre de Luke? ¿Quiso ver el resultado? —Empieza a reírse a carcajadas otra vez.

—Espera un momento, voy a por un par de ellos —digo dirigiéndome hacia su habitación, que es donde guardamos los KitKats.

—¡No, no entres! —me ordena, y deja de reír bruscamente.

—¿Por qué? —Me detengo sorprendida—. ¿Qué hay en...? —Me callo y veo que se sonroja—. ¡Suze! —exclamo apartándome de la puerta—. ¿No me digas que hay alguien dentro?

La miro y se cierra la bata en actitud defensiva.

—¡No me lo puedo creer! —digo con voz chillona—. ¡Dios mío! Me voy cinco minutos y te embarcas en una tórrida aventura.

Esto me alegra más que cualquier otra cosa. No hay nada como un jugoso cotilleo para levantar el ánimo.

—¡No es una tórrida aventura! —afirma al fin—. ¡Ni siquiera es una aventura!

—¿Quién es? ¿Lo conozco?

Suze me lanza una mirada desesperada.

—Bueno, tendré que explicártelo antes de que llegues a una conclusión equivocada o... —dice cerrando los ojos—. ¡Joder, qué difícil es esto!

—¿Qué pasa, Suze?

Desde la habitación llegan ruidos de alguien que se mueve, y nos miramos.

—Mira, ha sido una excepción —aclara apresuradamente—. Una impetuosa y estúpida... Quiero decir...

—¿Qué pasa, Suze? ¡Dios mío! No será Nick, ¿verdad?

Nick fue su último novio, el que estaba siempre deprimido, emborrachándose y echándole la culpa a ella. Una auténtica pesadilla. Pero lo dejaron hace ya meses.

—No, no es Nick. Es... ¡Ostras!

—Suze...

—Vale, pero tienes que prometerme que...

—¿Qué?

—Que no te afectará.

—¿Por qué iba a afectarme? —pregunto entre risas—. No soy ninguna mojigata. Sólo estamos hablando de...

Me quedo muda cuando se abre la puerta. Tarquin, que no tiene muy mal aspecto, aparece con unos pantalones chinos y el jersey que le regalé.

—¡Ah! —exclamo sorprendida—. Creía que eras el nuevo...

Me callo y miro a Suze sonriendo.

Pero no me devuelve la sonrisa. Se está mordiendo las uñas, evitando mirarme a los ojos mientras las mejillas se le ponen cada vez más rojas.

Miro a Tarquin y también aparta la vista.

¡No!

No puede...

No.

234

Pero...

No.

Mi cerebro no alcanza a comprenderlo. Esto me va a provocar un cortocircuito.

—Esto... Tarquin, ¿puedes ir a comprar unos cruasanes? —suelta Suze.

—Mmm... ¡Ah, vale! —acepta con poca naturalidad—. ¡Buenos días, Becky!

—Buenos días. Me alegro de... verte. Bonito jersey.

Sale y se hace un silencio sepulcral que sólo se rompe cuando oímos que se cierra la puerta de la calle. Entonces, muy despacio, me vuelvo hacia Suze.

—Suze...

No sé ni cómo empezar.

—Suze, ése era Tarquin.

—Sí, ya lo sé —dice sin apartar la vista de la encimera.

—¿Estáis Tarquin y tú...?

—¡No! —exclama, como si se hubiera escaldado—. ¡Pues claro que no! Es sólo, solamente...

—Solamente... —repito para alentarla.

—Una o dos veces...

Pausa.

—Con Tarquin —digo para asegurarme.

—Sí.

—Bien —asiento con la cabeza, como si fuera una situación completamente normal, aunque la boca me tiembla y siento una extraña presión interna, una mezcla de sorpresa y risa histérica. ¡Con Tarquin!

Dejo escapar una risita y me tapo la boca con la mano.

—¡No te rías! —protesta—. Sabía que te ibas a reír.

—No me río, me parece estupendo. —Suelto otra risotada e intento disimularla con una tos—. Lo siento. ¿Cómo fue la cosa?

—Fue en la fiesta en Escocia. Sólo había un montón de tías ancianas. Tarquin era la única persona que tenía menos de noventa años. Y, no sé por qué, me pareció diferente. Llevaba un bonito jersey Paul Smith, el pelo bien peinado y fue algo como «¿Es ése Tarquin?». Me emborraché y ya sabes lo que me pasa cuando bebo mucho. Y allí estaba él. —Menea la cabeza—. No sé, estaba como transformado. ¡Dios sabe lo que pasó!

235

Nos quedamos en silencio y siento que las mejillas se me tiñen de rojo.

—¿Sabes qué? —admito avergonzada—. Creo que en parte fue por mi culpa.

—¿Y eso? —pregunta levantando la cabeza y mirándome—. ¿Por qué?

—Yo le regalé el jersey, y lo peiné —afirmo, y me estremezco al ver la expresión de su cara—. Pero no tenía ni idea de que pudiera pasar algo así. Lo único que hice fue mejorar un poco su aspecto.

—Bueno, pues vas a tener que darme muchas explicaciones. He estado muy estresada. Pensaba que era una pervertida.

—¿Por qué? —pregunto con ojos iluminados—. ¿Qué te obliga a hacer?

—No, tonta. Porque somos primos.

—¡Aaah! —exclamo, y me doy cuenta de que no estoy teniendo mucho tacto—. Pero no va contra la ley ni nada parecido, ¿no?

—Gracias, Bex. Eso me hace sentir mucho mejor.

Coge las tazas, las lleva al fregadero y abre el grifo.

—No me hago a la idea de que estés enrollada con Tarquin.

—¡No estamos enrollados! —replica—. Anoche fue la última vez. Estamos los dos de acuerdo y no volverá a pasar. Nunca más. Y no se lo digas a nadie.

—No lo haré.

—En serio, Bex. Tienes que prometer que no lo dirás. ¡A nadie!

—Te lo prometo. De hecho —digo con una súbita inspiración—, tengo algo para ti.

Voy corriendo al vestíbulo, abro una de las maletas y busco la bolsa de Kate's Paperie. Saco una postal, escribo: «Para Suze, con cariño. Bex» y vuelvo a la cocina cerrando el sobre.

—¿Es para mí? —pregunta sorprendida—. ¿Qué es?

—¡Ábrelo!

Lo hace. Mira el dibujo brillante de un par de labios cerrados con una cremallera y lee el mensaje que hay escrito:

Compañera de apartamento, tu secreto está a salvo conmigo.

—¡Guau! —exclama con los ojos muy abiertos—. ¡Es fantástica! ¿La compraste expresamente? Pero claro... ¿Cómo sabías que tenía un secreto?

236

—Fue un presentimiento. Un sexto sentido.

—¿Sabes?, esto me recuerda... —dice dándole vueltas a la postal entre los dedos—. Has tenido un montón de cartas mientras estabas fuera.

—¡Ah!, bien.

Sorprendida por lo de Suze y Tarquin, me había olvidado de todo lo demás. Pero ahora la histeria que me había levantado el ánimo empieza a evaporarse. Cuando Suze me trae un montón de sobres de aspecto nada amistoso, el estómago me da una sacudida y deseo no haber vuelto a casa. Mientras estaba fuera, al menos no me enteraba de nada.

—¡Bueno! —exclamo intentando parecer despreocupada y segura de mí misma. Las hojeo sin mirarlas realmente y las dejo—. Las abriré luego, así las revisaré con más detenimiento.

—Bex... —dice poniendo cara rara—. Creo que deberías abrir ésta ahora mismo.

Coge el montón y saca una de color marrón.

La miro y se me pone la piel de gallina. Una citación. Era verdad. Me han denunciado. Le quito el sobre de las manos incapaz de mirarla a los ojos y lo abro con dedos temblorosos. Leo el texto sin decir una palabra y siento que un escalofrío me recorre la espalda. No me puedo creer que nadie quiera llevarme ante un tribunal. Los juicios son para los criminales, para los traficantes de drogas o los asesinos, no para la gente que deja de pagar un par de facturas.

Meto la carta en el sobre y, respirando con dificultad, la dejo en la encimera.

—¿Qué vas a hacer? —pregunta mordiéndose el labio—. No puedes hacer caso omiso.

—No lo haré. Voy a pagarles.

—Pero ¿puedes?

—Tendré que poder.

Se produce un silencio sólo interrumpido por el goteo del grifo en el fregadero. Suze me mira angustiada.

—Deja que te preste algo de dinero. O que te lo dé Tarkie. Él puede permitírselo.

—¡No! —exclamo, más brusca de lo que hubiera deseado—. No, no quiero ninguna ayuda. Voy a ver al tipo del banco. Hoy. Ahora mismo.

Con repentina determinación, recojo el montón de cartas y me dirijo a mi cuarto. No voy a dejar que nada de esto me derrote. Voy a lavarme la cara, a maquillarme un poco y a ordenar mi vida.

—¿Qué le vas a decir? —pregunta siguiéndome por el pasillo.

—Le explicaré la situación con sinceridad, le pediré que me aumente el descubierto, y a ver qué pasa. Voy a ser fuerte e independiente, y a valerme por mí misma.

—Muy bien, Bex. ¡Fuerte e independiente! ¡Fantástico!

Me observa mientras intento abrir la maleta y, cuando ve que me peleo con el cierre por tercera vez, se acerca, me pone la mano en el brazo y me dice:

—¿Quieres que te acompañe?

—Sí, por favor —acepto en un susurro.

Suze no me deja ir a ningún sitio hasta que me siente y me tome un par de copas de brandy para que me den valor. Después me comenta que el otro día leyó un artículo que aseguraba que la mejor arma para negociar es la apariencia, así que tengo que elegir el atuendo adecuado para ir a ver a John Gavin. Buscamos por todo el armario y acabamos decidiéndonos por una falda negra y una chaqueta verde que, hay que reconocerlo, dice a gritos: «frugal, sobria y segura». Más tarde, es Suze la que tiene que encontrar el de la amiga «sensata y solidaria» (pantalones azul marino y camisa blanca). Cuando estamos a punto de salir, se le ocurre que, en caso de que no funcione lo que hemos pensado, tendremos que seducirlo, y rápidamente nos quitamos la ropa interior y nos ponemos otra más sexy. Me miro en el espejo y tengo la impresión de que mi aspecto es demasiado soso, así que me cambio la chaqueta por otra de color rosa pálido, lo que quiere decir que he de cambiarme el color de los labios.

Por fin salimos de casa y llegamos a la sucursal del Endwich Bank en Fulham. Al entrar, vemos que la antigua ayudante de Derek Smeath, Erica Parnell, está acompañando a la puerta a un par de ancianos. Ella y yo nunca nos hemos llevado muy bien. No creo que sea humana, siempre que la veo lleva los mismos zapatos azules.

—Hola —saluda echándome una desagradable mirada—. ¿Qué desea?

—Me gustaría ver a John Gavin, por favor —pido intentando hablar con naturalidad—. ¿Está libre?

—No creo —afirma con frialdad—. No suele recibir visitas sin cita previa.

—Bueno, ¿puede comprobarlo?

Mira al techo.

—Espere un momento —me pide, y desaparece detrás de una puerta en la que pone: «Privado.»

—Joder, hay que ver lo antipáticos que son —comenta Suze al apoyarse en el cristal de una pared—. Cuando voy a ver al director de mi banco, siempre me ofrece una copa de sherry y me pregunta por la familia. ¿Sabes?, creo que deberías cambiarte a Coutts.

—Sí, es posible.

Empiezo a ponerme un poco nerviosa y hojeo unos folletos sobre seguros. Me acuerdo de que Derek Smeath me dijo que John Gavin era muy estricto e inflexible. ¡Cómo echo de menos al viejo Smeathie!

¡Cómo echo de menos a Luke!

Su recuerdo me da de lleno, como un mazazo. Desde que volví de Nueva York he intentado no pensar en él, pero ahora que estoy aquí me gustaría poder hablarle. Me encantaría que me mirara como solía hacerlo antes de que todo se fuera al carajo, con esa sonrisa socarrona y sus brazos fuertemente apretados a mi alrededor.

¿Qué estará haciendo ahora? ¿Qué tal irán las reuniones?

—Pase —me interrumpe Erica Parnell. Aunque me siento mareada, la sigo por un pasillo de moqueta azul hasta una pequeña y fría habitación, amueblada con una mesa y varias sillas de plástico. Cuando la puerta se cierra tras ella, Suze y yo nos miramos.

—¿Echamos a correr? —sugiero medio en broma, medio en serio.

—Todo va a salir bien, ya verás. Seguro que al final es un tío majo. Mis padres tuvieron una vez un jardinero que parecía estar siempre de mal humor, pero luego nos enteramos de que tenía un conejo como mascota y resultó ser una persona completamente diferente.

Se calla cuando la puerta se abre y entra un chico de unos treinta años. Tiene el pelo negro, que empieza a clarearle, viste un traje feísimo y trae un café en un vaso de plástico.

Su aspecto no emana ni una pizca de amabilidad. De repente deseo no haber venido.

—Muy bien —dice con el entrecejo fruncido—. No dispongo de todo el día. ¿Cuál de las dos es Rebecca Bloomwood?

—Yo —contesto nerviosa.

—¿Y quién es ella?

—Suze es mi...

—Gente —completa ella con confianza—. Soy su gente. —Mira por la habitación—. ¿No tiene sherry?

—No —contesta John Gavin mirándola como a un bicho raro—. No tengo. ¿Qué desean?

—En primer lugar, le he traído algo —digo, y me pongo a buscar en el bolso para sacar otra de las postales de Kate's Paperie.

Lo de traerle un detalle para romper el hielo ha sido idea mía. Después de todo, es de buena educación. Y en Japón es la forma en la que se hacen los negocios.

—¿Es un cheque?

—No —digo ruborizándome un poco—. Es una postal hecha a mano.

Me mira, abre el sobre y saca una tarjeta plateada con plumas pegadas en las esquinas.

Ahora que la veo, a lo mejor debería haber elegido una menos «de chica».

O no haberle traído ninguna. Pero me parecía tan apropiada para la ocasión...

—«Amigo. Sé que he cometido errores, pero ¿podríamos empezar de nuevo?» —lee en voz alta, y le da la vuelta, como si esperara un chiste—. ¿Ha comprado esto?

—Es bonita, ¿verdad? —interviene Suze—. Es de Nueva York.

—Ya, lo tendré en cuenta. —La deja en la mesa y todos la miramos—. Señorita Bloomwood, ¿a qué ha venido exactamente?

—Bien. Tal como dice la postal, me doy cuenta de que —trago saliva— quizá no he sido la perfecta... la clienta ideal. Sin embargo, tengo plena confianza en que podremos trabajar en equipo y conseguir que reine la armonía entre nosotros.

Hasta ahora todo muy bien. Este trozo me lo he aprendido de memoria.

—¿Qué quiere decir?

Me aclaro la voz.

—Mmm... Debido a circunstancias ajenas a mi voluntad, me he encontrado en una situación financiera difícil. Y me preguntaba si, quizá temporalmente...

—Y amablemente —añade Suze.

240

—Y amablemente, me amplía el descubierto un poco más. A corto plazo...

—Con buena voluntad —agrega Suze.

—Con buena voluntad, temporalmente, a corto plazo. Por supuesto, le pagaré tan pronto como me sea verdadera y humanamente posible. —Me callo y tomo aliento.

—¿Ha acabado? —pregunta John Gavin cruzándose de brazos.

—Sí. —Miro a Suze en busca de aprobación—. Sí, hemos acabado.

Nos quedamos en silencio mientras tamborilea con su bolígrafo contra la mesa. Después levanta la vista y dice:

—No.

—¿No? —pregunto mirándole sorprendida—. ¿Simplemente no?

—Simplemente no —repite apartando la silla—. Si me perdonan...

—¿Qué quiere decir con que no? —interviene Suze—. ¡No puede negárselo sin más! Tiene que sopesar los pros y los contras.

—Ya lo he hecho, no hay pros.

—¡Pero es una de sus clientas más apreciadas! —El tono de Suze va aumentando en consternación—. ¡Es Becky Bloomwood, la famosa presentadora de televisión, con una brillante carrera por delante!

—Es Becky Bloomwood, una persona a la que el año pasado se le amplió seis veces el descubierto —afirma en tono desagradable—, y que nunca ha conseguido mantenerse dentro de un límite. Una persona que continuamente ha mentido, faltado a las reuniones, tratado al personal del banco con poco o ningún respeto y que parece pensar que estamos aquí para financiar sus ansias de comprarse zapatos. He estado mirando su ficha, señorita Bloomwood. Conozco la película.

Se produce un silencio contenido mientras siento que las mejillas se me ponen cada vez más rojas y tengo la horrible sensación de que me voy a echar a llorar.

—¡No tiene por qué ser tan miserable! —brama Suze—. Becky acaba de pasar por una mala racha. A usted no le gustaría salir en los periódicos en primera plana, ¿verdad? Ni que le acosaran.

—Ya veo —dice con tono sarcástico—. Ahora espera que sienta pena por ella.

—Sí —digo—. Bueno, no, no exactamente. Pero creo que debería darme una oportunidad.

—Así que cree que debería hacerlo. ¿Y qué ha hecho usted para merecerla?

Menea la cabeza y nos quedamos en silencio.

—Pensaba que, si se lo explicaba todo... —Dejo de hablar y miro a Suze con impotencia, como diciéndole: «Dejémoslo».

—¡Qué calor hace! —interviene Suze con una repentina voz ronca—. Se quita la chaqueta, se echa el pelo hacia atrás y se pasa una mano por la mejilla—. Tengo mucho calor. ¿No tienes calor, John?

Le lanza una mirada de irritación.

—¿Qué es exactamente lo que quería explicarme, señorita Bloomwood?

—Que quería arreglar las cosas —afirmo con voz temblorosa—. Ya sabe, cambiar completamente. Que quiero valerme por mí misma y...

—¿Valerse por usted misma? —me interrumpe mordazmente—. ¿Quiere decirme que aceptar limosnas de un banco es valerse por uno mismo? ¡Si se valiera por usted misma no debería dinero, sino que ya tendría unos ahorros! Es la persona menos indicada para decir una cosa así.

—Ya... ya lo sé —admito casi susurrando—. Pero el hecho es que tengo un descubierto y pensaba que...

—¿Qué pensaba? ¿Que es especial? ¿Que se puede hacer una excepción porque sale en televisión? ¿Que las normas no tienen nada que ver con usted? ¿Que este banco le debe dinero?

Su voz me taladra los oídos y de repente me oigo replicar:

—¡No! No pienso eso. Nada de lo que dice. Sé que me he comportado de manera estúpida y que me he equivocado, pero todo el mundo lo hace alguna vez. —Respiro hondo—. Si mira mi historial, verá que he pagado todos mis descubiertos y todas las deudas de mis tarjetas de crédito. Y sí, vuelvo a estar endeudada, pero estoy intentando arreglarlo y lo único que se le ocurre es desdeñarme. Muy bien, me las arreglaré yo sola, sin su ayuda. Vámonos, Suze.

Temblorosa, me levanto. Tengo los ojos hinchados, pero me niego a llorar delante de él. Algo hace que me mantenga firme, así que me vuelvo y añado:

—«Endwich, nos preocupamos por usted.»

242

Se produce un largo y tenso silencio. Después, sin decir nada más, abro la puerta y salimos.

Mientras volvemos andando hacia casa, me siento completamente decidida. Se va a enterar. Le voy a enseñar a ese John Gavin. A todos, al mundo entero.

Voy a pagar todas mis deudas. No sé cómo, pero voy a hacerlo. A lo mejor trabajo de camarera o algo así. O a lo mejor me pongo manos a la obra y acabo el libro de autoayuda. Ganaré todo el dinero que pueda, lo más rápidamente posible, e iré al banco con un cheque, se lo pondré delante de las narices y, con voz digna pero mordaz, le diré...

—¡Bex! —dice Suze cogiéndome del brazo, y me doy cuenta de que acabo de pasarme nuestra casa—. ¿Estás bien? —pregunta mientras entramos—. ¡Menudo cabrón!

—Estoy bien —afirmo levantando la cara—. Le voy a enseñar. Voy a pagar todo el descubierto. Ya verás. Les voy a enseñar a todos.

—Así se habla —dice inclinándose para coger una carta que hay en el felpudo—. Es para ti, de *Los Desayunos de Televisión*.

—¡Ah, bien!

Mientras la abro, siento un subidón de optimismo. Puede que me quieran ofrecer otro trabajo. Algo con un buen sueldo que me permita pagar todas mis deudas rápidamente. Puede que hayan despedido a Emma y me propongan ocupar su puesto como presentadora. O a lo mejor...

¡No! ¡Dios mío! ¡No!

LOS DESAYUNOS DE TELEVISIÓN
East-West Television
Corner House
Londres NW8 4DW

Sra. Rebecca Bloomwood
Burney Road, 4, 2.ª
Londres SW6 8FD

2 de octubre de 2001

Estimada Becky,

En primer lugar, siento mucho la mala suerte que has tenido con tu reciente y poco afortunada aparición en la prensa, al igual que lo sienten Rory, Emma y todo el equipo.

Como sabes, la familia de *Los Desayunos de Televisión* es extremadamente leal y solidaria, y nuestra política es no dejar nunca que la mala publicidad se anteponga al verdadero talento. Sin embargo, y por casualidad, hemos estado considerando el trabajo de todos nuestros colaboradores y, después de muchas discusiones, hemos decidido retirarte de tu espacio por un tiempo.

He de hacer hincapié en que se trata de una medida temporal. Con todo, te estaríamos muy agradecidos si nos devolvieras el pase de East-West Television en el sobre que te adjuntamos y que firmaras el documento que te enviamos.

Tu trabajo en esta casa ha sido fantástico (evidentemente). Estamos seguros de que podrás demostrar tu talento allá donde vayas y que esto no supondrá un contratiempo para una persona tan dinámica como tú.

Con mis mejores deseos,

Zelda Washington
Secretaria de Producción

LIBROS DE AUTOAYUDA
PARADIGMA LTDA.
Soho Square, 695
Londres W1 5AS

Sra. Rebecca Bloomwood
Burney Road, 4, 2.ª
Londres SW6 8FD

4 de octubre de 2001

Estimada Becky,

Muchas gracias por el primer borrador de *Gestione su dinero al estilo Becky Bloomwood*. Apreciamos lo mucho que se ha esmerado en su redacción. Su prosa es ligera y fluida, y no hay duda de que ha tocado unos temas muy interesantes.

Por desgracia, quinientas palabras, por muy buenas que sean, no resultan suficientes para editar un libro de autoayuda. Y su sugerencia de que rellenemos el resto con fotografías no es factible.

Por lo tanto, y muy a nuestro pesar, hemos decidido que el proyecto no es viable, y en consecuencia nos vemos obligados a requerirle que devuelva el dinero que se le anticipó.

Reciba un cordial saludo,

Pippa Brady
Editora

PARADIGMA — LOS LIBROS QUE LE AYUDAN A AYUDARSE

¡YA A LA VENTA!: *Supervivencia en la jungla*, de Roger Flintwood (general de brigada fallecido).

quince

Durante varios días no salgo de casa, no contesto el teléfono ni hablo con nadie. Me siento en carne viva, como si las miradas y las preguntas de la gente, incluso la luz del sol, pudieran herirme. Necesito estar a oscuras y a solas. Suze se ha ido a Milton Keynes, a una conferencia de Hadleys sobre ventas y marketing, así que estoy sola. He pedido comida preparada, me he bebido dos botellas de vino blanco y ni siquiera me he quitado el pijama.

Cuando Suze vuelve, estoy sentada en el suelo, en el mismo sitio en el que me dejó, con la mirada perdida frente al televisor y atiborrándome de KitKats.

—¡Dios mío! —exclama apoyando las bolsas en el suelo—. Bex, ¿estás bien? ¡No debería haberte dejado sola!

—Estoy bien —contesto levantando la vista y forzando mi inexpresiva cara para que sonría—. ¿Qué tal ha ido la charla?

—Ha estado muy bien —dice un tanto avergonzada—. La gente no ha parado de felicitarme por las ventas de mis marcos. ¡Todo el mundo había oído hablar de mí! Han hecho una presentación de mis nuevos diseños y a todos les han encantado.

—Me alegro mucho —digo estirando la mano para estrechar la suya—. Te lo mereces.

—Bueno...

Se muerde el labio, coge una botella vacía del suelo y la deja en la mesa.

—¿Ha... ha llamado Luke?

—No —contesto después de un largo silencio—, no lo ha hecho.

La miro, pero no resisto su mirada.

—¿Qué estás viendo? —pregunta mientras aparece un anuncio de Coca-Cola light en la pantalla.

—*Los Desayunos de Televisión*. Ahora vienen los consejos sobre finanzas.

—¿Qué? —grita consternada—. ¡Apaga eso!

Coge el mando a distancia, pero se lo arranco de las manos.

—¡No! —me niego sin despegar la mirada de la pantalla—. Quiero verlo.

La melodía del programa suena a todo volumen mientras aparece la carátula de presentación, en la que hay dibujada una taza de café; luego desaparece y deja ver una toma del estudio.

—¡Hola! —saluda Emma a la cámara—. Bienvenidos de nuevo. Ha llegado el momento de presentarles a nuestra nueva experta en economía, Clare Edwards.

—¿Quién es ésa? —pregunta Suze mirándola con desagrado.

—Trabajaba conmigo en *Ahorro seguro* —contesto sin mover la cabeza—. Se sentaba a mi lado.

La cámara hace un recorrido hasta enfocar a Clare, que está sentada en el sofá que hay frente a Emma y sonríe.

—No parece muy divertida.

—No lo es.

—Bueno, Clare —dice Emma cordialmente—. ¿Cuál es tu filosofía en lo que respecta al dinero?

—¿Tienes algún lema? —interviene Rory.

—No creo en los lemas —contesta—. La economía no es un asunto frívolo.

—No, claro, por supuesto que no —continúa Rory—. Pero... ¿tienes algún consejo especial para los que quieren ahorrar?

—No creo en las generalizaciones triviales y engañosas. Cada persona debería elegir un tipo de inversión que se adecue a sus requisitos personales y a su situación tributaria.

—Sin duda alguna —admite Emma después de una pausa—. Ahora pasaremos a las consultas telefónicas. Tenemos a Mandy, de Norwich.

En el momento en que conectan con la primera llamada, suena el teléfono en el cuarto de estar.

—Dígame —contesta Suze bajando el volumen de la televisión con el mando—. ¡Ah, hola, señora Bloomwood! ¿Quiere hablar con Becky?

Enarca las cejas y me estremezco. He hablado muy poco con mis padres desde que volví. Saben que no me voy a ir a vivir a Nueva York, pero hasta ahora es todo lo que les he dicho. No puedo contarles lo mal que me está yendo todo.

—Becky, cariño, estoy viendo *Los Desayunos de Televisión*. ¿Qué hace esa chica dando consejos sobre economía?

—Es... No pasa nada, mamá, no te preocupes —aseguro, y noto que me estoy clavando las uñas en la palma de la mano—. Me ha estado sustituyendo mientras estaba fuera.

—¡Pues podrían haber elegido a alguien mejor! Tiene cara de pena. —Su voz se ha amortiguado—. ¿Qué dices, Graham? Papá dice que al menos deja bien claro lo buena que eres tú. Bueno, supongo que ahora que has vuelto, la quitarán, ¿no?

—No creo que sea tan fácil —confieso al cabo de un rato—. Ya sabes, por los contratos y esas cosas.

—¿Y cuándo vuelves? Janice me preguntará.

—No lo sé, mamá —respondo desesperada—. Mira, tengo que dejarte, ha sonado el timbre de la puerta. Ya te llamaré más tarde.

Cuelgo el teléfono y escondo la cabeza entre las manos.

—¿Qué voy a hacer? —me lamento completamente abatida—. ¿Qué voy a hacer, Suze? No puedo decirles que me han despedido. ¡No puedo! —Siento que las lágrimas me resbalan por las mejillas—. Están tan orgullosos de mí... Y no hago otra cosa que defraudarlos.

—¡No es verdad! —replica Suze—. No tienes la culpa de que los idiotas de *Los Desayunos de Televisión* reaccionaran de esa forma. Seguro que ahora lo lamentan. ¡Sólo hay que verla!

Sube el sonido y en la habitación se escucha la monótona voz de Clare hablando con dureza.

—Las personas que no se preocupan por su jubilación son unas sanguijuelas para el resto de la sociedad.

—¿No te parece un poco severo? —pregunta Rory.

—¡Mira lo que dice! ¡Es repugnante! —exclama Suze.

—Puede. Pero, si la despidieran, no me pedirán que vuelva. Sería como aceptar que se han equivocado.

—¡Pero lo han hecho!

Vuelve a sonar el teléfono y me mira.

—¿Estás o no estás?

—No estoy y no sabes cuándo volveré.

—Vale. —Descuelga el auricular—. ¿Dígame? Lo siento, Becky no está en este momento.

—Mandy, has cometido todos los errores posibles —acusa Clare en la pantalla—. ¿No has oído hablar nunca de las cuentas de ahorro? Y, en lo que respecta a volver a hipotecar la casa para comprar un barco...

—No, no sé cuándo vendrá —oigo a Suze—. ¿Quiere dejar un mensaje? —Coge un bolígrafo y empieza a apuntar—. Muy bien. Vale, sí. Sí, ya se lo diré. Gracias.

—¿Quién era? —pregunto en cuanto cuelga.

Sé que es una estupidez, pero cuando la miro, siento un rayo de esperanza. Puede que fuera un productor de otro programa. O alguien que quiere ofrecerme mi propia columna. A lo mejor era John Gavin para disculparse y ofrecerme un descubierto ilimitado. Es posible que, por fin, todo se arregle.

—Era Mel, la ayudante de Luke.

—¿Sí? —exclamo mirándola con inquietud—. ¿Y qué quería?

—Parece que ha llegado un paquete para ti de Estados Unidos, de Barnes and Noble.

Me quedo en blanco y, de repente, me acuerdo. Fui con Luke a esa tienda, compramos un montón de libros de arte y sugirió que los enviáramos por mensajería a cuenta de la empresa, para no tener que cargarlos por todas partes. Ahora me parece que todo eso sucedió hace mil años.

—¡Ah, sí! Ya sé lo que es. ¿Ha... dicho algo de Luke?

—No —contesta como disculpándose—. Sólo que pases a recogerlo cuando quieras y que sentía mucho lo que te había pasado. Que la llames cuando quieras para charlar un rato.

—Bien —digo inclinando la espalda hacia delante, abrazándome las rodillas y subiendo el volumen de la televisión—. Vale.

Durante unos días me digo que no merece la pena ir. Ya no quiero esos libros. Paso de ir y soportar las miradas curiosas de los empleados; no sé si podría mantener la cabeza alta y aparentar que estoy bien.

Sin embargo, un buen día pienso que me gustaría ver a Mel. Es la única persona con la que puedo hablar que realmente conoce a Luke, y me apetece tener una charla íntima con ella. Además puede

250

que haya oído algo de lo que está pasando en Estados Unidos. Sé que Luke y yo hemos acabado, que ya no tiene nada que ver conmigo, pero no puedo dejar de preocuparme por si ha conseguido su negocio o no.

Así que, cuatro días después, a eso de las seis de la tarde, cruzo lentamente la entrada de Brandon Communications con el corazón a punto de estallarme. Por suerte le toca el turno al portero amable. Ya me ha visto suficientes veces como para saludarme y dejarme entrar sin tener que anunciar mi visita.

Salgo del ascensor en el quinto piso y, para mi sorpresa, no hay nadie en la recepción. ¡Qué extraño! Espero unos segundos, dejo atrás el mostrador y me dirijo hacia el pasillo principal. Aminoro el paso y empiezo a fruncir el entrecejo. Algo extraño está pasando. Algo ha cambiado.

Todo está demasiado silencioso, muerto. Cuando miro la enorme oficina, me fijo en que la mayoría de las sillas están vacías. No suena ningún teléfono ni nadie va corriendo de un lado a otro, no hay grupos de personas discutiendo ideas.

¿Qué está pasando? ¿Qué ha sido del ajetreado ambiente de Brandon C? ¿Qué le ha pasado a la empresa de Luke?

Cuando paso cerca de la máquina del café, veo allí a dos chicos, que me suenan de algo, hablando. Uno de ellos, cabizbajo, parece lamentarse y el otro le está dando la razón, pero no puedo oír lo que dicen. Me acerco y se callan bruscamente. Me observan con curiosidad, se miran entre ellos y siguen hablando en un susurro.

No puedo creer que esto sea Brandon Communications. Hay un ambiente completamente diferente. Da la impresión de ser una empresa de holgazanes en la que a nadie le importa lo que está haciendo. Me dirijo a la mesa de Mel, pero, al igual que la mayoría, ya ha salido. ¡Ella, que se quedaba normalmente hasta las siete, se tomaba una copa de vino y se cambiaba en los servicios para irse de marcha!

Miro alrededor hasta que encuentro el paquete detrás de su silla. Después, le escribo una nota, me incorporo y pienso que ya tengo lo que he venido a buscar. Debería irme, no hay nada que me retenga.

Pero, en vez de salir, me quedo inmóvil mirando la puerta cerrada de la oficina de Luke.

Su oficina... Puede que haya enviado algún fax. Mensajes en los que cuente cómo van las cosas en Nueva York. Mientras contemplo la suave y clara madera, siento el impulso de entrar y enterarme de todo lo que pueda.

Pero ¿qué voy a hacer exactamente? ¿Buscar en sus archivos? ¿Escuchar su contestador? ¿Y si me pillan?

Me quedo allí, de pie, rota. Sé que no voy a entrar y rebuscar entre sus cosas, pero por otro lado soy incapaz de irme sin más. De repente, me quedo paralizada por la sorpresa: la manija de la puerta empieza a moverse.

¡Mierda! Hay alguien dentro. Está saliendo.

Presa del pánico, me agacho detrás de la silla de Mel. Mientras me acurruco, me estremezco de puro terror. Oigo un murmullo de voces, la puerta que se abre y alguien sale. Desde mi estratégica posición, todo lo que alcanzo a ver es que se trata de una mujer, que por cierto lleva unos zapatos de Chanel que cuestan un dineral. La siguen dos pares de piernas masculinas y los tres empiezan a andar por el pasillo. No puedo resistir la tentación de mirar y, por supuesto, se trata de Alicia, la bruja piernas largas, con Ben Bridges y alguien que me suena, pero no consigo ubicarlo.

Bueno, supongo que es normal, estará al cargo durante la ausencia de Luke. Aunque ¿por qué tiene que ocupar su oficina? ¿Por qué no usa una sala de reuniones?

—Siento que hayamos tenido que vernos aquí. —Oigo la voz de Alicia—. Por supuesto, la próxima vez será en el diecisiete de King Street.

Siguen hablando hasta que llegan a los ascensores, y rezo con todas mis fuerzas para que se metan dentro y desaparezcan. Pero, cuando el ascensor se abre, sólo se va el hombre que me suena, y un momento después Alicia y Ben vuelven hacia donde estoy yo.

—Voy a coger esos ficheros —dice Alicia entrando en la oficina de Luke y dejando la puerta abierta. Mientras tanto, Ben se apoya en la máquina del agua y empieza a jugar con los botones de su reloj y a mirar fijamente la pantallita.

¡Dios mío! Esto es horrible. Estoy atrapada. Empiezan a dolerme las rodillas y tengo el terrible presentimiento de que, si me muevo un milímetro, me crujirán. ¿Y si les da por quedarse toda la noche? ¿Y si vienen a la mesa de Mel? ¿Y si deciden hacer el amor encima?

—Ya está —dice Alicia en la puerta—. Creo que lo tengo todo. Me parece que esta reunión ha ido muy bien.

—Supongo que sí —dice Ben levantando la vista—. ¿Crees que Frank tiene razón? ¿Crees que nos demandará?

¡Frank! Claro, el tercero era Frank Harper, el publicista del Banco de Londres. Lo veía muy a menudo en las ruedas de prensa.

—No lo hará —asegura Alicia muy tranquila—. Perdería todo su prestigio.

—Ya ha perdido bastante —dice Ben enarcando las cejas—. Dentro de nada, será el hombre invisible.

—Cierto —corrobora Alicia sonriéndole y mirando el montón de ficheros que lleva en la mano—. ¿Lo tengo todo?... Diría que sí. Bueno, me voy. Ed debe de estar esperándome. Nos vemos mañana.

Desaparecen por el pasillo y esta vez, afortunadamente, entran en el ascensor. Cuando estoy segura de que se han ido, me siento sobre los talones, pensativa. ¿Qué está pasando? ¿Por qué estaban hablando de demandas? ¿Demandar a quién? ¿Qué tiene que ver el Banco de Londres con todo esto? ¿Van a llevar a Luke a juicio?

Durante un momento permanezco inmóvil, intentando entenderlo, pero no llego a ninguna conclusión. De repente caigo en que lo mejor es largarme ahora que no hay moros en la costa. Me levanto haciendo un gesto de dolor por los calambres que siento en los pies y estiro las piernas para que vuelva a circular la sangre. Cojo mi paquete y, con toda la naturalidad de que dispongo, me dirijo hacia los ascensores. Justo en el momento en que estoy apretando el botón de llamada, suena el móvil dentro del bolso y doy un respingo. Mierda, el teléfono. Menos mal que ha pasado ahora.

—¿Sí? —digo entrando en el ascensor.

—Bex, soy Suze.

—¡Suze! —exclamo con una risita—. No tienes ni idea de lo cerca que has estado de meterme en un buen lío. Si me hubieras llamado hace cinco minutos, me habrías...

—¡Escucha, Bex! —me interrumpe—. Acabo de recibir una llamada.

—Pues vale—digo apretando el botón del segundo piso—. ¿De quién?

—De Zelda, de *Los Desayunos de Televisión*. Quiere hablar contigo, me ha dicho que si querrías comer con ella mañana.

• • •

Esa noche apenas duermo una hora. Suze y yo nos quedamos hasta tarde decidiendo lo que debería ponerme y, cuando ya estoy en la cama, sigo despierta mirando al techo y dándole vueltas a la cabeza. ¿Querrán que vuelva después de todo? ¿Van a contratarme de nuevo? ¡Puede que me hayan ascendido! ¡A lo mejor tengo mi propio programa!

Pero al amanecer, todas mis fantasías se evaporan, dejando desnuda la pura verdad: lo único que quiero es volver a mi antiguo empleo, decirles a mis padres que salgo en televisión otra vez, pagar mi descubierto y empezar una nueva vida. Otra oportunidad. Es lo único que quiero.

—¿Ves? —me dice Suze a la mañana siguiente mientras me estoy arreglando—. Sabía que querrían que volvieras. Esa Clare Edwards es muy mala. Completamente...

—Suze —la interrumpo—. ¿Qué tal estoy?

—Muy bien —dice mirándome de arriba abajo.

Llevo los pantalones de Banana Republic, una chaqueta ajustada de color pálido encima de una camisa blanca y un pañuelo verde oscuro alrededor del cuello.

Quería ponerme el de Denny and George, incluso lo cogí del tocador, pero después, casi inmediatamente, lo volví a dejar, no sé muy bien por qué.

—Estás rompedora. ¿Dónde vas a comer?

—En Lorenzo's.

—¿En San Lorenzo? Vaya, eso sí que es tener clase —afirma con los ojos muy abiertos.

—No, no creo... Se llama simplemente Lorenzo's y es un sitio que no conozco.

—Bueno, pide champán y diles que estás decidiéndote entre miles de ofertas, que si quieren que vuelvas tendrán que pagarte una buena pasta, que ésa es la historia, lo toman o lo dejan.

—¡Eso es! —afirmo abriendo el rímel.

—Si se resienten sus márgenes, que así sea —afirma categóricamente—. Para tener un producto de calidad, hay que pagar un precio elevado. Tienes que cerrar el trato con tu tarifa y tus condiciones.

—Suze... —empiezo a decir con la varita del rímel sobre las pestañas—. ¿De dónde sacas todas esas historias?

—¿Qué historias?

254

—Todo eso de los márgenes y de cerrar el trato.

—Ah, eso... De la conferencia de Hadleys. Tuvimos un seminario con uno de los mejores vendedores de Estados Unidos. Fue estupendo. ¿Sabes?, que un producto sea bueno sólo depende de la persona que lo vende.

—Si tú lo dices... —Cojo el bolso, compruebo que lo llevo todo y la miro—. Bueno, allá voy —digo con firmeza.

—¡Buena suerte! Aunque, ¿sabes?, en los negocios no interviene el azar. Sólo existe el empeño, la determinación y más empeño.

—Vale, intentaré recordarlo.

La dirección que me han dado de Lorenzo's está en el Soho, pero cuando llego, no veo nada que se parezca a un restaurante. Sólo hay bloques de oficinas y unas pocas tiendas tipo prensa y caramelos, una cafetería y...

Un momento. Me paro y miro el letrero que hay encima: CAFETERÍA Y SANDWICHERÍA LORENZO'S.

Pero... éste no puede ser el sitio donde hemos quedado.

—¡Becky! —Zelda viene hacia mí, vestida con vaqueros y una cazadora acolchada—. ¡Lo has encontrado!

—Sí —afirmo intentando no mostrar mi sorpresa—. Bueno, ha sido fácil.

—No te importa tomar solamente un sándwich, ¿verdad? —pregunta arrastrándome dentro—. Es que este sitio me quedaba cerca.

—No, me parece muy bien.

—Estupendo, te recomiendo pollo a la italiana. —Me mira de arriba abajo—. Estás muy elegante. ¿Vas a algún sitio?

Siento una punzada. No puedo confesarle que me he vestido así para verla a ella.

—Sí. —Me aclaro la voz—. Tengo una reunión más tarde.

—Bien, no te retendré mucho tiempo. Queremos hacerte una proposición —dice sonriendo—. Y hemos pensado que sería mejor hacerlo cara a cara.

Esto no es exactamente lo que yo entiendo por una comida de negocios. Pero cuando veo al chico de la cafetería poniendo el pollo encima del pan, añadiéndole lechuga y cortando el sándwich en cuatro partes, me siento más positiva. Puede que no sea un sitio elegante con manteles y champán, puede que no estén tirando la casa por la ventana, pero quizá eso sea buena señal. Eso demuestra que todavía piensan que formo parte del equipo, ¿no? Alguien con quien comer tranquilamente cualquier cosa y discutir ideas para la próxima temporada.

Puede que me quieran como asesora de reportajes especiales, o me preparen para ser productora.

—Todos sentimos mucho lo que te ha pasado —dice mientras nos acercamos a una pequeña mesa de madera haciendo equilibrios con las bandejas de los sándwiches y las bebidas—. ¿Qué tal te van las cosas? ¿Tienes algún trabajo en perspectiva en Nueva York?

—Bueno, no exactamente —contesto bebiendo un poco de agua mineral—. Está todo un poco en compás de espera. —Observo que me mira como evaluando la situación, y añado rápidamente—: Pero he estado considerando un montón de ofertas. Ya sabes, varios proyectos, ideas que quiero madurar.

—¡Muy bien! Me alegro mucho. Sentimos mucho que tuvieras que irte y quiero que sepas que no lo decidí yo. —Pone una mano encima de la mía y luego la retira para coger su sándwich—. Bueno, a lo que íbamos. —Siento que el estómago se me revuelve por los nervios—. ¿Te acuerdas de Barry, nuestro productor?

—Sí, claro —afirmo un poco sorprendida. ¿Creen que ya me he olvidado de su nombre?

—Pues bien, nos ha propuesto una serie de ideas muy interesantes. —Me sonríe y le devuelvo la sonrisa—. Cree que a los espectadores de *Los Desayunos de Televisión* les interesaría mucho saber algo más de tu problemilla.

—Ya —digo, y siento que la sonrisa se me congela en la cara—. Bueno, esto no es...

—También ha pensado que estaría bien que participases en un debate sobre el tema, o que llamaras por teléfono. —Toma un sorbo de té—. ¿Qué opinas?

La miro completamente alucinada.

—¿Me estás diciendo que vuelva a mi espacio habitual?

—¡No! No podríamos tenerte como asesora financiera, ¿no crees? —dice riéndose—. No, esto sería más como un programa excepcional de actualidad, algo así como «Cómo las compras arruinaron mi vida». —Da un mordisco al sándwich—. Lo ideal sería que fuese, ¿cómo diría?, emotivo. Podrías abrirnos tu corazón. Hablar de tus padres, de cómo los has destrozado, de los problemas de tu

256

infancia, de relaciones problemáticas... Por supuesto, esto no son más que ideas. Y si pudieras llorar un poco...

—¿Llo... llorar? —repito atónita.

—No es obligatorio, por supuesto. —Se inclina hacia delante muy seria—. Queremos que sea una experiencia positiva también para ti, Becky. Queremos ayudarte. Clare Edwards estará también en el estudio para ofrecerte sus consejos.

—¡Clare Edwards!

—Sí. Trabajabas con ella, ¿no? Por eso la elegimos. ¿Sabes?, es todo un éxito. ¡Ella sí que sabe reñir a los telespectadores! Hemos decidido llamarla «Clare la déspota» y darle un látigo.

Se echa a reír, pero me resulta imposible unirme a ella. Me arde la cara por la sorpresa y la humillación. Nunca me habían menospreciado de esta manera.

—¿Qué opinas? —pregunta sorbiendo un batido de frutas.

Dejo el sándwich en la bandeja, incapaz de darle otro bocado.

—Me temo que la respuesta es no.

—Bueno, por supuesto, se te pagará. ¡Debería habértelo dicho desde el principio!

—Aun así, no me interesa.

—No me des la respuesta todavía. Piénsatelo. —Me lanza una alegre mirada y luego mira su vaso—. Me temo que tengo que irme corriendo, pero me alegro de haberte visto, Becky, y de que las cosas te vayan bien.

Cuando se ha ido, me quedo inmóvil un buen rato, bebiendo agua mineral. Por fuera parezco calmada, pero por dentro ardo de rabia. ¡Quieren que vaya y llore! Eso es lo que tenían pensado para mí. Un artículo en un periódico sensacionalista de mierda y ya no soy Becky Bloomwood, la experta en finanzas, sino Becky Bloomwood, fracaso y derrota. ¡Véanla llorar y no se olviden de los pañuelos!

Bueno, pues pueden meterse su mierda de pañuelos... Pueden coger su mierda... Gilipollas. Mierda. Gilipollas.

—¿Se encuentra bien? —me pregunta el hombre que tengo al lado, y me doy cuenta de que estoy mascullando en voz alta.

—Sí, gracias.

Dejo el vaso de agua y salgo de Lorenzo's con la cabeza bien alta.

Bajo la calle y tuerzo una esquina sin saber muy bien dónde voy. No conozco esta zona y no tengo que ir a ningún sitio, así que simplemente sigo andando, hipnotizada con el ritmo de mis pasos, pensando que en algún momento me tropezaré con alguna parada de metro.

Me empiezan a escocer lo ojos y me digo que es el aire frío, que es el viento. Meto las manos en los bolsillos, levanto el mentón y empiezo a caminar más deprisa intentando mantener la mente en blanco. Pero en mi interior hay un terror ciego, un pánico que va en aumento. No me han vuelto a dar mi trabajo. Ni tengo ninguno en perspectiva. ¿Qué le cuento a Suze? ¿Qué le digo a mi madre?

—¡Tenga cuidado! —me grita alguien por detrás, y me doy cuenta de que he bajado de la acera y estoy delante de un ciclista.

—¡Lo siento! —digo con voz ronca, mientras él gira bruscamente y me hace el signo de la victoria con los dedos. Esto es ridículo. Tengo que calmarme. Para empezar, ¿dónde estoy? Empiezo a caminar lentamente, mirando las puertas acristaladas de las oficinas, en busca del nombre de la calle. Cuando estoy a punto de preguntarle a un policía, veo una placa. Estoy en King Street.

Por un momento me quedo perpleja mirándola y pensando de qué me suena ese nombre. Después, de repente, me acuerdo. El diecisiete de King Street. ¡Alicia!

El número grabado en la puerta de cristal que tengo al lado es el veintitrés. O sea que acabo de pasarlo.

Me muero de curiosidad. ¿Qué coño habrá? ¿Por qué hablaba Alicia de hacer una reunión allí? ¿Pertenecerá a alguna secta secreta? No me extrañaría nada que en su tiempo libre ejerciera de bruja.

Llevada por la intriga, vuelvo sobre mis pasos hasta que llego ante una modesta puerta doble. Evidentemente es un edificio en el que hay varias oficinas pequeñas, pero cuando miro la lista, ninguna de ellas me suena.

—¡Hola! —me saluda un chico con cazadora vaquera y una taza de café en la mano. Se acerca a la puerta, marca el código de acceso y abre la puerta—. Pareces perdida. ¿A quién buscas?

—No estoy muy segura —contesto—. Creo que conozco a alguien que trabaja aquí, pero no me acuerdo del nombre de la empresa.

—¡Cómo se llama?

—Alicia.

Inmediatamente me arrepiento de haberlo dicho. ¿Y si la conoce? ¿Y si está dentro y va a buscarla?

—No conozco a nadie que se llame así, pero he visto unas cuantas caras nuevas últimamente. ¿A qué se dedica?

—Relaciones públicas.

—¿Relaciones públicas? Aquí la mayoría somos diseñadores gráficos. —De pronto se le ilumina la cara—. Espera, a lo mejor es la nueva. ¿B y B? ¿BBB? Algo así. Todavía no han abierto, por eso no los conozco.

Toma un sorbo de su capuchino y le miro sin poder dejar de pensar.

—¿Una nueva empresa de relaciones públicas, aquí?

—Que yo sepa, sí. Han cogido un local muy grande en el segundo piso.

Mis pensamientos se disparan como si fueran fuegos artificiales.

B y B. Bridges y Billington. Billington y Bridges.

—¿Sabes...? —Intento mantener la calma—. ¿Sabes exactamente a qué se dedican?

—No, eso no lo sé. Algo sobre finanzas. Al parecer uno de sus mejores clientes es el Banco de Londres, o lo será. Lo que debe de darles un buen dinerito. Pero, como te he dicho, todavía no los conozco, así que... —Me mira y le cambia la expresión de la cara—. ¿Estás bien?

—Sí, sí —consigo responder—. Tengo que... tengo que hacer una llamada.

Marco el número del Four Seasons tres veces y cuelgo antes de atreverme a preguntar por Luke Brandon. Al final respiro hondo, vuelvo a marcar y pregunto por Michael Ellis.

—¡Michael! Soy Becky Bloomwood —digo cuando se pone al aparato.

—¡Becky! —exclama con tono de estar verdaderamente encantado de hablar conmigo—. ¿Qué tal estás?

Cierro los ojos e intento no perder la calma. Su voz me ha devuelto directamente a los momentos que pasé en ese hotel. De nuevo al tenue y lujoso vestíbulo, al ilusorio mundo de Nueva York.

—Estoy... —inspiro de nuevo—, bien. Ya sabes, de vuelta a la vida normal. Muy ocupada.

No voy a admitir que he perdido el trabajo. No quiero que todo el mundo se compadezca de mí.

—Iba de camino al estudio —digo cruzando los dedos—, pero quería decirte algo. Creo que sé por qué corre el rumor de que Luke va a perder el Banco de Londres.

Le cuento todo lo que escuché en la oficina, cómo he llegado hasta King Street y lo que he descubierto.

—Ya. Ya —dice a intervalos, con desaliento—. ¿Sabías que hay una cláusula en los contratos que prohíbe a los empleados hacer ese tipo de cosas? Si le roban un cliente, Luke puede demandarlos.

—Estuvieron comentándolo y creo que piensan que no lo hará porque perdería su prestigio.

Se queda en silencio y casi puedo oír sus pensamientos al otro lado de la línea.

—Tienen razón... —dice finalmente—. Tengo que hablar con Luke. Has hecho un buen trabajo.

—Eso no es todo, Michael. Alguien tiene que decírselo, estuve en las oficinas de Brandon Communications y ¡estaban muertas! Nadie trabajaba, todo el mundo se va a casa pronto, había un ambiente completamente diferente, nada bueno. —Me muerdo el labio—. ¡Tiene que volver a casa!

—¿Por qué no se lo dices tú misma? Estoy seguro de que le gustaría oírtelo decir.

Parece tan amable y preocupado...

—No puedo. Si le llamo pensará... pensará que estoy intentando demostrar que tengo razón, o que son cotilleos sin importancia. —Me callo y trago saliva—. En realidad me gustaría que me mantuvieses al margen. Haz como si te hubieses enterado a través de otra persona. Pero alguien tiene que decírselo.

—He quedado con él dentro de media hora. Se lo diré. Y, Becky, buen trabajo.

260

dieciséis

Al cabo de una semana, ya he perdido la esperanza de recibir noticias de Ellis. Sea lo que sea lo que le haya dicho a Luke, nunca me enteraré. Siento que una parte de mi vida se ha acabado. Luke, América, la televisión, todo. Es el momento de empezar de nuevo.

Intento ser positiva y pensar que tengo un montón de posibilidades a mi alcance, pero ¿cuál se supone que es el siguiente paso para una experta en finanzas en la televisión? Llamé a una agente y, horror, sonaba igual que los de Nueva York. Me dijo que estaba encantada de hablar conmigo, que no tendría problemas para conseguirme trabajo, incluso mi propio programa, y que me volvería a llamar con montones de noticias. No he vuelto a saber de ella.

Así que sólo me queda buscar un empleo que sólo tengo un cincuenta por ciento de posibilidades de conseguir en la sección de medios de comunicación del *Guardian*. Me he presentado para redactora en el *Investor's Chronicle*, ayudante de dirección en el *Personal Investment Periodical* y editora en el *Annuities Today*. No es que sepa mucho de anualidades, pero siempre puedo inventar algo.

—¿Qué tal estás? —pregunta Suze entrando en la habitación con un cuenco de cereales crujientes con nueces.

—Bien —contesto intentando sonreír—. Lo conseguiré.

Se lleva una cucharada de cereales a la boca y me mira pensativa.

—¿Tienes algún plan para hoy?

—Pues no —murmuro con voz taciturna—. Ya sabes, intentar encontrar un trabajo. Organizar mi desordenada vida. Ese tipo de cosas.

—Ah, bueno —dice poniendo cara compasiva—. ¿Has encontrado algo?

Pongo el dedo en un anuncio que he marcado con un círculo.

—Creo que me decidiré por *Annuities Today*. El candidato apropiado también puede ser elegido para la dirección del suplemento sobre la devolución de impuestos anual.

—¿Sí? —Hace una mueca involuntaria y añade rápidamente—: Quiero decir que suena de maravilla. Muy interesante.

—¿La devolución de Hacienda? ¡Por favor, Suze!

—Bueno, ya sabes, las cosas son relativas.

Me quedo mirando la moqueta del cuarto de estar. Hemos bajado el sonido de la televisión y sólo se oye masticar a Suze.

—¿Qué pasará si no encuentro nada?

—Ya lo encontrarás, no te preocupes. ¡Eres una estrella de la tele!

—Lo era, hasta que lo estropeé todo. Hasta que mi vida se hizo añicos.

Tumbada en el suelo, con la cabeza apoyada en el sofá, cierro los ojos. Podría quedarme así el resto de mi vida.

—Empiezas a preocuparme, Bex. Hace días que no sales. ¿Qué más tenías planeado para hoy?

Abro mínimamente los ojos y compruebo que me está mirando un tanto inquieta.

—No sé... Ver *Los Desayunos de Televisión*.

—¡Basta! —exclama con determinación y cierra el periódico—. ¡Vamos! Se me acaba de ocurrir algo.

—¿Qué? —pregunto recelosa, mientras me arrastra a mi habitación. Abre la puerta, me mete dentro y gesticula con los brazos indicando todo el desorden que hay.

—Deberías dedicar la mañana a desposeerte.

—¿Qué? —pregunto mirándola espantada—. ¡No quiero «desposeerme»!

—¡Sí que quieres! Ya verás, te sentirás de maravilla, igual que yo. Fue estupendo.

—Ya, y después te quedaste sin ropa. Estuviste tres semanas pidiéndome bragas.

—Vaaale. A lo mejor me pasé un poco, pero el hecho es que transforma tu vida por completo.

—No es verdad.

—Sí lo es. Es *feng shui*. Tienes que dejar salir cosas de tu vida para permitir que entren otras buenas.

—Ya.

—¡Es verdad! En cuanto lo hice me llamaron de Hadleys para hacerme una oferta. ¡Venga, Bex! Un poco de desposesión te hará la mar de bien. —Abre el armario y empieza a hurgar entre mi ropa.

—¡Mira esto! —exclama sacando una falda de ante azul con flecos—. ¿Cuándo te la pusiste la última vez?

—Hace poco —aseguro cruzando los dedos detrás de la espalda. Me la compré en un puesto de Portobello Road sin probármela y, cuando llegué a casa, comprobé que me iba pequeña. Pero nunca se sabe, a lo mejor un día pierdo montones de kilos...

—¿Y esto? ¿Y esto otro?

Arruga la frente.

—¡Por Dios santo! ¿Cuántos pantalones negros tienes?

—¡Sólo uno! Puede que dos.

—Cuatro, cinco, seis... —Revisa las perchas y va sacando pares de pantalones.

—Ésos son para cuando me siento gorda —suelto a la defensiva cuando me enseña mis viejos y cómodos todoterreno de Benetton—. Y ésos son vaqueros —exclamo cuando llega al fondo—. Los vaqueros no cuentan como pantalones.

—¿Quién lo dice?

—Todo el mundo. Es *vox populi*.

—Diez, once...

—¡Sí, hombre! ¡Ésos son para esquiar! Son otra cosa, es ropa de deporte.

Se vuelve hacia mí.

—Bex, no has esquiado en la vida.

—Ya lo sé. Pero los tengo por si alguien me invita. Además estaban de rebajas.

—¿Qué es esto? —pregunta cogiendo mi careta de esgrima con cuidado—. Esto puede ir directamente a la basura.

—¡Estoy aprendiendo esgrima! —protesto indignada—. Voy a ser la doble de Catherine Zeta Jones.

—No me explico cómo te las arreglas para meter todas estas cosas aquí. ¿No tiras nunca nada? —Coge un par de zapatos decorados con conchas—. A ver, ¿cuándo te has puesto esto?

—Nunca. Pero ésa no es la cuestión. Si los tiro, al día siguiente volverán a ponerse de moda las conchas y tendré que comprarme otros. Es como tener un seguro.

—Las conchas no van a ponerse de moda nunca más.

—Quién sabe. Es como el tiempo, nunca se puede predecir.

Menea la cabeza y se abre camino entre los montones de cosas que hay en el suelo para dirigirse a la puerta.

—Te doy dos horas y, cuando vuelva, quiero ver una habitación completamente cambiada. Completamente. Venga, ¿a qué esperas?

Se va y me siento en la cama mirando desconsolada la habitación.

Bueno, está bien, puede que tenga razón. A lo mejor debería ordenar las cosas un poco. Pero ni siquiera sé por dónde empezar. Si empiezo a deshacerme de cosas porque no me las pongo nunca, ¿cuál es el límite? Me quedaré sin nada.

Es muy difícil, demasiado esfuerzo.

Cojo un jersey, lo miro un par de segundos y lo vuelvo a dejar. Me agota el mero hecho de pensar si me lo quedo o no.

—¿Qué tal vas? —oigo la voz de Suze a través de la puerta.

—¡Muy bien! —grito alegremente—. ¡De maravilla!

Tengo que hacer algo. A lo mejor podría empezar por un rincón e ir avanzando. Me dirijo a una esquina de la habitación. Un montón de cosas se tambalean encima del tocador e intento distinguir de qué se trata. Son todos los artículos de oficina que compré por Internet, el cuenco de madera que compré hace tiempo porque había salido en *Elle Decoration* (después vi uno igual en unos grandes almacenes, y mucho más barato), un aparato para teñir ropa... ¿Y esto qué es? ¿Qué habrá en esa caja que ni siquiera he abierto?

Miro en su interior y me encuentro un rollo de cincuenta metros de papel de aluminio. ¿Papel de aluminio? ¿Para qué lo compraría? ¿Iba a asar un pavo o qué? Atónita, cojo la carta que hay en la tapa y leo: «Bienvenida al mundo de Country Ways. Estamos encantados de que su amiga, la señora Jane Bloomwood, le haya recomendado nuestro catálogo.»

¡Claro! Mi madre lo pidió para conseguir un regalo. Una cacerola, el papel de aluminio, unas bolsas de esas en las que estaba metiendo los cojines del jardín, un extraño artefacto para poner en...

Un momento.

Dejo el cacharro y vuelvo a coger las bolsas. Una mujer rubia con un horrible peinado me mira orgullosa con un edredón reducido y empaquetado en plástico en la mano. En el globito de la foto se lee: «75% de reducción. Ahora tengo mucho más espacio en mi armario.»

Abro la puerta de la habitación con cuidado y voy de puntillas hasta el armario en el que guardamos los artículos de limpieza. Cuando paso al lado del cuarto de estar miro dentro y veo a Suze sentada en el sofá con Tarquin; los dos están muy serios.

—¡Tarquin! —exclamo, y los dos vuelven la cabeza con aire de culpabilidad—. No te he oído llegar.

—¡Hola, Becky! —saluda sin mirarme a los ojos.

—Tenemos que... hablar de unas cosas —dice Suze mirándome como un tomate—. ¿Has terminado?

—Casi, voy a pasar la aspiradora por la habitación, para que quede mejor.

Cierro la puerta de mi habitación y saco las bolsas de la caja. Va a ser coser y cantar. Sólo hay que meterlo todo y sacarle el aire. Pone que diez jerséis por bolsa, pero ahora no me voy a poner a contar.

Empiezo a meter ropa en la primera bolsa hasta que ya no cabe nada más. Jadeando por el esfuerzo, consigo cerrar la cremallera de plástico y después conecto el aspirador al agujero. Es impresionante. Funciona. La ropa se está reduciendo a nada delante de mis narices.

¡Es fantástico! Esto va a revolucionar mi vida. ¿Para qué narices desposeerse de las cosas si se pueden encoger a la mitad de su tamaño?

Tengo ocho bolsas, y cuando las he llenado, las meto en el armario y cierro la puerta. Tengo que apretar un poco y se oye una especie de silbido cuando fuerzo la puerta, pero la cuestión es que están dentro. Las he metido todas.

Y qué diferencia de habitación, es increíble. No es que esté como los chorros del oro, pero está mucho mejor que antes. Escondo rápidamente algunas cosas sueltas debajo del edredón, pongo unos cojines encima y me doy la vuelta. Miro a mi alrededor y me siento orgullosa de mí misma. Nunca había tenido la habitación tan ordenada. Suze tenía razón, en cierto modo me siento diferente. A lo mejor el *feng shui* tiene algo que ver. Puede que éste sea un momento crucial y que mi vida dé un giro.

—¡He acabado! —grito después de echar un último vistazo.

Cuando Suze entra, me siento en el borde de la cama con aire de suficiencia y sonrío ante su atónita expresión.

—¡Bex, es fantástico! —exclama mirando incrédula la despejada habitación—. ¡Y tan rápido! A mí me costó una eternidad arreglar mis cosas.

—Ya sabes —digo encongiéndome de hombros—. Cuando me decido a hacer algo, lo acabo.

Da unos cuantos pasos y mira sorprendida el tocador.

—Joder, no sabía que fuera de mármol.

—Ya. Es bonito, ¿eh?

—Pero ¿dónde has metido toda la basura? ¿Dónde están las bolsas?

—Están en... ya me he deshecho de ellas.

—¿Has tirado muchas cosas? —pregunta acercándose a la semivacía repisa de la chimenea—. Seguro que sí.

—Un buen montón, sí —contesto—. Al final no me he cortado nada.

—Me dejas de piedra.

Se detiene delante del armario y la miro echa un manojo de nervios.

«No lo abras —rezo en silencio—. ¡No lo abras!»

—¿Te has quedado con algo? —pregunta sonriendo. Abre la puerta y las dos gritamos.

Se oye una explosión, como cuando se pincha un globo.

Excepto que, en vez de una aguja, es la ropa.

No sé lo que ha pasado, qué es lo que he hecho mal, pero una de las bolsas ha estallado, ha soltado jerséis por todas partes y ha empujado a las otras hacia afuera. Después ha explotado otra, y otra... Es como una tormenta de ropa. Suze está llena de tops elásticos. Hay una falda de lentejuelas en la tulipa de la lámpara y un sujetador ha salido disparado y ha pegado en la ventana. Suze está medio gritando, medio riéndose y yo muevo los brazos gritando: «¡Basta!, ¡basta!» e implorando a Santa Rita.

Oh, no.

No, por favor. Ya es suficiente.

Demasiado tarde. Una auténtica cascada de bolsas se precipita al vacío desde el estante de arriba, donde las tenía escondidas. Una detrás de otra, van saliendo a la luz. Le dan a Suze en la cabeza y aterrizan en el suelo dejando ver su contenido. Cajas de color gris brillante con las letras S C-S garabateadas en la tapa...

Hay unas cuarenta.

—¿Que...? —Suze se quita una camiseta de la cabeza y las mira boquiabierta—. ¿Dónde coño las has...?

Escarba entre la ropa desparramada por todo el suelo, coge una caja, la abre y la mira sin decir nada. Dentro, envuelto en papel de seda de color turquesa, hay un marco hecho con cuero.

¡Dios mío! ¿Por qué han tenido que caerse?

Sin decir una palabra, se inclina y coge una bolsa de Gifts and Goodies, la abre y cae al suelo un recibo. En silencio, saca las dos cajas que hay dentro, las abre y descubre dos marcos hechos con *tweed* de color violeta.

Abro la boca para decir algo, pero no puedo. Durante unos instantes nos miramos a los ojos.

—Bex, ¿cuántos tienes? —pregunta finalmente con voz ahogada.

—No muchos —aseguro, y siento que me estoy ruborizando—. Ya sabes, unos cuantos.

—¡Debe de haber unos cincuenta!

—No.

—¡Sí! —replica con las mejillas coloreadas por la angustia—. ¡Son muy caros, Bex!

—¡No hay tantos! —digo riéndome para relajarla—. Además, no los compré todos a la vez.

—¡No tenías que haber comprado ninguno! ¡Te dije que te haría uno!

—Ya lo sé —afirmo torpemente—. Pero quería apoyarte.

Nos quedamos en silencio mientras Suze coge otra bolsa y mira las dos cajas que hay dentro.

—Es por ti, ¿verdad? —dice de repente—. ¡Por eso he vendido tanto!

—No, de verdad, Suze.

—Te has gastado todo el dinero en comprar mis marcos. ¡Todo! Y ahora tienes deudas.

—No, no las tengo.

—De no haber sido por ti, no me hubieran ofrecido el contrato.

—¡Claro que sí! ¡Por supuesto! Haces los marcos más bonitos del mundo. ¡Mira éste! —Cojo la caja que tengo más cerca y saco uno hecho con tela vaquera desgastada—. Me lo hubiera quedado aunque no te conociera. Igual que todos los demás.

—No habrías comprado tantos. Puede que sólo tres.

—No, los habría comprado todos. Son un regalo perfecto, o un detalle para la casa.

—Lo dices por mí —gimotea con lágrimas en los ojos.

—¡No! —insisto, y noto que también se me llenan los ojos de lágrimas—. Todo el mundo adora tus marcos. He visto cómo los miraba la gente en las tiendas.

—No es verdad.

—¡Sí! Vi a una mujer en Goods and Goodies a la que le encantaron. Fue el otro día, y toda la gente que había en la tienda estaba de acuerdo con ella.

—¿En serio? —pregunta con un hilillo de voz.

—¡Pues claro! Tienes mucho talento, y éxito. —Miro mi bombardeada habitación y me desespero—. Y yo soy un desastre. John Gavin tenía razón, a estas alturas debería tener unos ahorrillos. Tendría que estar más estabilizada. Soy una inútil.

—¡No! —exclama horrorizada.

—Sí que lo soy. —Abatida, me dejo caer en la moqueta llena de ropa—. Mírame, no tengo trabajo ni proyectos, me han demandado, debo miles y miles de libras y no tengo ni idea de cómo voy a empezar a pagarlas.

Oigo una tos en la puerta y veo a Tarquin con tres tazas de café.

—¿Un refrigerio? —pregunta abriéndose paso por la habitación.

—Gracias, Tarquin —digo cogiéndole una—. Siento mucho todo esto, no estoy en un buen momento.

Se sienta en la cama e intercambia miradas con Suze.

—¿Andas mal de dinero?

—Sí —contesto secándome los ojos—. Así es. —Vuelven a mirarse.

—Becky, estaría más que encantado de...

—No, gracias. —Le sonrío—. De verdad.

Bebemos el café en silencio. Un rayo de sol invernal entra por la ventana, cierro los ojos y siento su relajante calor en la cara.

—Nos pasa a todos —asegura Tarquin, comprensivo—. El tío Monty siempre estaba sin blanca, ¿verdad, Suze?

—Sí, constantemente. Pero siempre se recuperaba.

—Así es. Una y otra vez.

—¿Qué hacía? —pregunto empezando a interesarme.

—Normalmente vendía un Rembrandt —contesta Tarquin—. O un Stubbs. Cosas así.

Estupendo. ¿Qué pasa con estos millonarios? Incluso con Suze, aunque la quiera tanto... No se enteran. ¡No saben lo que es no tener ni un centavo!

—Ah, bien —digo intentando sonreír—. Por desgracia no tengo ningún Rembrandt suelto por aquí. Todo lo que tengo son tropecientos pantalones negros y alguna camiseta.

—Y un equipo de esgrima —añade Suze.

En la habitación de al lado suena el teléfono, pero nadie se mueve.

—Y un cuenco de madera que odio —digo entre risas y sollozos—. Y cuarenta marcos.

—Y un jersey de diseño con dos cuellos.

—Y un traje de cóctel de Vera Wang. —Miro por la habitación con repentino interés—. Y un bolso de Kate Spade y... y un armario lleno de cosas que nunca me he puesto. Suze —digo casi demasiado nerviosa como para hablar—. Suze...

—¿Qué?

—Piensa un momento. No tengo nada, pero tengo activos. Puede que se hayan devaluado un poco, pero...

—¿Qué quieres decir? —pregunta Suze, y de repente se le ilumina la cara—. No me digas que tienes una cuenta de ahorro individual de la que no te acordabas.

—No, no es eso.

—No lo entiendo. ¿De qué me estás hablando?

Abro la boca para explicarle, cuando salta el contestador en la habitación de al lado y oigo una voz profunda con acento norteamericano que me paraliza y hace que vuelva la cabeza.

—¡Hola, Becky! Soy Michael Ellis. Acabo de llegar a Londres y me preguntaba si te gustaría verme para charlar un rato.

Se me hace muy extraño verlo en Londres. Para mí, su sitio es Nueva York, el Four Seasons. Pero aquí está, en carne y hueso, en la River Room del Savoy, sonriendo.

—Un gin-tonic para la señorita por favor. —Me mira enarcando las cejas—. ¿He acertado?

—Sí —digo tímidamente. Aunque en Nueva York hablamos mucho, me da un poco de vergüenza volver a verle.

—Desde la última vez que nos vimos han cambiado un montón de cosas, ¿verdad? —dice cuando el camarero me trae la bebida y levanta su vaso—. Salud.

—Salud —repito tomando un trago—. ¿Como qué?

—Como que a Alicia Billington y a otros cuatro los han despedido de Brandon Communications.

—¿Otros cuatro? —pregunto boquiabierta—. ¿Estaban todos conspirando?

—Al parecer, sí. Resulta que Alicia llevaba bastante tiempo maquinando su proyecto. No hacía castillos en el aire, estaba todo muy bien pensado y organizado. Y bien respaldado. ¿Sabías que el futuro marido de Alicia es muy rico?

—No —digo acordándome de los zapatos de Chanel—. Pero tiene sentido.

—Él fue el que lo financió todo. Como sospechabas, querían quitarle a Luke el Banco de Londres.

Tomo un trago de gin-tonic y saboreo su amargo sabor.

—¿Y qué ha pasado?

—Apareció Luke y los pilló por sorpresa, los metió en una sala de reuniones, registró sus escritorios y encontró un montón de cosas.

—¿Luke? —Siento una punzada en el estómago—. ¿Quieres decir que está aquí?

—Ajá.

—¿Cuándo ha vuelto?

—Hace tres días —dice mirándome—. Veo que no te ha llamado.

—No —contesto intentando disimular mi enfado—. No lo ha hecho.

Cojo mi vaso y doy un buen trago. De alguna forma, mientras él estaba en Nueva York, me decía a mí misma que no hablábamos por motivos geográficos más que por otra cosa. Pero ahora que está aquí y ni siquiera me ha llamado, todo me parece diferente. Me parece definitivo.

—¿Qué hace?

—Mitigar el daño. Levantar la moral. Parece que tan pronto como se fue a Nueva York, Alicia empezó a difundir el rumor de

270

que Luke iba a cerrar la sucursal del Reino Unido. Por eso el espíritu se vino abajo. Se descuidó a los clientes, el personal empezó a buscar cazatalentos... La verdad, un caos. Esa mujer sólo trae problemas.

—Ya lo sé.

—Mira, eso es algo que me tiene intrigado. ¿Cómo lo sabías? —Se inclina hacia delante visiblemente interesado—. ¿Te diste cuenta de algo que a Luke y a mí se nos pasó por alto? ¿Te basaste en algo?

—La verdad es que no —contesto con franqueza—. Simplemente en el hecho de que es una bruja.

Echa la cabeza hacia atrás y explota en carcajadas.

—Intuición femenina. No puede ser otra cosa.

Se ríe un rato y después deja el vaso en la mesa, sonriéndome.

—Por cierto, me he enterado de lo que dijiste de la madre de Luke.

—¿Sí? —digo horrorizada—. ¿Te lo ha contado él?

—Me habló de ello y me preguntó si me habías dicho algo.

—¡Ah! —exclamo sintiendo que me estoy ruborizando—. Bueno, estaba enfadada. No quise decir que era una... —Me aclaro la garganta—. Hablé sin pensar.

—Se lo tomó muy a pecho. Llamó a su madre, le dijo que por nada del mundo se volvería a casa sin verla y quedó con ella.

—¿Sí? —Lo miro llena de curiosidad—. ¿Y qué pasó?

—No apareció. Le mandó un mensaje diciéndole que tenía que irse de la ciudad. Luke se enfadó mucho. —Menea la cabeza—. Entre tú y yo, creo que tenías razón.

—¡Ah, bueno!

Me encojo de hombros con torpeza y cojo el menú para ocultar el bochorno. No puedo creer que Luke le haya contado lo que dije de su madre. ¿Qué más le habrá dicho? ¿La talla de sujetador que uso?

Durante un instante miro los platos de la carta sin enterarme de lo que leo y después levanto la vista y me doy cuenta de que me está mirando muy serio.

—No le he dicho que fuiste tú la que me informó de todo. Lo que le he contado es que recibí un mensaje anónimo y decidí investigar.

—Me parece justo —afirmo mirando el mantel.

—Has salvado su empresa —comenta—. Debería estarte muy agradecido. ¿No crees que tendría que saberlo?

—No. Pensaría que... pensaría que estaba...

Me callo.

No puedo creer que lleve tres días aquí y no me haya llamado. Había aceptado que lo nuestro había terminado, por supuesto. Pero una pequeña parte de mí...

Da igual, evidentemente no lo ha hecho.

—¿Qué pensaría? —me sondea.

—No sé —farfullo bruscamente—. La cuestión es que todo ha acabado entre nosotros. Así que preferiría que no me involucrases.

—Bueno, supongo que puedo llegar a entenderlo. —Me mira con amabilidad—. ¿Pedimos?

Mientras comemos, hablamos de otras cosas. Me habla de su agencia de publicidad en Washington y me hace reír con historias de los políticos que conoce y de los líos en los que se meten, y yo le hablo de mi familia, de Suze, de cómo entré en *Los Desayunos de Televisión*...

—Todo va de maravilla —digo mientras ataco una *mousse* de chocolate—. Tengo muy buenas perspectivas y les gusto mucho a los productores. Están pensando en ampliar mi espacio.

—Becky —me interrumpe cariñosamente—. Me he enterado de lo de tu trabajo.

Enmudezco y deseo que me trague la tierra.

—Lo siento mucho —continúa—. Las cosas no tendrían que haber ido así.

—¿Lo... lo sabe Luke? —pregunto con voz ronca.

—Sí, creo que sí.

Tomo un buen trago de vino. No puedo soportar la idea de que Luke me tenga compasión.

—Bueno, tengo un montón de oportunidades abiertas —afirmo a la desesperada—. Puede que no sea en televisión, pero he presentado unas cuantas solicitudes para puestos de periodista financiero.

—¿En el *Financial Times*?

—No, en el *Personal Investment Periodical* y en el *Annuities Today*.

—¿*Annuities Today*? —pregunta perplejo. Cuando veo la expresión de su cara, no puedo evitar reírme—. Becky, ¿te interesa de verdad alguno de esos trabajos?

272

Estoy a punto de recitar de memoria mi respuesta de emergencia («La economía personal es más interesante de lo que crees») cuando me doy cuenta de que ya no me interesa en absoluto seguir fingiendo. Es tan aburrida como todo el mundo se imagina. Incluso en *Los Desayunos de Televisión* sólo disfrutaba cuando la gente que llamaba empezaba a hablar de sus parejas y de su familia.

—¿A ti qué te parece? —pregunto bebiendo más vino. Se echa hacia atrás y se limpia la boca con la servilleta.

—Entonces, ¿por qué buscas por ahí?

—No sé hacer otra cosa. Es lo único que he hecho en mi vida. Estoy como encasillada.

—¿Cuantos años tienes, Becky? Si no te importa que te lo pregunte, claro.

—Veintiséis.

—Encasillada a los veintiséis —dice meneando la cabeza—. Vaya, vaya.

Toma un sorbo de café y me mira como valorando algo.

—Si te ofreciesen una oportunidad en Estados Unidos, ¿la aceptarías?

—Aceptaría cualquier cosa —contesto sinceramente—. Pero ¿qué se me va a presentar ahora allí?

Nos quedamos en silencio. Muy despacio, coge una chocolatina, le quita el papel y la pone en el borde de su plato.

—Tengo una propuesta para ti. Tenemos una vacante en la agencia de publicidad para un director de comunicaciones internas.

Lo miro con la taza a medio camino de los labios, sin atreverme a creer que está diciendo lo que creo que está diciendo.

—Nos interesa alguien que tenga experiencia editorial y que pueda coordinar un boletín mensual. Serías ideal para ese cometido. Pero también queremos a alguien que sepa tratar a la gente. Alguien que sepa coger la onda rápidamente, se asegure de que la gente está contenta e informe a la junta si hay algún problema. La verdad es que no puedo pensar en nadie más capacitado que tú.

—¿Me estás... me estás ofreciendo un trabajo? —pregunto incrédula, intentando no hacer caso de los acelerados latidos que siento en el pecho—. Pero ¿y lo del *Daily World* y las compras?

—Y qué. A ti te gusta comprar y a mí comer. Nadie es perfecto. Mientras no estés en las listas internacionales de los «más buscados»...

—¡No, por supuesto! —digo rápidamente—. De hecho, estoy a punto de solucionarlo todo.

—¿Y el tema inmigración?

—Tengo un abogado, aunque no estoy muy segura de si le caigo bien.

—Conozco a gente en inmigración —afirma para tranquilizarme—. Estoy seguro de que podremos arreglarlo. —Se echa hacia atrás y toma un sorbo de café—. Washington no es Nueva York, pero también es un sitio divertido. La política es un ruedo fascinante. Y el sueldo... Bueno, no es el que te hubiera ofrecido la CNN, pero aproximadamente sería de...

Escribe una cifra en un trozo de papel y lo pone al otro lado de la mesa.

Es increíble, es el doble de lo que ganaría con cualquiera de esos trabajos de periodista de mierda.

Washington, una agencia de publicidad, una nueva carrera.

Casi no puedo hacerme a la idea.

—¿Por qué me ofreces todo esto? —consigo preguntar.

—Me has dejado muy impresionado, Becky —afirma muy serio—. Eres inteligente, intuitiva, eficaz. —Le miro un poco avergonzada, y sintiendo que me sonrojo—. A lo mejor te mereces un descanso. No tienes que decidirlo inmediatamente. Voy a estar aquí unos cuantos días más, así que, si quieres, podemos volver a hablarlo. Pero Becky...

—¿Qué?

—Te lo digo en serio: aceptes o no lo que te ofrezco, no te conformes con cualquier cosa. No te acomodes. Eres demasiado joven para hacerlo. Escucha a tu corazón y haz lo que realmente quieras hacer.

diecisiete

Decidirme me cuesta unas dos semanas de dar vueltas por la casa, tomarme innumerables tazas de café, hablar con mis padres, con Suze, con Michael, con Philip (mi antiguo jefe), con una nueva agente que se llama Cassandra...; en fin, con toda la gente que conozco. Al final consigo ver claro.

Luke no me ha llamado y me temo que ya no volveremos a hablarnos. Michael me ha dicho que trabaja unas diecisiete horas diarias para intentar salvar Brandon Communications y mantener el interés de los norteamericanos, y que está muy estresado. Al parecer todavía no se ha recuperado del golpe. Por lo de Alicia y que el Banco de Londres estuviera pensando en trabajar con ella, por descubrir que no es inmune a la mierda, como dijo poéticamente Michael.

—Ése es el problema de que te adore todo el mundo —me dijo hace poco—. Un día te despiertas, el mundo está flirteando con tu mejor amigo y no sabes qué hacer. Te deja tirado.

—¿Han dejado tirado a Luke? —le pregunté retorciendo las manos en una complicada postura.

—Más bien lo han arrojado en medio del prado y han dejado que una piara de jabalíes lo pisoteara.

He descolgado el teléfono varias veces con un deseo urgente de hablar con él, pero, tras respirar hondo para coger valor, siempre he acabado por colgar. Es su vida y yo también he de seguir adelante con la mía. Con mi nueva vida.

Oigo un ruido en la puerta y me vuelvo para mirar. Suze está de pie contemplando mi habitación vacía.

—Bex, qué mal rollo —dice apenada—. Mételo todo otra vez. Haz que vuelva a estar completamente desordenado.

—Al menos es *feng shui* —digo intentando sonreír—. Seguramente te traerá mucha suerte.

Entra, camina por la desnuda moqueta hasta la ventana y luego se da la vuelta.

—Parece más pequeña. Debería parecer más grande sin todas tus cosas, ¡qué raro! Es como una caja vacía.

Nos quedamos en silencio un rato. Mientras, observo a una araña que sube por el cristal de la ventana.

—¿Has decidido lo que vas a hacer? ¿Vas a compartir el apartamento?

—No creo. Vamos, no tengo prisa. Tarquin me ha sugerido que la utilice como oficina durante un tiempo.

—¿Ah, sí? —Me vuelvo hacia ella con las cejas enarcadas—. Eso me recuerda... ¿Era él al que oí anoche y el que se iba esta mañana?

—No —contesta nerviosa—. Bueno, sí. —Me mira a los ojos y se sonroja—. Pero era la última vez. Esta vez sí.

—Hacéis muy buena pareja —digo sonriendo.

—¡No digas eso! —exclama horrorizada—. ¡No somos pareja!

—Vale, lo que quieras. —Miro el reloj—. Tenemos que irnos.

—Sí, supongo que sí. Oh, Bex...

La miro y veo que sus ojos se llenan de lágrimas.

—Ya sé... —Le aprieto el brazo con fuerza y nos quedamos en silencio. Después cojo el abrigo.

—En marcha.

Vamos andando al pub King George, que está al final de la calle. Entramos y subimos un tramo de escaleras de madera hasta llegar a una sala decorada con cortinas rojas, una barra y montones de mesas con caballetes a ambos lados. Hay una tarima provisional en un extremo y han dispuesto unas cuantas filas de sillas de plástico en el centro.

—¡Hola! —saluda Tarquin al vernos entrar—. Tomad una copa. El vino tinto no está nada mal.

—¿Está todo dispuesto? —pregunta Suze.

—Por supuesto —contesta Tarquin—. Todo está arreglado.

—Bex, esto lo pagamos nosotros —dice Suze parándome con la mano cuando intento coger el monedero—. Un regalo de despedida.

—Suze, no tienes por qué...

—Quiero hacerlo, y Tarquin también.

—Dejad que os ponga algo de beber —ofrece Tarquin. Y después, bajando más la voz, añade—: Ha venido un montón de gente, ¿eh?

Mientras se va, Suze y yo nos damos la vuelta para inspeccionar el lugar. En las mesas que hay dispuestas alrededor de la habitación, la gente se arremolina para mirar montones de ropa cuidadosamente doblada, zapatos, hileras de CDs y diversas baratijas. En una de las mesas hay unos catálogos fotocopiados. La gente los coge y va haciendo marcas en ellos mientras dan vueltas alrededor de las mesas.

Una chica con pantalones de cuero grita: «¡Mira esto! ¡Y esas botas de Hobbs!» Al otro lado de la habitación, hay dos chicas probándose unos pantalones mientras sus pacientes novios les sujetan las copas.

—¿Quién es toda esta gente? —pregunto con incredulidad—. ¿Los habéis invitado vosotros?

—Bueno, estuve mirando mi agenda, y la de Tarquin, y la de Feny...

—¡Ah! Eso lo explica todo.

—¡Hola, Becky! —oigo una voz detrás de mí. Me doy la vuelta y veo a Milla, la amiga de Fenella, con un par de chicas que me suenan—. Voy a pujar por la chaqueta violeta, y Tory por ese vestido con piel, y Annabel ha visto unas seis mil cosas que le interesan. ¿Hay sección de complementos?

—Allí —contesta Suze señalando un rincón.

—¡Gracias! Nos vemos luego —contesta Milla; las tres chicas se unen a la melé y oigo a una que dice: «Necesito un buen cinturón.»

—Becky. —Tarquin me da un golpecito en el hombro—. Toma una copa de vino y deja que te presente a Caspar, mi amigo de Christie's.

—Hola —digo al ver a un chico rubio con una camisa azul y un enorme sello de oro en el dedo—. Muchas gracias por venir. Te estoy muy agradecida.

—No hay de qué. He estado mirando el catálogo y parece bastante sencillo. ¿Tienes una lista de precios para las reservas?

—No —contesto sin pensarlo—. No hay reservas. Tiene que venderse todo.

—Muy bien —dice sonriendo—. Bueno, voy a ir a prepararme un poco.

Cuando se aleja, tomo un trago de vino. Suze está mirando algo en las mesas y me quedo un rato contemplando cómo va aumentando la afluencia de público. Veo a Fenella en la puerta y la saludo con la mano, pero rápidamente la rodea un grupo de bulliciosas amigas.

—Hola, Becky —dice una voz temblorosa a mis espaldas. Me doy la vuelta y, sorpresa, es Tom Webster.

—¡Tom! —exclamo—. ¿Qué haces aquí? ¿Cómo te has enterado?

Toma un trago de su vaso y me sonríe.

—Suze llamó a tu madre y se lo contó todo. Por cierto, me han encargado unas cosas. —Saca una lista del bolsillo—. Tu madre quiere la máquina de hacer capuchinos, si está a la venta.

—Sí, sí que lo está. Le diré al subastador que se asegure de que se queda con ella.

—Y mi madre quiere el sombrero de plumas que llevaste en mi boda.

—Muy bien.

Cuando me acuerdo de ese día, me invade la nostalgia.

—¿Qué tal la vida de casado? —pregunto mirándome las uñas.

—Oh, muy bien.

—¿Eres tan feliz como esperabas? —digo intentando sonar alegre.

—Bueno, ya sabes... —contesta con la mirada un tanto atormentada—. No sería muy realista esperar que todo fuera perfecto desde el principio, ¿no?

—Supongo que no.

Se produce un incómodo silencio, y a lo lejos oigo una voz que dice: «¡Kate Spade! Mira, está nuevo.»

—Becky, siento mucho cómo nos portamos contigo el día de la ceremonia —dice Tom.

—¡No pasa nada! —exclamo restándole importancia.

—Sí pasa. —Menea la cabeza—. Tu madre se fue dolida. Eres amiga de toda la vida; desde entonces me he sentido fatal.

278

—De verdad, Tom. También yo tuve mi parte de culpa. Simplemente tendría que haber admitido que Luke no estaba. —Sonrío con arrepentimiento—. Todo hubiera sido más fácil.

—Lucy se estaba pasando contigo y, bueno, no es nada raro que... —Se calla y continúa bebiendo—. En fin, da igual. Luke parece un buen tipo. ¿Va a venir?

—No —digo al cabo de un rato—. No va a venir.

Al cabo de una media hora, la gente empieza a sentarse. Al fondo de la sala hay cinco o seis amigos de Tarquin pegados a los móviles; Caspar me explica que representan a personas que quieren pujar por teléfono.

—Son los que se han enterado de la subasta y por alguna razón no han podido venir. Hemos repartido infinidad de catálogos y hay mucha gente interesada. El vestido de Vera Wang ha despertado una gran expectación.

—Perfecto —digo entusiasmada. Me fijo en las radiantes y expectantes caras, en la gente que todavía está echando una última mirada por las mesas. Una chica está curioseando entre un montón de pantalones vaqueros; otra, probando el cierre de mi diminuto neceser blanco. No acabo de hacerme a la idea de que mañana ninguna de esas cosas será mía. Estarán en otros armarios, en otras habitaciones.

—¿Estás bien? —pregunta Caspar siguiendo mi mirada.

—Sí, claro —contesto—. ¿Por qué no iba a estarlo?

—He hecho muchas ventas en casas. Sé lo que se siente. Se acaba cogiendo mucho cariño a las cosas personales, ya sea un *chiffonier* del siglo dieciocho o... —mira el catálogo— un abrigo rosa imitación de leopardo.

—La verdad es que ése nunca me gustó mucho —digo sonriendo—. Además, esto es diferente. Quiero comenzar una nueva vida y sé que ésta es la mejor forma de hacerlo. ¡Venga! ¡Vamos a empezar!

—¡De acuerdo! —Da un golpecito en el atril y eleva la voz—. Señoras, señores: En primer lugar, me gustaría darles la bienvenida en nombre de Becky Bloomwood. Tenemos mucho camino por recorrer, así que no voy a entretenerles. Sólo quiero recordarles que el veinticinco por ciento de lo que se recaude, así como lo que sobre una vez que Becky haya pagado sus cuentas pendientes, se destinará a obras de caridad.

—Seguro que se llevan un buen corte. —Se oye una voz seca al fondo, y todo el mundo se echa a reír. Miro entre las cabezas para averiguar quién es y no salgo de mi asombro. Es Derek Smeath, de pie con un vaso de cerveza en una mano y un catálogo en la otra. Me sonríe y le saludo tímidamente con la mano.

—¿Cómo se ha enterado? —le susurro a Suze, que acaba de subir a la tarima.

—Se lo dije yo. Me aseguró que le parecía una idea estupenda y que, cuando te ponías a pensar, nadie te igualaba en ingenio.

—¿En serio? —Vuelvo a mirarlo y me ruborizo ligeramente.

—Les presento el lote número uno —empieza Caspar—: un par de sandalias de color mandarina en muy buen estado, casi sin usar. —Las pone en la mesa y Suze me aprieta el brazo con fuerza—. ¿Alguna oferta?

—Quince mil libras —dice Tarquin levantando la mano.

—Quince mil libras —repite Caspar un poco sorprendido—. Alguien ofrece quince mil libras.

—¡No! —le interrumpo—. Tarquin, no puedes ofrecer esa cantidad.

—¿Por qué no?

—Porque tienen que ser precios realistas —afirmo con mirada severa—. Si no, te echarán de la subasta.

—Vale, mil libras.

—¡No! Puedes decir... diez libras.

—Bueno, diez libras —dice bajando dócilmente la mano.

—Quince —se oye una voz al fondo.

—Veinte —grita una chica cerca de la tarima.

—¡Veinticinco! —exclama Tarquin.

—Treinta.

—¡Treinta y...! —Tarquin me mira, se sonroja y se calla.

—Treinta libras. ¿Alguien da más? —Caspar mira a la sala con ojos de halcón—. ¡A la una! ¡A las dos! Adjudicado a la chica del abrigo verde.

Me sonríe, anota algo en una hoja de papel y le entrega las sandalias a Fenella, que es la encargada de distribuir los objetos vendidos.

—¡Tus primeras treinta libras! —me susurra Suze a la oreja.

—Segundo lote: tres chaquetas bordadas de Jigsaw, sin usar. Todavía llevan las etiquetas. ¿Podemos empezar la puja con...?

—Veinte libras —dice una chica vestida de rosa.

—Veinticinco —la supera otra.

—Tengo una oferta telefónica de treinta —afirma un chico levantando la mano al fondo.

—Treinta libras de uno de los postores por teléfono. ¿Alguien ofrece más? Recuerden que parte de los fondos recaudados se destinará a obras de caridad.

—¡Treinta y cinco! —grita la chica vestida de rosa, y se vuelve hacia la persona que tiene al lado—. Seguro que una sola vale más en la tienda. Además, ¡están nuevas!

Tiene razón. Treinta y cinco libras por una chaqueta no es nada.

—¡Cuarenta! —me oigo gritar sin poder contenerme. Toda la sala me mira y me pongo roja como un tomate—. Digo si alguien ofrece cuarenta.

La subasta continúa. Es sorprendente la cantidad de dinero que se ha recaudado. Mi colección de zapatos alcanza como poco mil libras, una colección de joyas de Dinny Hall doscientas y Tom Webster paga seiscientas por mi ordenador.

—¡Tom! —exclamo preocupada cuando éste se acerca a la tarima para rellenar el recibo—. No deberías haber ofrecido tanto dinero.

—¿Por un Macintosh nuevo? Lo vale. Además, Lucy lleva tiempo comentando que quiere uno. Tengo muchas ganas de decirle que ha conseguido el tuyo.

—Lote número setenta y tres —anuncia Caspar a mi lado—. Estoy seguro de que despertará un gran interés. ¡Un vestido de cóctel de Vera Wang!

Muy lentamente, enseña el vestido color violeta oscuro y se oye un murmullo de admiración en la sala.

No creo que lo pueda soportar. Es demasiado doloroso, demasiado reciente. Mi precioso y fastuoso vestido de estrella de cine. Ni siquiera puedo mirarlo sin acordarme de todo como si me pasaran imágenes de una película a cámara lenta. Nueva York, el baile con Luke, los cócteles, aquel alegre y embriagador entusiasmo... Para después despertarme y ver que todo a mi alrededor se había ido a pique.

—Perdonadme —murmuro, y me levanto. Salgo rápidamente de la habitación y bajo a respirar el aire fresco de la noche. Me apoyo en la valla del pub, desde donde puedo oír las risas y el parloteo de arriba, e intento concentrarme en las razones positivas de todo esto.

Un momento después aparece Suze.

—¿Estás bien? —pregunta ofreciéndome un vaso de vino—. Toma esto.

—Gracias —digo bebiendo un buen trago—. Estoy bien, de verdad. Supongo que todo esto me ha afectado un poco.

—Bex... —empieza a decir. Se calla y se pasa la mano por la cara con torpeza—. Siempre puedes cambiar de opinión. Puedes quedarte. Con un poco de suerte, mañana habrás pagado todas tus deudas. Podrías buscar un trabajo, seguir en el apartamento conmigo...

La miro en silencio y siento algo tan fuerte que casi me hace daño. Sería tan fácil aceptar... Irme a casa con ella, tomar una taza de té y volver a mi antigua vida.

Pero no. Niego con la cabeza.

—No, no aceptaré lo primero que me ofrezcan nunca más. He encontrado algo que realmente me interesa, y lo voy a hacer.

—Rebecca.

Una voz nos interrumpe. Levantamos la vista y vemos a Derek Smeath saliendo del pub. Lleva en la mano el cuenco de madera, uno de los marcos de Suze y un atlas de tapa dura que compré hace tiempo, cuando pensaba en abandonar el estilo de vida occidental y dedicarme a viajar.

—¡Hola! —digo mirando su botín—. ¡Buena elección!

—Cierto —asegura enseñando el cuenco—. Esta pieza es muy bonita.

—Salió en *Elle Decoration*. Es muy elegante.

—¿De verdad? Se lo diré a mi hija —comenta poniéndoselo debajo del brazo—. Así que mañana se va a Nueva York.

—Sí, por la tarde, después de hacerle una visita a su amigo John Gavin.

En su cara se dibuja una leve sonrisa irónica.

—Estoy seguro de que estará encantado de verla. —Extiende la mano como puede para que se la estreche—. Bueno, buena suerte, Becky. Ya me dirá qué tal le va.

—Lo haré —afirmo sonriendo cariñosamente—. Y gracias por..., ya sabe, todo.

Asiente con la cabeza y desaparece en la noche.

282

Permanezco fuera con Suze un buen rato. La gente empieza a marcharse, llevándose sus tesoros y contándose por cuánto los han conseguido. Un chico se aleja sujetando fuertemente la minitrituradora de papel y varios botes de miel de lavanda, una chica arrastra un cubo lleno de ropa, otra se ha quedado con todas las invitaciones de los trocitos de pizza... Empiezo a sentir frío. Alguien nos grita desde las escaleras.

—¡Eh! —grita Tarquin—. Es el último lote, ¿queréis venir a verlo?

—¡Vamos! —me urge Suze apagando el cigarrillo—. Tienes que ver la última puja. ¿Qué es?

—No sé —digo mientras subimos—. ¿La careta de esgrima?

Cuando entramos en la habitación, siento una sacudida. Caspar está mostrando mi pañuelo de Denny and George. Mi querido pañuelo azul resplandeciente, de terciopelo sedoso, estampado en azul pálido y adornado con cuentas iridiscentes.

Mientras me detengo a contemplarlo, un nudo me va creciendo en la garganta, y recuerdo con dolorosa intensidad el día que lo compré. Lo desesperada que estaba por tenerlo, las veinte libras que Luke me prestó, la forma en que le dije que era para mi tía.

Cómo solía mirarme cuando lo llevaba puesto.

Los ojos se me llenan de lágrimas y parpadeo con fuerza intentando mantener el control.

—Bex, no lo vendas —me pide Suze mirándolo con angustia—. Quédate al menos una cosa.

—Lote ciento veintiséis —anuncia Caspar—. Un bonito pañuelo de seda y terciopelo.

—Bex, diles que has cambiado de opinión.

—No —digo mirando al vacío—. Ya no tiene sentido guardarlo.

—¿Qué puedo pedir por este delicado accesorio de diseño de Denny and George?

—¡Denny and George! —repite la chica vestida de rosa. Tiene a su lado un montón de ropa que no sé cómo conseguirá llevar a casa—. ¡Colecciono cosas de esa tienda! ¡Treinta libras!

—La señorita ofrece treinta libras —informa Caspar mirando por toda la habitación, que se va vaciando rápidamente. La gente hace cola para recoger sus artículos o pedir algo en el bar, y los pocos que quedan en las sillas están hablando.

—¿Alguien da más?

—¡Sí! —dice una voz al fondo, y veo a una chica vestida de negro que levanta la mano—. Tengo una oferta por teléfono de treinta y cinco libras.

—Cuarenta —dice la chica de rosa rápidamente.

—Cincuenta.

—¿Cincuenta? —se extraña la primera chica volviéndose—. ¿Quién está pujando? ¿Miggy la pija?

—Mi representado prefiere mantener el anonimato —explica la chica del fondo. Me mira a los ojos y, por unos segundos, se me para el corazón.

—Seguro que es Miggy —dice la otra—. Bueno, pues no me va a ganar esta vez. Sesenta libras.

—¿Sesenta libras? —pregunta el chico que hay junto a ella, observando el montón de ropa un tanto alarmado—. ¿Por un pañuelo?

—Es de Denny and George, idiota —replica tomando un trago de vino—. En una tienda, seguro que cuesta más de doscientas. ¡Setenta! ¡Qué tonta, si no es mi turno!

La chica de negro murmura algo al teléfono y mira a Caspar.

—Cien.

—¿Cien? —La chica de rosa se mueve nerviosa—. ¿Va en serio?

—La puja está en cien libras —dice Caspar con calma—. Tengo una oferta de cien libras por el pañuelo de Denny and George. ¿Alguien da más?

—¡Ciento veinte! —grita la chica de rosa.

Se producen unos segundos de silencio, la chica de negro habla bajito por teléfono otra vez, levanta la vista y dice:

—Ciento cincuenta.

Por toda la sala se propaga un murmullo de admiración, y la gente que estaba hablando en el bar vuelve a prestar atención a la subasta.

—Ciento cincuenta libras —repite Caspar—. Han ofrecido ciento cincuenta. Ciento cincuenta libras, señoras y señores.

Hay un tenso silencio y me doy cuenta de que me estoy clavando las uñas en la piel.

284

—¡Doscientas! —exclama desafiante la chica de rosa. Se oyen gritos ahogados—. Y dígale a su anónimo pujador, la señorita Miggy la pija, que ofrezca lo que ofrezca, la superaré.

Todo el mundo se vuelve para mirar a la chica de negro, que murmura algo en el teléfono y, luego, niega con la cabeza.

—Mi representado se retira —afirma. Siento una inexplicable decepción y, rápidamente, sonrío para disimularla.

—Doscientas libras —le comento a Suze—. No está nada mal.

—A la una, a las dos, adjudicado a la señorita del vestido rosa —dice Caspar golpeando con el martillo.

Se oyen aplausos y Caspar sonríe a todo el mundo. Coge el pañuelo y está a punto de dárselo a Fenella cuando le detengo.

—Un momento. Me gustaría dárselo personalmente, si no te importa.

Me lo entrega y lo mantengo entre las manos unos segundos, sintiendo su vaporosa textura. Todavía huele a mi perfume y recuerdo cómo me lo ponía Luke en el cuello.

«La chica del pañuelo de Denny and George.»

Respiro hondo y bajo de la tarima hacia la chica. La miro y se lo doy.

—¡Disfrútalo! ¡Es muy especial!

—Lo sé —dice bajito, y por un momento, mientras se cruzan nuestras miradas, creo que me entiende. Después se da la vuelta y lo levanta como si fuera un trofeo—. ¡Jódete, Miggy!

Vuelvo a mi sitio. Caspar se ha sentado, parece agotado.

—¡Buen trabajo! —le felicito sentándome a su lado—. Muchas gracias de nuevo. ¡Lo has hecho de maravilla!

—De nada. La verdad es que me lo he pasado muy bien, algo diferente a la porcelana alemana de principios de siglo. —Señala sus notas—. Además, creo que hemos recaudado bastante.

—¡Has estado fantástico! —le alaba Suze, que se ha acercado a nosotros con una cerveza para Caspar—. Bex, creo que estás a salvo. Esto demuestra que, en el fondo, tenías razón, ¡las compras son una inversión! ¿Cuánto has sacado por el pañuelo?

—Esto... —Cierro los ojos para intentar calcularlo—. Casi un sesenta por ciento.

—¡En menos de un año! ¿Ves? Es mejor que invertir en la horrible y anticuada bolsa. —Saca un cigarrillo y lo enciende—. ¿Sabes?, es posible que también venda todas mis cosas.

—¡Pero si no tienes nada! ¡Te desposeíste!

—¡Anda, es verdad! —exclama poniendo cara larga—. ¿Por qué lo haría?

Me apoyo en el codo y cierro los ojos. De repente, y sin ningún motivo en especial, me siento agotada.

—Así que te vas mañana —dice Caspar tomando un trago de cerveza.

—Sí —contesto mirando al techo. Mañana dejaré Inglaterra y me iré a vivir a Estados Unidos. Por alguna razón, dejarlo todo y empezar otra vez me parece irreal.

—Espero que no sea en uno de esos vuelos que salen al alba —dice mirando el reloj.

—No, gracias a Dios, salgo a las cinco de la tarde.

—Muy bien, eso te da bastante tiempo.

—Sí. —Miro a Suze y ésta me sonríe—. El suficiente para hacer un par de cosillas.

—¡Becky! ¡Nos alegramos mucho de que hayas cambiado de idea! —grita Zelda en cuanto me ve. Me levanto del sofá en el que he estado esperando en recepción y sonrío—. ¡Todo el mundo está encantado de que hayas venido! ¿Qué te ha hecho cambiar de opinión?

—No lo sé. Una de esas cosas que pasan.

—Bueno, vamos directamente a maquillaje. Tenemos un caos absoluto, como de costumbre, así que hemos adelantado un poco tu espacio.

—Estupendo. Cuanto antes mejor.

—Estás guapísima —me alaba mirándome con cierto tinte de decepción—. ¿Has perdido peso?

—Un poco, supongo.

—¡Ah, el estrés! —diagnostica convencida—. Ese asesino silencioso. Vamos a emitir un documental sobre el tema la semana que viene. ¡Ésta es Becky! —exclama al entrar en la sala de maquillaje.

—Ya sabemos quién es, Zelda —asegura Chloe, que me ha estado maquillando desde el primer día que salí en *Los Desayunos de Televisión*. Me hace una mueca en el espejo y tengo que contener la risa.

286

—Sí, claro. Perdona, Becky, te tenía apuntada en la mente como invitada. Chloe, no te compliques mucho con ella. No queremos que salga resplandeciente y alegre. —Baja la voz—. Y ponle rímel resistente al agua. De hecho, pónselo todo a prueba de agua. ¡Hasta luego!

Sale pitando de la sala y Chloe la fulmina con la mirada.

—Venga, voy a hacer que estés más guapa que nunca. Hiperalegre e hiperresplandeciente.

—Gracias —digo sonriendo, y me siento en una silla.

—Y, por favor, no me digas que vas a necesitar rímel *waterproof* —añade poniéndome un peinador.

—Ni hablar. Tendrían que pegarme un tiro.

—Seguro que lo hacen —interviene una chica desde el otro lado de la sala, y todas nos echamos a reír.

—Espero que al menos te paguen bien por hacer esto —dice Chloe poniéndome la base de maquillaje.

—Pues sí, da la casualidad de que sí. Pero no lo hago por eso.

Media hora más tarde, estoy sentada en la habitación verde y entra Clare Edwards. Lleva un vestido verde oscuro que no le favorece mucho y, ¿es mi imaginación o alguien ha hecho que parezca más pálida? A la luz de los focos va a dar la impresión de que lleva toneladas de maquillaje.

Supongo que ha sido Chloe. Casi se me escapa la risa.

—¡Oh! —exclama desconcertada al verme—. ¡Hola, Becky!

—Hola, Clare. ¡Cuánto tiempo!

—Sí —asegura retorciendo las manos—. Siento mucho lo de tus problemas.

—Gracias. Pero bueno, no hay mal que por bien no venga, ¿eh?

Se ruboriza, aparta la mirada y me avergüenzo de mí misma. Ella no tiene la culpa de que me despidieran.

—Me alegro mucho de que te hayan dado este trabajo —afirmo con más amabilidad—. Creo que lo estás haciendo muy bien.

—¡Bien! —exclama Zelda entrando a toda prisa—. Estamos listos, Becky. —Me coge del brazo mientras entramos—. Sé que esto va a ser traumático. Estamos preparados para que te tomes el tiempo que necesites. Si pierdes el control, o te echas a llorar, o cualquier cosa..., no te preocupes.

—Gracias, Zelda. Lo tendré en mente.

Llegamos al plató y allí están Rory y Emma sentados en los sofás. Miro al monitor al pasar y veo que han hecho una ampliación de la horrible foto de Nueva York, la han teñido de rojo y la han titulado *El trágico secreto de Becky*.

—¡Hola, Becky! —me saluda Emma cuando me siento, y me da una compasiva palmadita en la espalda—. ¿Estás bien? ¿Quieres un pañuelo?

—No, gracias. Quizá luego.

—Me parece muy valiente que hayas venido —afirma Rory mirando sus notas—. ¿Es verdad que tus padres te han repudiado?

—¡Entramos en cinco segundos! —avisa Zelda desde el fondo—. Cuatro, tres...

—Bienvenidos de nuevo —saluda con gravedad Emma—. Hoy contamos con una invitada muy especial. Muchos de ustedes habrán seguido la historia de Becky Bloomwood, nuestra antigua experta en finanzas. Becky apareció en las páginas del *Daily World* como alguien que dista mucho de tener ninguna seguridad financiera.

En el monitor aparece la foto en la que salgo de compras por Nueva York, a la que siguen una serie de titulares de la prensa sensacionalista con la canción «La gran compradora» como telón de fondo.

—Bueno, Becky —empieza Emma cuando acaba la música—. En primer lugar, todos estamos muy afligidos por las dificultades por las que estás atravesando; quiero que sepas que comprendemos tu situación. Dentro de un momento preguntaremos a nuestra nueva experta en finanzas, Clare Edwards, lo que tendrías que haber hecho para prevenir esta catástrofe. Pero antes, para que los espectadores se aclaren un poco, ¿puedes decirnos exactamente cuánto dinero debes?

—Encantada, Emma —digo respirando hondo—. En la actualidad mis deudas ascienden a... —me detengo y siento que todo el estudio se prepara para la gran conmoción— cero.

—¿Cero? —Emma mira a Rory como para comprobar que ha oído bien—. ¿Nada?

—El director de mi banco, el señor John Gavin, estará encantado de confirmar que esta mañana a las nueve y media he pagado mi descubierto. He liquidado todas y cada una de mis deudas.

Me permito una ligera sonrisa al acordarme de la cara de John Gavin cuando le he dado fajos y fajos de billetes. Quería que se avergonzara, que se enfadara. Pero, a partir del primer par de miles ha empezado a sonreír y a hacerles señas a todos los empleados para que se acercaran. Al final me ha estrechado la mano afectuosamente y me ha dicho que entendía lo que le había dicho Derek Smeath sobre mí.

¿Qué le habrá dicho?

—Así que, como ves, no estoy atravesando ninguna dificultad. De hecho, nunca he estado mejor.

—Ya veo —dice Emma desconcertada, y sé que Barry debe de estar gritándole algo por el auricular—. Pero, aunque hayas arreglado temporalmente tu situación económica, tu vida debe de ser una ruina. —Se inclina hacia delante con expresión compasiva—. No tienes trabajo, los amigos te rechazan...

—Todo lo contrario. Tengo trabajo. Esta tarde cojo un avión hacia Estados Unidos, donde me espera una nueva carrera. Es un riesgo y, por supuesto, será un desafío, pero estoy segura de que allí seré feliz. Respecto a mis amigos... —mi voz se quiebra ligeramente y respiro hondo—, son ellos los que me han ayudado, los que me han apoyado.

¡Dios! No puedo creérmelo, al final se me han saltado las lágrimas. Parpadeo para que desaparezcan y sonrío abiertamente a Emma.

—Así que mi historia no es la de alguien fracasado. Es cierto que contraje unas deudas y que me despidieron, pero reaccioné. —Miro a la cámara—. Y me gustaría decirles a las personas que me están viendo y que tengan un problema como el que yo he tenido, que también pueden salir de él. ¡Haced algo! ¡Vended la ropa! ¡Solicitad un nuevo trabajo! ¡Podéis empezar de nuevo, igual que yo!

Se produce un silencio en el estudio. Y de repente se oyen aplausos. Miro hacia el público y veo a Dave, el cámara, que me sonríe y dice: «Buen trabajo.» Gareth, el regidor, se le une. Y alguien más. Y, en un momento, todo el estudio está aplaudiendo, menos Emma y Rory, que se han quedado completamente perplejos, y Zelda, que está hablando frenéticamente por su micrófono.

—Bueno —dice Emma por encima del sonido de los aplausos—. Esto... Ahora haremos una pausa, pero vuelvan con nosotros para saber más sobre nuestra entrevista del día: la trágica..., esto...

—Duda mientras escucha por su auricular—. O mejor dicho, la triunfal...

Suena la sintonía del programa y mira enfadada a la cabina de producción.

—¡Podrías aclararte un poco!

—¡Adiós a todos! —me despido levantándome—. Tengo que irme.

—¡Pero no puedes irte ahora!

—Sí que puedo. —Busco el micrófono y Eddie, el chico de sonido, viene rápidamente a soltármelo.

—¡Bien dicho! —susurra mientras lo retira de mi chaqueta—. ¡Que se coman su mierda! Barry está que muerde ahí arriba.

—¡Eh, Becky! —me llama Zelda horrorizada—. ¿Dónde vas?

—Ya he dicho lo que tenía que decir. Ahora tengo que coger un avión.

—¡No puedes marcharte! ¡No hemos acabado!

—¡Yo sí que he acabado! —afirmo cogiendo el bolso.

—¡Pero las líneas telefónicas están al rojo vivo! —grita acercándose—. ¡La centralita está saturada y todo el mundo...! —Me mira como si no me hubiera visto nunca—. No teníamos ni idea. ¿Quién iba a pensar que...?

—Tengo que irme, Zelda.

—¡Espera un momento! —me suplica cuando llego a la puerta del estudio—. Barry y yo acabamos de tener una pequeña charla y nos preguntábamos si...

—Zelda —la interrumpo amablemente—, demasiado tarde, me voy.

Cuando llego al aeropuerto de Heathrow son casi las tres de la tarde y todavía estoy sofocada por la comida de despedida que he tenido en el pub con Suze, Tarquin y mis padres. Una parte de mí está a punto de echarse a llorar y volver corriendo a su lado, pero jamás me he sentido tan segura de mí misma. Nunca había estado tan convencida de estar haciendo lo correcto.

En la parte central de la terminal hay un puesto en el que regalan ejemplares del *Financial Times* y, al pasar por delante, cojo uno, por los viejos tiempos. Además, si me ven llegar con él, a lo mejor me ponen en clase preferente. Estoy doblándolo cuidadosamente para ponérmelo debajo del brazo cuando me fijo en una noticia que hace que me pare en seco.

«Brandon intenta salvar su empresa. Pág. 27.»

Abro el periódico con dedos temblorosos, busco el artículo y leo:

El empresario Luke Brandon lucha por conservar a sus clientes después de una grave pérdida de confianza debida a la reciente deserción de varios de sus más antiguos directivos. En la que fue una de las más innovadoras agencias de relaciones públicas, la moral parece estar por los suelos y corren rumores de que el incierto futuro de la empresa pueda hacer que los empleados opten por abandonar. En la reunión de urgencia que se celebrará hoy, Luke Brandon intentará convencer a sus patrocinadores para que aprueben sus radicales planes de reestructuración, entre los que...

Llego hasta el final y miro un momento la foto de Luke. Parece tan seguro como siempre, pero me acuerdo del comentario de Michael en el que decía que lo habían arrojado al medio del prado. Su mundo se ha venido abajo, igual que el mío, y no hay muchas posibilidades de que su madre se ponga al teléfono para decirle que no se preocupe.

Por un momento siento lástima por él y casi le llamo para decirle que todo se arreglará. Pero no serviría de nada, está muy ocupado con su vida y yo con la mía, así que cierro el periódico y me dirijo con paso firme hacia el mostrador de facturación.

—¿Algo para facturar? —pregunta sonriendo la chica que hay detrás.

—No, llevo poco equipaje. Sólo una bolsa. —Pongo el *Financial Times* encima para que se vea más—. Supongo que no habrá ninguna posibilidad de que me cambien de clase, ¿no?

—Lo siento, hoy no. Pero, si quiere, puedo ponerla al lado de la salida de emergencia. Hay mucho espacio para estirar las piernas. ¿Me deja que pese la bolsa, por favor?

—Sí, claro.

En el momento en que me inclino para poner mi maletita en la cinta, oigo una voz que me resulta familiar.

—¡Espera!

Siento una sacudida interior, como si me hubiese caído de una altura de diez metros. Me doy la vuelta temblorosa y... ¡Es él!

Es Luke, avanzando hacia mí. Está tan elegante como siempre, pero tiene la cara pálida y demacrada. Por la sombra que hay debajo de sus ojos da la impresión de haber estado a dieta, de haber dormido muy poco y haber tomado mucho café.

—¿Dónde coño vas? —pregunta cuando está más cerca—. ¿Te vas a Washington?

—¿Qué haces aquí? —replico nerviosa—. ¿No tenías una reunión de urgencia con tus inversores?

—La tenía hasta que ha venido Mel a traerme un té y me ha dicho que te había visto en la televisión.

—¿Has abandonado la reunión? —pregunto mirándole—. ¿A mitad?

—Me ha dicho que te ibas. —Sus ojos oscuros estudian mi cara—. ¿Es verdad?

—Sí —contesto dejando la bolsa en la cinta—. Al igual que tú viniste aquí sin decirme nada.

Mi voz tiene un tono de reproche y Luke se estremece.

—Becky...

—¿Ventana o pasillo? —pregunta la chica del mostrador.

—Ventana, por favor.

—Becky...

Su móvil empieza a sonar y lo apaga visiblemente irritado.

—Becky, me gustaría hablar contigo.

—¿Ahora quieres hablar? Estupendo, justo en el momento en el que estoy facturando —golpeo el periódico con la mano—. ¿Y qué pasa con la reunión de urgencia?

—Eso puede esperar.

—¿El futuro de tu empresa puede esperar? —Enarco las cejas—. ¿No es... un poco irresponsable?

—¡Mi empresa no tendría una mierda de futuro de no ser por ti! —exclama casi enfadado, y muy a mi pesar, siento un hormigueo por todo el cuerpo—. Michael me dijo lo que hiciste: que te enteraste de lo de Alicia, que le avisaste, que te diste cuenta de todo. No lo sabía. De no haber sido por ti, Becky...

—No tenía que habértelo dicho —mascullo furiosa—. Le pedí que no lo hiciera. ¡Me lo prometió!

292

—Bueno, pues me lo contó, y ahora... —Se calla—. Y ahora no sé qué decir. Gracias no me parece suficiente.

Durante un momento nos miramos en silencio.

—No tienes por qué decir nada —hablo finalmente, apartando la mirada—. Lo hice solamente porque no aguanto a Alicia, eso es todo.

—La he puesto en la fila treinta y dos —me informa alegremente la chica del mostrador—. El embarque es a las cuatro y media. —Mira con más detenimiento mi pasaporte y le cambia la expresión—. Usted es la que estaba en *Los Desayunos de Televisión*, ¿verdad?

—Sí, lo era —contesto con sonrisa educada.

—Ah, bien —dice un tanto confusa. Cuando me da el pasaporte y la tarjeta de embarque se fija en la fotografía del *Financial Times*. Mira a Luke y vuelve a mirar el periódico.

—Un momento. ¿Es usted? —pregunta indicando la fotografía.

—Sí, lo era —contesta—. Vamos, Becky, deja que al menos te invite a una copa.

Nos sentamos en una mesita con nuestros vasos de Pernod y me fijo en que la luz de su móvil se enciende cada cinco segundos, lo que quiere decir que alguien está intentando hablar con él, pero no parece ni darse cuenta.

—Quería llamarte —confiesa mirando su vaso—. He tenido intención de hacerlo todos los días, pero me daba miedo hacerlo y tener que colgar a los cinco minutos. Lo que dijiste acerca de que no tengo tiempo para una relación se me quedó grabado. —Toma un buen trago—. Créeme, últimamente no he tenido mucho más de diez minutos libres. No sabes lo que ha sido...

—Michael me dio una idea.

—Estaba esperando a que las cosas se calmaran un poco.

—Y por eso has elegido hoy. —No puedo evitar una ligera sonrisa—. El día que han ido a verte todos los inversores.

—No es el momento ideal, de acuerdo —acepta esbozando una sonrisa—. Pero ¿cómo iba a saber que te ibas del país? Michael ha sido de lo más discreto. No podía quedarme sentado y dejar que te fueras. —Empuja el vaso por la mesa, abstraído, como si buscase algo, y lo miro preocupada—. Tenías razón, estaba obsesionado con triunfar en Nueva York. Era una especie de locura. No podía ver otra cosa. ¡Dios! Lo he jodido todo, ¿verdad? Tú, nosotros, el negocio...

—Venga, Luke —replico—. No tienes la culpa de todo. Yo también jodí unas cuantas cosas.

Me callo cuando Luke niega con la cabeza. Apura el vaso y me mira con expresión sincera.

—Hay algo que tienes que saber. Becky, ¿cómo crees que se enteró el *Daily World* de tus deudas?

Lo miro sorprendida.

—Fue la chica de los impuestos. La chica que fue al apartamento y estuvo fisgoneando mientras Suze...

Vuelvo a callarme cuando mueve otra vez la cabeza.

—Fue Alicia.

Durante unos segundos, estoy demasiado desconcertada como para hablar.

—¿A...licia? —consigo decir finalmente—. ¿Cómo lo has...? ¿Por qué iba a...?

—Cuando registramos su oficina encontramos extractos de tus cuentas y algunas cartas en su mesa. Sólo Dios sabe cómo las consiguió. Esta mañana, un chico del *Daily World* me ha confesado que su fuente de información era ella. Sólo tuvieron que investigar lo que les entregó.

Lo miro y siento un escalofrío al recordar el día que fui a su oficina, la bolsa de Conran con todas mis cartas y Alicia en la mesa de Mel con cara de gato que ha atrapado un ratón...

—Sabía que me había olvidado algo. ¡Joder! ¿Cómo pude ser tan tonta?

—Tú no eras su verdadero objetivo. Lo hizo para desacreditarme a mí y a mi empresa, y desviar la atención de lo que estaba planeando. No lo confesará, pero estoy seguro de que también era la «fuente interna» que les dio todos mis detalles. —Hace una pausa y continúa—. La cuestión es que me equivoqué por completo. Tú no tuviste la culpa de que mi negocio no saliera bien, fui yo quien arruinó el tuyo.

Por un momento me quedo paralizada, incapaz de hablar. Siento como si algo muy pesado empezara a quitárseme de encima y no estoy muy segura de qué pensar o sentir.

—Siento mucho todo lo que has pasado, Becky.

294

—No. No ha sido culpa tuya. Ni siquiera de Alicia. Puede que les diera informaciones, pero, si no hubiera tenido todas esas deudas y no me hubiera vuelto loca comprando en Nueva York, no habrían tenido nada sobre lo que escribir. Fue horrible y humillante, pero lo curioso es que leer el artículo me vino bien. Hizo que me enterara de unas cuantas cosas sobre mí misma.

Cojo mi vaso, me doy cuenta de que está vacío y lo vuelvo a dejar en la mesa.

—¿Quieres otro?

—No, gracias.

Permanecemos en silencio y a lo lejos, una voz informa a los pasajeros del vuelo British Airways 2340 a San Francisco que embarquen por la puerta 29.

—Sé que Michael te ha ofrecido un trabajo —dice señalando mi bolsa de mano—. Supongo que esto significa que lo has aceptado. —Se calla y le miro un poco temblorosa, sin decir nada—. Becky, no te vayas a Washington. Quédate y trabaja conmigo.

—¿Trabajar contigo? —pregunto atónita.

—Quédate y trabaja para Brandon Communications.

—¿Te has vuelto loco?

Se aparta el pelo de la cara y, de repente, lo veo más joven y vulnerable; alguien que necesita una oportunidad.

—No, no estoy loco. La empresa está diezmada y necesito a alguien como tú en un puesto de responsabilidad. Conoces el mundo de las finanzas, has sido periodista. La gente te quiere y conoces el negocio...

—Luke, no te costará nada encontrar a alguien como yo. Seguro que a alguien incluso mejor. Alguien que tenga experiencia en relaciones públicas, que haya trabajado con...

—Vale, estaba mintiendo, no necesito a alguien como tú. Te necesito a ti.

Me mira a los ojos con franqueza y me doy cuenta de que no está hablando de Brandon Communications.

—Te necesito, Becky. Confío en ti. No me he dado cuenta hasta que no estabas. Desde que te fuiste, he estado dándole vueltas a tus palabras. Lo que dijiste sobre mis ambiciones, sobre nuestra relación, incluso sobre mi madre...

—¿Tu madre? Me enteré de que habías intentado concertar una cita con ella.

—No fue culpa suya. —Toma un trago de Pernod—. Le surgió un imprevisto y no pudo acudir. Pero tenías razón, debería pasar más tiempo con ella, conocerla mejor y forjar una relación más próxima, como la que tú tienes con la tuya. —Levanta la vista y frunce el entrecejo al ver mi atónita expresión—. A eso te referías, ¿no?

—Sí —contesto precipitadamente—. Eso es lo que quería que entendieses.

—¿Ves? Eres la única persona que me dice las cosas que necesito saber, aunque no me guste escucharlas. Tendría que haberte hecho caso desde el principio. He sido..., no sé, arrogante, idiota.

Suena tan duro consigo mismo que me siento totalmente abatida.

—Luke...

—Becky, ya sé que tienes tu propia carrera, y lo respeto. No te hubiera dicho nada si no pensara que es un buen paso para ti. Pero, por favor —dice poniendo una cálida mano encima de la mía—, vuelve y empecemos de nuevo.

Me deja desarmada, y lo miro mientras siento que la emoción crece en mí como un globo.

—Luke, no puedo trabajar contigo —digo tragando saliva e intentando mantener el control de mi voz—. Tengo que ir a Estados Unidos y aprovechar esta oportunidad.

—Sé que es importante para ti, pero lo que yo te ofrezco también puede serlo.

—No es lo mismo —afirmo apretando con fuerza el vaso.

—Puede serlo. Cualquier cosa que te haya ofrecido Michael, puedo ofrecértela yo. —Se inclina hacia delante—. Más todavía...

—Luke —le interrumpo—. No he aceptado el trabajo de Michael.

Su cara se sobresalta.

—¿No? ¿Entonces...?

Mira mi bolsa, luego me mira a los ojos y le devuelvo la mirada en completo silencio.

—Entiendo —acepta finalmente—. No es asunto mío.

Parece tan destrozado que siento una puñalada de dolor en el pecho. Quiero decirle algo, pero no puedo. No puedo arriesgarme a hacerlo, a oír cómo flaquean mis argumentos, a preguntarme si he tomado la decisión adecuada. No puedo arriesgarme a cambiar de opinión.

—Luke, tengo que irme —digo con un nudo en la garganta—. Y tú tienes que ir a tu reunión.

—Sí —admite tras una pausa—. Tienes razón. Me voy. —Se levanta y busca algo en el bolsillo—. Sólo una cosa más. No te vayas sin esto.

Muy despacio, saca un pañuelo azul pálido de seda y terciopelo salpicado de cuentas iridiscentes.

¡Mi pañuelo! ¡Mi pañuelo de Denny and George!

Noto que me quedo lívida.

—¿Cómo...? ¿Eras tú el que pujaba por teléfono? Pero te retiraste. Fue la chica la que... —Me callo y lo miro completamente confundida.

—Yo era los dos.

Me lo pone suavemente en el cuello, me mira unos segundos y me besa en la frente. Después, se da la vuelta y desaparece entre la muchedumbre.

dieciocho

Dos meses más tarde

—Así que son dos presentaciones, una en Saatchis y otra en el Global Bank, la comida de la concesión de premios de McKinseys y la cena con Merrill Lynch.

—Exactamente. Ya sé que es mucho...

—No te preocupes —digo en tono tranquilizador—. Todo irá bien.

Apunto algo en mi libreta de notas y la miro, muy concentrada. Éste es el momento que más me gusta de mi nuevo trabajo, el desafío inicial: «Coge el rompecabezas y busca la solución.» Me siento durante un rato sin decir nada, garabateando estrellitas sin parar y dejando que mi mente lo resuelva, mientras Lalla me observa preocupada.

—¡Ya está! —exclamo finalmente—. ¡Ya lo tengo! El traje pantalón de Helmut Lang para las reuniones, el vestido de Jil Sanders para la comida y... Ya buscaremos algo nuevo para la cena. Puede que verde oscuro.

—¡No puedo ir de verde!

—Claro que sí —aseguro con firmeza—. ¡Te queda muy bien!

—¡Becky! —me llama Erin asomando la cabeza por la puerta—. Siento molestarte, pero la señora Farlow está al teléfono. Dice que le encantan las chaquetas que le enviaste, pero que necesita algo más ligero para esta noche.

—Vale, luego la llamo. —Miro a Lalla—. Venga, vamos a elegir un vestido de noche.

299

—¿Qué me pongo con el traje pantalón?

—Una camisa. O una blusa de cachemira. La gris.

—La gris —repite como si le estuviera hablando en chino.

—La compraste hace tres semanas, de Armani. ¿Te acuerdas?

—Sí, sí. Creo que sí.

—O la cazadora entallada azul metalizado.

—Muy bien —afirma muy seria—. Vale.

Lalla ocupa un cargo importante en una empresa de asesoría informática con oficinas en todo el mundo. Tiene dos doctorados y un coeficiente intelectual altísimo, pero asegura que tiene una dislexia aguda para la ropa. Al principio pensaba que lo decía en broma.

—Apúntamelo —pide, y me da una agenda encuadernada en cuero—. Anota todas las combinaciones.

—Bueno. Pero, Lalla, creía que ibas a empezar a combinar algo tú sola.

—Ya, ya lo haré. Un día de éstos empiezo, lo prometo. Pero no esta semana. No puedo soportar más presión.

—De acuerdo —digo ocultando una sonrisa, y empiezo a escribir intentando recordar toda la ropa que tiene. Si quiero encontrarle un vestido de noche, llamar a la señora Farlow y localizar los artículos de punto que le he prometido a Janey van Hassalt, no me queda mucho tiempo.

Los días transcurren a un ritmo frenético y todo el mundo va siempre con prisas. Pero, cuanto más ocupada estoy y más retos me ponen, más me gusta estar aquí.

—Por cierto —comenta Lalla—, mi hermana, a la que le recomendaste que llevara algo naranja oscuro...

—¡Ah, sí! Era muy maja.

—... me dijo que te había visto en la televisión, en Inglaterra, ¡hablando de moda!

—Sí —afirmo, y siento un ligero sonrojo—. He estado presentando un pequeño espacio en un programa matinal sobre tendencias actuales: «Becky desde Barneys», una especie de reportaje sobre la moda en Nueva York.

—¡Qué bien! ¡Salir en la tele debe de ser muy emocionante!

Me detengo un momento con una chaqueta en la mano y pienso que, hace sólo unos meses, iba a tener mi propio programa en la televisión estadounidense y ahora tengo un pequeño espacio con la mitad de audiencia que *Los Desayunos de Televisión*. Pero estoy donde quería estar.

—Sí, lo es —continúo—. Muy emocionante.

Elegirle un modelo para la cena no me cuesta mucho. Cuando se va (con una lista de posibles zapatos) se me acerca sonriente Christina, la jefa del departamento.

—¿Qué tal vas?

—Muy bien. Estupendamente.

Es cierto. Y aunque no lo fuera, incluso si hubiera sido el peor día de mi vida, jamás me quejaría. Le estoy muy agradecida por recordarme quién soy. Por darme una oportunidad.

Todavía no puedo creer lo amable que fue conmigo cuando, de repente, la llamé un día hecha un mar de dudas. Le hablé del día en que nos conocimos, le pregunté si tenía alguna posibilidad de trabajar en Barneys, y ella me respondió que se acordaba perfectamente de quién era y de mi vestido de Vera Wang. Acabé contándoselo todo, que tuve que venderlo, que mi carrera en televisión se había ido a pique y que me gustaría trabajar para ella. Enmudeció un momento, pero después aseguró que podía ser muy valiosa para Barneys. ¡Muy valiosa! Lo del espacio en televisión también fue idea suya.

—¿Has escondido algo hoy? —pregunta guiñándome un ojo, y me ruborizo. ¿Va a seguir tomándome el pelo toda la vida?

En la primera conversación que mantuvimos, me preguntó si tenía experiencia en ventas. Como una auténtica imbécil le conté que había trabajado en Ally Smith, y que me habían despedido porque había escondido unos pantalones estampados en cebra de una clienta porque los quería para mí. Cuando acabé de contarle la historia, se quedó callada y vi claro que había echado por tierra todas mis posibilidades. Pero después oí una carcajada tan grande que casi se me cae el teléfono del susto. La semana pasada me aseguró que eso fue lo que la decidió a contratarme.

Se lo ha contado a todas las clientas habituales, lo que resulta un tanto embarazoso.

—¿Lista para las diez en punto? —pregunta, y me mira como evaluándome.

—Sí —contesto sonrojándome un poco por su mirada—. Sí, creo que sí.

—¿Quieres cepillarte el pelo?

—¿Lo tengo despeinado?

—No —dice con un ligero brillo en los ojos que no alcanzo a comprender—. Pero quieres tener el mejor aspecto para tu cliente, ¿no?

Sale de la habitación y saco rápidamente un peine. ¡Dios!, ya me había olvidado de lo pulcro que hay que ser en Manhattan. Voy dos veces por semana a hacerme la manicura a un salón que hay cerca de donde vivo, pero a menudo pienso que debería ir todos los días. Al fin y al cabo, sólo cuesta nueve dólares.

Que en dinero de verdad sería... Bueno, nueve dólares.

Me estoy acostumbrando a pensar en esta nueva moneda. Mi estudio es pequeño y cutrecillo, y las primeras noches no pude dormir por el ruido del tráfico. Pero lo importante es que estoy aquí, en Nueva York, valiéndome por mí misma y haciendo algo que me encanta.

El trabajo en Washington parecía maravilloso, y por muchas razones hubiera sido más inteligente aceptarlo. Sé que mis padres querían que lo hiciera; sin embargo, lo que dijo Michael en aquella comida sobre no aceptar cualquier cosa y buscar lo que realmente quería me hizo reflexionar sobre mi carrera, sobre mi vida y sobre lo que realmente quería hacer para ganármela.

Cuando le conté a mi madre en qué consistiría mi trabajo en Barneys, me miró y me dijo: «Pero, cariño, ¿cómo no habías pensado antes en algo así?»

—¡Hola! —doy un respingo, miro a la puerta y veo a Erin. Nos hemos hecho muy amigas desde que un día me invitó a ver su colección de lápices de labios y acabamos viendo películas de James Bond toda la noche—. Aquí tienes a tu diez en punto.

—¿Quién es? —pregunto mientras cojo un vestido de tubo de Richard Tyler—. No he visto nada en la agenda.

—Bueno, esto... —Por alguna razón, la cara le brilla con entusiasmo—. Esto..., aquí lo tienes.

—Muchas gracias. —Se oye una grave voz masculina.

Una voz masculina con acento británico.

¡Dios mío!

Me quedo boquiabierta, con el vestido en la mano, cuando Luke entra en la habitación.

—¡Hola! —saluda con media sonrisa—. Señorita Bloomwood, me han dicho que es usted la mejor asesora de toda la ciudad.

Abro la boca y vuelvo a cerrarla, mientras en mi mente los pensamientos se disparan como fuegos artificiales. Intento sentirme sorprendida, impresionada, como sé que debería estarlo. Dos meses sin absolutamente nada y, ahora, lo tengo delante. Debería estar histérica.

Pero, por alguna razón, no es así. Siempre he sabido que vendría. Siempre lo he estado esperando.

—¿Qué haces aquí? —pregunto intentando sonar tan serena como puedo.

—Como te he dicho, he oído que eres la mejor asesora de la ciudad y he pensado que a lo mejor podías ayudarme a elegir un traje. El que llevo está ya un poco viejo.

Tira con las dos manos de los pantalones de su inmaculado traje de Jermyn Street (que sé perfectamente que sólo tiene tres meses), y ahogo una risita.

—Quieres un traje.

—Sí.

—Muy bien.

Para ganar tiempo, pongo el vestido en una percha y lo cuelgo con cuidado en un perchero. ¡Luke está aquí!

Me gustaría reír, o bailar, o llorar, o algo. En vez de eso, busco mi libreta y, tranquilamente, me doy la vuelta.

—Lo primero que suelo hacer con mis clientes es pedirles que me hablen un poco de ellos mismos. —Mi voz denota algo de nerviosismo y hago una pausa—. Quizá podrías... hacer lo mismo.

—Muy bien, me parece una buena idea. —Reflexiona unos instantes—. Soy un hombre de negocios inglés. Vivo en Londres. —Me mira a los ojos—. Pero acabo de abrir una sucursal en Nueva York, así que voy a pasar bastante tiempo aquí.

—¿Ah, sí? —Intento disimular la sorpresa—. ¿Has ampliado tu negocio en esta ciudad? Qué interesante. Tenía la impresión de que a los empresarios ingleses les resultaba muy difícil hacer negocios con inversores neoyorquinos. Vamos, al menos eso me contaron de uno.

—Así es, pero decidió recortar sus planes y abrir a menor escala.

—¿A menor escala? ¿Y no le importó?

—Puede que se diera cuenta de que su primera idea era demasiado ambiciosa; de que se había obsesionado hasta el punto de dejar que eso afectara a todo lo demás; de que necesitaba tragarse el orgullo, aparcar sus grandes proyectos y tranquilizarse un poco.

—Tiene sentido.

—Así que presentó una nueva propuesta, encontró un patrocinador que estaba de acuerdo con él y, entonces, nada se interpuso en su camino. Ya está en marcha.

Le brilla la cara con alegría contenida y le sonrío.

—¡Genial! Esto... —Me aclaro la voz—. Quiero decir... Bien, ya veo. —Garabateo un galimatías en la libreta—. Así pues, ¿cuánto tiempo vas a pasar exactamente en Nueva York? Para mis notas, ya sabes —añado en tono serio.

—Por supuesto —responde en el mismo tono—. Me gustaría mantener una presencia importante en Gran Bretaña, así que pasaré aquí dos semanas al mes. Al menos ésa es la idea. Pueden ser más, pueden ser menos. —Se produce una larga pausa, y sus ojos oscuros se clavan en los míos—. Eso depende.

—¿De... qué? —pregunto, apenas capaz de respirar.

—De varias cosas.

Nos quedamos en silencio.

—Pareces muy centrada, Becky. Muy equilibrada.

—Sí, disfruto con lo que hago.

—Parece que has prosperado. —Mira alrededor sonriendo—. Este ambiente te va mucho, lo cual no me sorprende.

—¿Crees que elegí este trabajo sólo porque me gusta comprar? —pregunto levantando las cejas—. ¿Crees que sólo se trata de zapatos y ropa bonita? Porque, si es eso lo que piensas, lamento mucho decirte que te has equivocado.

—Eso no es lo que...

—Es mucho más que eso. Mucho más. —Extiendo los brazos con gesto enérgico—. Es ayudar a la gente. Ser creativa. Ser...

—Perdona que te moleste, sólo quería que supieses que he apartado las zapatillas de Donna Karan que querías, las marrones y las negras, ¿vale? —me interrumpe Erin, asomando la cabeza después de llamar a la puerta con los nudillos.

—Esto... Sí, muy bien.

¡Ah! Han llamado de Contabilidad para decir que con eso has agotado tu límite de descuento de este mes.

—Vale —acepto evitando la divertida mirada de Luke—. Bien, gracias. Luego me ocupo de eso.

Estoy esperando a que se vaya, pero mira a Luke con mucha curiosidad.

—¿Qué tal? —le dice cordialmente—. ¿Ha tenido oportunidad de mirar por la tienda?

—No me hace falta —contesta—. Ya sé lo que quiero.

Me da un vuelco el estómago y fijo la mirada en mi libreta, haciendo como que tomo notas mientras garabateo desesperadamente.

—Muy bien. ¿Y qué es?

Se produce un prolongado silencio. Finalmente, no lo puedo resistir más, tengo que mirar. Cuando veo la expresión de Luke, el corazón me empieza a latir a cien por hora.

—He estado leyendo vuestra propaganda —afirma buscando en el bolsillo y sacando un folleto titulado «Departamento de Asesores Personales. Para personas muy ocupadas que necesitan ayuda y no pueden permitirse cometer un error».

Se detiene y aprieto con fuerza el bolígrafo.

—He cometido errores —asegura frunciendo ligeramente el entrecejo—. Querría enmendarlos y no volver a cometerlos. Quiero escuchar a alguien que me conozca.

—¿Por qué has venido a Barneys? —pregunto con voz temblorosa.

—Porque sólo creo en los consejos de una persona. —Su mirada se cruza con la mía y siento un ligero estremecimiento—. Si no quiere dármelos, no sé qué voy a hacer.

—Tenemos a Frank Walsh en la sección de caballeros —apunta Erin amablemente—. Estoy segura de que...

—Cállate, Erin —digo sin mover la cabeza.

—¿Qué piensas, Becky? —pregunta Luke acercándose a mí—. ¿Te interesa?

Durante un instante no contesto, e intento reunir todos los pensamientos que he tenido en estos dos últimos meses. Organizar las palabras para decir exactamente lo que quiero decir.

—Creo que... que entre una compradora profesional y un cliente se establece una relación muy estrecha.

—Eso pensaba yo.

—Tiene que haber respeto. No pueden cancelarse citas. No puede haber reuniones de negocios prioritarias.

—Entiendo. Si me aceptaras, te aseguro que siempre tendrías preferencia.

—El cliente tiene que entender que la compradora profesional a veces sabe más que él y nunca debe desestimar su opinión. Incluso cuando crea que sólo se trata de cotilleos o... o de chismes sin sentido.

Veo de refilón la confundida cara de Erin y, de repente, me entran ganas de reír.

—El cliente ya se ha dado cuenta de todo eso y está humildemente preparado para escuchar y que lo saquen de su error. En muchas cosas.

—En todas las cosas —replico inmediatamente.

—No tientes a la suerte —dice con un brillo divertido en los ojos, y siento que, sin querer, se me dibuja una gran sonrisa en la cara.

—Bueno... —Garabateo un momento en la libreta—. Supongo que, dadas las circunstancias, se puede admitir «muchas».

—Entonces —sus cálidos ojos se clavan en los míos—, ¿eso es un sí, Becky? ¿Quieres ser mi asesora personal?

Da un paso adelante y casi puedo tocarlo. Huelo ese perfume que conozco tan bien. ¡Cómo lo he echado de menos!

—¡Sí! —digo llena de alegría—. ¡Sí quiero!

De: Gildenstein, Lalla <L.Gildenstein@anagram.com>
Para: Bloomwood, Becky <B.Bloomwood@barneys.com>
Fecha: lunes, 28 de enero de 2002 08.22
Asunto: ¡AYUDA URGENTE!

Becky,

   ¡Socorro! ¡He perdido la lista! Tengo una cena esta no-
che con unos nuevos clientes japoneses. El traje de Armani
está en la tintorería. ¿Qué me pongo? Por favor, contésta-
me lo antes posible.

   Gracias, eres un ángel.

Lalla

P.D. Me he enterado, ¡felicidades!

FIN

De: Gildenstein, Lalla <L.Gildenstein@anagram.com>
Para: Bloomwood, Becky <B.Bloomwood@barney.com>

Lalla

agradecimientos

Muchas gracias a Linda Evans, a Patrick Plonkington-Smythe y al fabuloso equipo de Transworld; y, como siempre, a Araminta Whitley, Celia Hayley, Mark Lucas, Nicki Kennedy, Kim Witherspoon y David Forrer.

Gracias especiales a Susan Kamil, a Nita Taublib y a los empleados de The Dial Press, que consiguieron que me sintiera muy bien recibida en Nueva York, y particularmente a Zoe Rice, por una maravillosa tarde de investigación (comprando y comiendo chocolate). Gracias también a David Stefanou por los gimlets, y a Sharyn Soleimani, de Barneys, que fue tan amable, y a todas las personas que me han dado ideas, consejo e inspiración a lo largo del camino, y más en concreto a Athena Malpas, Lola Bubbosh, Mark Malley, Ana-Maria Mosley, Harrie Evans y mi familia. Y, por supuesto, a Henry, a quien se le ocurren las mejores ideas.